Der Brief kommt überraschend, und er holt den Schriftsteller Max Schmeling – der seinen Namen einer romantischen Anwandlung seines boxversessenen Vaters verdankt – aus seiner Komfortzone: einen Gefallen soll er ihm tun, seinem ehemaligen Schulkameraden Tibor Schittkowski, den er seit Jahrzehnten nicht mehr gesehen hat und den er aus vielen Gründen auch nicht sonderlich gut leiden konnte. Tibor erinnert Schmeling daran, dass er ihm in jungen Jahren zwei Mal das Leben gerettet, ihn vor allem vor dem Ertrinken in einem See bewahrt hat. Nun bittet er um eine letzte Begegnung (denn er ist sterbenskrank) – und um Hilfe in einer dringlichen Angelegenheit. Als Köder dient ihm dabei nicht nur die alte Dankesschuld, sondern auch eine Frau, Kristiana Henkel, die im Leben beider Männer eine zentrale Rolle gespielt hat. Wider besseres Wissen begibt sich Schmeling auf die Reise nach Gimsen, in die Vergangenheit. Dass er sich auf ein Spiel mit gefährlichem Einsatz einlässt, ist ihm da noch nicht klar …

Paula Polanski ist das Pseudonym einer deutschen Publizistin, die dieses Buch gemeinsam mit Håkan Nesser verfasst hat. Warum sie lieber anonym bleiben möchte, erschließt sich aus der Lektüre des Romans.

Håkan Nesser ist einer der beliebtesten Autoren Schwedens. Er gilt als der »Philosoph unter den Krimiautoren Skandinaviens« (Hannes Hintermeier, FAZ). Nesser begegnete Paula Polanski während einer seiner Lesereisen in Deutschland, wo sie ihm ihre Geschichte erzählte.

PAULA POLANSKI
HÅKAN NESSER

STRAFE

Roman

Aus dem Schwedischen
von Paul Berf

btb

Die schwedische Originalausgabe erschien 2014 unter dem Titel »Straff« bei Albert Bonniers Förlag, Stockholm.

Der Verlag weist ausdrücklich darauf hin, dass im Text enthaltene externe Links vom Verlag nur bis zum Zeitpunkt der Buchveröffentlichung eingesehen werden konnten. Auf spätere Veränderungen hat der Verlag keinerlei Einfluss. Eine Haftung des Verlags ist daher ausgeschlossen.

MIX
Papier aus verantwortungsvollen Quellen
FSC® C014496
FSC www.fsc.org

Verlagsgruppe Random House FSC® N001967

2. Auflage
Genehmigte Taschenbuchausgabe Januar 2017

Neumarkter Str. 28, 81673 München
Umschlaggestaltung: semper smile, München
Covermotiv: © Margie Hurwich/Arcangel Images;
Anthony Hatley /Arcangel Images
Druck und Einband: GGP Media GmbH, Pößneck
AH · Herstellung: sc
Printed in Germany
ISBN 978-3-442-71452-0

www.btb-verlag.de
www.facebook.com/btbverlag
Besuchen Sie auch unseren LiteraturBlog www.transatlantik.de!

»I like to believe I am based on a true story.«

Archie Moore

I.

1

Am fünften September erhält der Schriftsteller Max Schmeling einen Brief in einem Brief seines Verlags.

Das kommt gelegentlich vor. Meistens handelt es sich um irgendwen aus Österreich oder Spanien, der ihn um ein Autogramm bitten möchte, oder um jemanden, der sein letztes Buch gelesen und auf Seite 255 eine Ungenauigkeit entdeckt haben will.

Handgeschrieben. Auch das ist nicht weiter ungewöhnlich, Menschen, die in der ersten Hälfte des zwanzigsten Jahrhunderts geboren wurden, sind es aus ihrer Schulzeit häufig noch so gewöhnt.

Sein Name in großen Druckbuchstaben auf der Vorderseite des Umschlags, unterstrichen. Mit blauer Tinte. Er schlitzt ihn auf und zieht ein zusammengefaltetes DIN-A4-Blatt einfachster Art heraus.

Es ist Viertel vor elf am Vormittag. Er hat im Café Mephisto sein übliches Frühstück zu sich genommen, einen Spaziergang durch das Deijkstraa-Viertel gemacht und sich gerade hingesetzt, um mit dem Schreiben zu beginnen. Vielleicht an einem weiteren Kapitel des Romans, der seinem untrüglichen Gespür nach kurz vor einer Havarie steht. Auch das kommt bisweilen vor, aber irgendetwas muss man ja tun, während man auf den Tod wartet.

Der Brief besteht aus wenigen Zeilen. Die Handschrift ist nicht ganz leicht zu entziffern, aber Max Schmeling hat viele Jahre als Lehrer gearbeitet, er ist daran gewöhnt, alles aufs Trefflichste zu deuten.

Gimsen, den 21. August 2013

Lieber Max,
ich bin's, Tibor, der dir diese Zeilen schreibt. Du erinnerst dich doch sicher? Immerhin habe ich dir zwei Mal das Leben gerettet, und deshalb denke ich, dass du mir einen Gefallen schuldest. Die Sache ist die, dass es mir ziemlich schlecht geht, ich habe nicht mehr lange zu leben, aber es gibt da etwas, was ich noch in Angriff nehmen muss. Und dabei brauche ich deine Hilfe.
Das Leben hat sich nicht so entwickelt, wie wir es uns einst vorgestellt haben.
Ich wäre dir sehr verbunden, wenn du dich so schnell wie möglich bei mir meldest.
Freundliche Grüße,
Tibor Schittkowski

Ganz unten eine Adresse in Gimsen und eine Telefonnummer. Das ist alles.

Er legt seinen Kopf in die Hand und liest noch einmal. Bereut, dass er das Kuvert überhaupt geöffnet hat, und versucht gleichzeitig zu entscheiden, wie es nun weitergehen soll. Ob er den Brief einfach auf den Stapel zukünftiger Verpflichtungen legen oder sich auf der Stelle mit ihm beschäftigen soll.

Oder ob er ihn einfach ignorieren kann. Wenn man die Grüße unbekannter Menschen beantwortet, besteht das Problem nämlich darin, dass man in neun von zehn Fällen einen neuen Gruß erhält. Eine Antwort auf die eigene Antwort, die häufig etwas ausführlicher ausfällt und immer eine oder mehrere explizite Fragen enthält.

Beantwortet man daraufhin diese eine oder alle – normalerweise ist so etwas ja schnell erledigt, wenn es sich um eine Korrespondenz per Mail handelt –, kommt recht bald ein weiterer Kommentar. Und damit hängt man am Fliegenfänger. Die Konversation ist etabliert, und es erscheint nahezu unmöglich, sie zu beenden, ohne ein klein wenig unhöflich zu werden.

Max widerstrebt es, unhöflich zu sein. Und wenn er es ohnehin sein muss, kann er es genauso gut von Anfang an sein und es unterlassen, das erste Anschreiben zu beantworten, und sollte die betreffende Person dann ein halbes Jahr später bei einer Signierstunde in einer Buchhandlung auftauchen, ist es für ihn ein Leichtes, einfach so zu tun, als wüsste er gar nicht, worum es geht. Er hat nie einen Brief bekommen. Auf die Post ist heutzutage wirklich kein Verlass mehr, weder auf die normale noch auf die elektronische.

Doch Tibor Schittkowski ist kein Unbekannter. Max wechselt vom Schreibtisch zur Couch und versucht, sich an ihn zu erinnern. Überlegt, ob er als Erwachsener jemals wieder auf ihn gestoßen ist.

Wenn er sich recht erinnert, ist das nie passiert. Also müssen sie sich das letzte Mal als Jugendliche gesehen haben; seither sind vierzig, fünfundvierzig Jahre vergangen, und nun behauptet Tibor, er brauche Hilfe.

Weil er im Sterben liegt und noch etwas zu erledigen hat?

Was könnte das sein?

Warum ausgerechnet Max Schmeling?

Weil er ihm das schuldig ist?

Abwegig. Das ist das Wort, das am deutlichsten in Max' Kopf ertönt. *Abwegig.* Er erinnert sich, dass Tibor Schittkowski damals ein ziemlich schräger Vogel war, und möglicherweise ist sein Leben in diese Richtung weiterverlaufen. So ergeht es den meisten, alles geht einfach immer so weiter, ob man will oder nicht. Aber was weiß man schon? Fünfundvierzig Jahre sind trotz allem eine beträchtliche Zeitspanne, und ob in Max selbst noch sonderlich viel von jenem Fünfzehn- oder Achtzehnjährigen steckt, der er früher einmal war, tja, das ist mit Sicherheit eine Frage, die sich nicht auf die Schnelle beantworten lässt.

Eine Zeile im Schreiben irritiert ihn mehr als die anderen. *Das Leben hat sich nicht so entwickelt, wie wir es uns einst vorgestellt haben.* Was will Tibor damit sagen? Soll das eine Art Weisheit sein, die er verkünden möchte? Oder meint er damit nur sein eigenes Leben? Aber warum heißt es dann *Wir*? In Verbindung mit *einst* wirkt es gelinde gesagt merkwürdig. Als ginge es insbesondere um ihn und Max. Als hätten sie damals einen gemeinsamen Plan gehabt, woran er sich beim besten Willen nicht erinnern kann.

Oder will er lediglich sein eigenes erbärmliches Leben zu etwas Allgemeingültigerem erheben? Ein *Wir* ist schließlich immer ein bisschen größer als ein *Ich*?

Max hat keine Ahnung, ob diese Fragen in irgendeiner Form relevant sind, bleibt aber trotzdem in seiner Couchecke liegen und grübelt. Er versucht zurückzudenken und sich an das eine oder andere zu erinnern. Möglicherweise schläft er auch ein, ja, genau das tut er natürlich, denn eine halbe Stunde später wacht er wieder auf und hat die Frage in gewisser Weise beantwortet.

Wie er mit diesem Brief umgehen soll. Vielleicht durch irgendetwas, was in seinem Traum aufgetaucht ist, undenkbar ist das nicht. Je älter man wird, desto schwieriger scheint es zu werden, die Grenze zwischen Traum und Wirklichkeit aufrechtzuerhalten. Schwieriger, aber auch weniger notwendig, als man es sich als jüngerer Mensch gerne eingebildet hat.

Es klingelt ziemlich lange, ehe sich jemand meldet.

»Ja?«

Eine müde Stimme. Es ist natürlich nur ein Wort, aber er hat dennoch das Gefühl, eine gewisse Resignation heraushören zu können. Aber wenn er wirklich im Sterben liegt, denkt Max, hat er natürlich das Recht, müde zu sein.

Gleichzeitig ist da jedoch auch der Anflug eines vorwurfsvollen Tons, als sei er bei etwas Wichtigem gestört worden, als dränge dieser Anruf in privates und verbotenes Territorium ein. Max' erster Impuls besteht darin, aufzulegen, aber irgendetwas in der nachfolgenden Stille lässt ihn weitermachen. In dieser einen Sekunde oder worum es sich handeln mag.

»Tibor Schittkowski?«

»Ja.«

Diesmal ohne Fragezeichen. Aber genauso müde. Max erklärt, wer er ist und dass er über den Umweg seines Verlags den Brief erhalten hat.

Das verändert den Ton merklich.

»Storchi? Du bist es wirklich? Das ist ja ein Ding.«

Max fragt sich, wie lange es her ist, dass er diesen Spitznamen von sich gehört hat. Selbst damals, vor vierzig oder fünfzig Jahren, waren es nicht viele, die ihn benutzt haben; zwar hatte er in den ersten Teenagerjahren eine storchenähnliche Physiognomie, aber keiner seiner richtigen Freunde hat ihn jemals so genannt. Nun ja, *richtige Freunde*? Was meint man damit eigentlich?

Plötzlich fällt ihm ein, dass es Leute gab, die Tibor Scheißhaufen nannten, was auf seinen ungewöhnlichen Nachnamen anspielen sollte, aber er beschließt, dieses Detail unter den Teppich zu kehren und lieber nicht daran zu erinnern.

»Ja, genau«, antwortet er stattdessen. »Ich habe deinen Brief bekommen und dachte, dass ich dich zumindest einmal anrufen und mich erkundigen sollte, wie es dir geht …«

»Schlecht«, erklärt Tibor augenblicklich. »Richtig

schlecht. Ich habe nicht mehr lange zu leben. Ich leide an ALS, wenn dir das etwas sagt … ich bin mehr oder weniger gelähmt, die Krankheit breitet sich irgendwie im ganzen Körper aus, und ich sitze den ganzen Tag im Rollstuhl. Das heißt, wenn ich nicht liege.«

»Es tut mir leid, das zu hören«, sagt Max Schmeling.

Er ist noch nie besonders gut darin gewesen, jemandem zu kondolieren oder Mitleid zu zeigen. Es fällt ihm schwer, die richtigen Worte zu finden, und weil es hier um einen Mitmenschen geht, den er seit fast einem halben Jahrhundert nicht mehr gesehen hat, ist er sich nicht sicher, ob die richtigen Worte überhaupt existieren. Beispielsweise zu behaupten, er nähme »aufrichtig Anteil an deinem Schicksal«, würde in jedermanns Ohren verlogen klingen.

»Aber man möchte sein irdisches Dasein ja trotzdem auf die richtige Art verlassen«, stellt Tibor nach der Pause fest, die eingetreten ist.

»Das deckt sich mit meiner Erfahrung«, erwidert Max, ohne die geringste Ahnung zu haben, was er damit eigentlich sagen will. Oder worauf dieses Gespräch hinauslaufen wird.

»Und deshalb wäre ich dir dankbar, wenn du bei mir vorbeischauen könntest.«

»Vorbeischauen?«

»Ja.«

»Wo wohnst du? Oder liegst du im Krankenhaus?«

»Eine Pflegerin kümmert sich zwölf Stunden am Tag um mich, aber ich werde, so lange es irgendwie geht, zu Hause bleiben. Ich wohne in der Eggerstraat 14, aber ich gehe mal davon aus, dass du in den letzten Jahren nicht in Gimsen gewesen bist?«

»Das ist richtig«, bestätigt Max.

»Es ist ein Neubaugebiet. Ich bin eingezogen, als es vor drei Jahren fertiggestellt wurde. Damals war ich noch ziemlich gut in Schuss ... hinter dem Knast, wenn du dich erinnerst?«

»Im Pokerwald?«

Tibor Schittkowski lacht auf, aber sein Lachen klingt ein wenig gequält, und Max schätzt, dass ihn die Krankheit behindert.

»Stimmt genau, ich fürchte allerdings, dass von dem nicht mehr viel übrig ist. Wann warst du das letzte Mal hier?«

Max denkt nach. »Vor sieben oder acht Jahren, glaube ich.«

»Eine Lesung in der Buchhandlung?«

Er bestätigt auch das.

»Damals habe ich noch nicht hier gewohnt. Aber ich lese ziemlich viel. Ich habe bestimmt zwei oder drei von deinen Büchern ... nun ja, genau deshalb brauche ich ja deine Hilfe. Aber du bist wahrscheinlich ziemlich beschäftigt, was?«

»Allerdings«, antwortet Max. »Es gibt eine Menge zu erledigen. Und ich weiß nicht recht ...«

»Du wohnst in Maardam, habe ich gelesen.«

Max wartet.

»Mit dem Zug bist du in gerade einmal drei Stunden in Gimsen. Ich bilde mir wie gesagt ein, dass du mir das schuldig bist. Man bekommt ...«

Er verstummt und beginnt zu husten.

»Ja?«

»Wenn es einem so geht wie mir grade, bekommt man irgendwie eine gute Auffassung von der Infrastruktur des Lebens.«

»Der Infrastruktur des Lebens?«

»Nenn es, wie du willst. Ich bin mir sicher, dass du verstehst, was ich meine. Du beschäftigst dich doch mit Worten und Gedanken. So hast du dich durchs Leben geschlagen, nicht?«

»Ja, schon ...«

»Solange ich nicht den Löffel abgebe, habe ich alle Zeit der Welt. Es könnte allerdings durchaus sein, dass ich aufgrund der Lähmungen bald nicht mehr sprechen kann, und deshalb wäre es das Beste, wenn du in einer Woche kommen könntest ... oder allerhöchstens in zwei. Die Prognose ist ein bisschen unsicher, aber mein Arzt gibt mir noch zwei Monate, im Höchstfall ein halbes Jahr. Es kriecht sozusagen von unten immer höher, so dass es in der letzten Zeit wohl darauf hinauslaufen wird, wie ein vergessenes Steak herumzuliegen, und darauf zu warten, dass man verfault.«

»Ich verstehe«, sagt Max.

Was nur bedingt der Wahrheit entspricht. Trotz des düsteren Themas klingt Tibor beinahe aufgeräumt. *Ein vergessenes Steak*? Immerhin scheint er sich mit seiner Situation abgefunden zu haben, und Max spürt eine widerwillige Neugier in sich erwachen. Ganz gleich, wie es um den Rest des Scheißhaufens bestellt sein mag, sein Kopf scheint jedenfalls noch zu funktionieren. Als hätte er Max' Gedanken gelesen und als wollte er sie bestätigen, unterstreicht er dies auch.

»Meiner Birne fehlt nichts, es ist mir wichtig, dass du das weißt. Jedenfalls nicht mehr als sonst. Ich löse Sudokus und erinnere mich immer noch an alle Leichtathletik-Medaillengewinner bei den Olympischen Spielen in Rom.«

»Silber über fünfzehnhundert Meter?«, fragt Max.

»Jazy«, antwortet Schittkowski. »Ein Franzose.«

»Okay«, sagt Max. »Das stimmt. Aber was willst du eigentlich von mir. Ich glaube, ich verstehe nicht ganz, wobei und wie ich dir behilflich sein kann.«

»Schon klar«, erwidert Tibor. »Ich bin ja noch gar nicht zur Sache gekommen. Aber das lässt sich auch nicht am Telefon besprechen. Du wirst dich schon zu mir bemühen müssen. Wie gesagt, drei Stunden mit dem Zug. Einmal umsteigen in Aarlach natürlich. Wenn du das Auto nimmst, dauert es in etwa genauso lange, ich weiß nicht, was dir lieber ist.«

Nach einem viel zu kurzen Zögern – so kurz dass es sich in Wahrheit um etwas anderes handeln muss als ein Zögern, vielleicht sogar um dessen Gegenteil – erklärt Max, dass er die Einladung annimmt, und bittet nur um etwas Bedenkzeit, um ein passendes Datum zu finden.

»Warte nicht zu lange«, erinnert ihn Tibor. »Nächste Woche würde es mir passen.«

Max verspricht, seinen Terminkalender durchzusehen und ein paar Stunden später erneut anzurufen.

Er verlässt die Couch. Setzt sich an den Schreibtisch und starrt eine Weile aus dem Fenster. Zwei kleine Vögel wirbeln draußen durch die Büsche, obwohl es schon Anfang September ist. Seine Gedanken wirbeln in ähnlicher Weise. Er hat nun wirklich keine Lust, sich nach Gimsen zu begeben, weder mit dem Zug noch mit dem Auto. Nicht, um Tibor Schittkowski zu treffen, und auch aus keinem anderen Grund. Der Sommer ist vorbei, er hat mindestens einen Monat ungestörter Arbeitszeit vor sich, und selbst wenn der Text, an dem er momentan schreibt, die Absicht hat zu havarieren oder zu implodieren (oder was sich sonst abspielen mag, wenn Romane sich das Leben nehmen), hält er dennoch daran fest, dem Ganzen eine ehrliche Chance zu geben. Man muss sich hinsetzen und ins Zeug legen, die Worte stellen sich nicht von alleine ein, erst recht nicht, wenn man über sechzig ist, eine halbe Ewigkeit lang ein Buch pro Jahr veröffentlicht hat und sich ungern wiederholt.

Verdammt. Denkt der Schriftsteller Max Schmeling und geht seinen Kalender durch. Es ist genau so, wie er geahnt, ja, im Grunde schon gewusst hat: Die kommende Woche ist so inhaltsleer wie ein Karfreitag in den fünfziger Jahren.

Und so kommt es, dass er eine gute Stunde später mit dem sterbenden Scheißhaufen Tibor Schittkowski vereinbart, sich mit diesem in dessen Zuhause im früheren Pokerwald in Gimsen zu treffen.

Nächste Woche, Dienstagnachmittag. Am liebsten irgendwann kurz nach zwei, da die Krankenschwester ihren Patienten zwischen zwei und fünf in Frieden lässt, und der Patient am liebsten alles, was auf der Tagesordnung steht, unter vier Augen besprechen möchte.

So fängt es an. Vielleicht fängt es aber auch an einem Sommertag Mitte der sechziger Jahre an. Oder noch früher; aber selbst mit zwanzig Romanen im Rücken ist es nicht ganz leicht, den Moment zu bestimmen, in dem etwas ins Rollen kommt.

2

Ein paar Worte über Max, es geht nicht anders. Damit er nicht mit einem anderen verwechselt wird.

Sein vollständiger Name lautet Max Herrgott Schmeling. Sein Vater hieß Alois Kopper und war von Kriegsende bis Anfang der siebziger Jahre Besitzer eines Schuhgeschäfts am Marktplatz von Gimsen. Nachdem Max' Mutter gestorben war – an Tuberkulose, der Junge war knapp dreizehn und das einzige Kind –, nahmen Vater und Sohn den Namen Schmeling an. Max hatte dem berühmten Boxer, der den legendären Joe Louis auf die Bretter geschickt hatte und für kürzere Zeit Boxweltmeister im Schwergewicht gewesen war, bereits seinen Vornamen zu verdanken. Alois Kopper hatte in seiner Jugend zwei seiner Kämpfe in Europa gesehen, und als sein einziges Kind zur Welt kam und ein Junge war, stand der Vorname augenblicklich fest. Herrgott wurde er nach Max' Großvater mütterlicherseits getauft.

Wie man es später schaffte, sich *Schmeling* unter den Nagel zu reißen, ist ausgesprochen unklar, aber es ging offensichtlich. Alois Schmeling betonte seinem Sohn gegenüber zudem immer wieder, dass ihr Namensgeber im Zweiten Weltkrieg zwar für Deutschland gekämpft habe – als Pilot bei der Luftwaffe, nicht? –, insgeheim jedoch ein Widerstandskämpfer gewesen sei und sich beispielsweise persönlich in Lebensgefahr begeben habe, indem er zwei jüdische Kinder vor dem Holocaust rettete.

Vier Monate nach dem Tod seiner Mutter wurde Max unter seinem neuen Namen in die städtische Realschule aufgenommen. Anfangs wurde er in den Pausen des Öfteren verprügelt, von Idioten, die behaupteten, sie hießen Rocky Marciano oder Sonny Liston, aber mit der Zeit entwickelte er eine gute linke Gerade sowie eine Rechte, die auch nicht zu verachten war, und verschaffte sich auf diese Weise Respekt und gewann neue Freunde.

Dann wuchs er auf, wurde erst Lokomotivführer, danach Aushilfslehrer, später schließlich Schriftsteller, und in den letzten Jahrzehnten hat er sich als solch freischaffender Künstler durchs Leben geschlagen. Er verfasste einen Roman, der zu Hause und international zu einem großen Erfolg wurde, erweiterte ihn auf Anraten seines Verlags zu einer Art Tetralogie, und dank dieses Rats und dieser Bücher hat er seit mehr als zwanzig Jahren nicht mehr in einer Lokomotive oder hinter einem Lehrerpult gesessen. Er hat die sechzig überschritten, und das Risiko, dass er es jemals wieder tun muss, tendiert gen null.

Derzeit ist er alleinstehend. Seine dritte Frau hat ihn vor einem halben Jahr verlassen; das löste eine leichte Depression aus, aber seine Therapeutin behauptet, dass er sie überwunden habe. Er hat zwei Kinder, einen Sohn aus erster Ehe, eine Tochter aus zweiter. Sie sehen ihren Vater nicht sonderlich oft, haben aber auch keine ungelösten Konflikte mit ihm, jedenfalls nicht, soweit er wüsste. Sie wohnen in London beziehungsweise Kopenhagen, in letztgenannter Stadt hat er inzwischen zwei Enkelkinder.

Hier soll es jedoch nicht in erster Linie um Max Schmeling gehen, zumindest ist das nicht beabsichtigt. Was genau beabsichtigt ist, davon hat er einstweilen keine Ahnung, aber er kennt Schriftstellerkollegen, die behaupten, so und nicht anders zu arbeiten: Sie setzen sich mit Stift und Block an den Schreibtisch oder an ihren Computer, ohne einen einzigen Gedanken im Kopf zu haben. Und warten anschließend darauf, dass etwas passiert. Was auch geschieht. Und daraufhin schreiben sie es auf. Max hat diese Methode nie erprobt und behauptet regelmäßig, dass seine Kollegen lügen, aber diesmal gibt er nach. Er hat eine endlose Reihe sorgsam geplanter Romane geschrieben, vielleicht ist die Zeit reif, etwas Neues zu versuchen.

Will sagen, falls er wirklich auf dem Weg in eine Geschichte sein sollte, und es scheint einiges dafür zu sprechen, dass es so ist.

Er beschließt, das Auto zu nehmen. In Gimsen festzusitzen, weil am Abend kein Zug mehr fährt, möchte er nicht riskieren, und so hat er um kurz nach elf am Dienstagvormittag Maardam hinter sich gelassen, ist auf die A 35 gefahren und kann darüber spekulieren, was vor ihm liegt. Seit dem Telefonat in der vergangenen Woche hat er keinen Kontakt mehr zu Schittkowski gehabt. Bei ihrem zweiten Gespräch, als sie den Zeitpunkt für seinen Besuch festlegten, ist dieser keinen Deut mitteilsamer gewesen als bei ihrer ersten Unterhaltung.

Er möchte Max treffen, weil er seine Hilfe benötigt. Er findet, dass Max ihm dies schuldig ist. Er liegt im Sterben.

Das ist alles.

Irgendwo zwischen Aarlach und Oostwerdingen beginnt es zu regnen. Es ist kein gewöhnlicher Landregen, sondern ein Wolkenbruch, der es fast unmöglich macht, auf der Fahrbahn voranzukommen. Max hat das Gefühl, in einem Fluss gegen die Strömung zu fahren, und da er ohnehin tanken muss, biegt er auf eine wie gerufen auftauchende Tankstelle ab. Als er getankt hat, ist nach wie vor keine Wetterbesserung in Sicht; er betritt ein angeschlossenes Café und lässt sich mit einer Tasse Kaffee und einer Boulevardzeitung in einer Sitznische nieder.

Für die Zeitung braucht er fünf Minuten, danach faltet er sie zusammen und denkt über die Krankheit nach, an der Tibor Schittkowski offenbar leidet. ALS. Max hat sich im Internet schlaugemacht, unmittelbar nach ihrem ersten Telefonat.

Amyotrophe Lateralsklerose. Was er gelesen hat, klingt wenig erfreulich. Eine Art Muskelschwäche, die unerbittlich zum Tode führt. Keine bekannten Heilmittel, nur Medikamente, die den Krankheitsverlauf verlangsamen. Die durchschnittliche Zeitspanne zwischen

Diagnose und Tod beträgt etwa drei Jahre. Es endet in der Regel damit, dass man nicht mehr atmen kann.

Schittkowski hat nicht erzählt, wie lange er schon betroffen ist, aber Max nimmt an, dass er schon mehr als zwei Jahre krank sein muss, wenn er inzwischen nur noch ein paar Monate zu leben hat. Er versucht, ihn sich vorzustellen, wie er aussieht und wohnt, was natürlich eine unmögliche Aufgabe ist. Als Jugendlicher ähnelte Tibor ziemlich stark Ringo Starr, daran erinnert Max sich noch. Allerdings hatte er wesentlich stärker abstehende Ohren; ganz gleich, wie er seine langen Haare kämmte, es gelang ihm nie, sie zu verbergen, und dies und die Tatsache, dass er in allen möglichen Situationen schnell rot wurde, führte dazu, dass er in manchen Kreisen unter der Bezeichnung *Zwei blutrote Segel* bekannt war. Obwohl Max das mit dem Erröten eigentlich nur vom Hörensagen weiß, und wenn ihm sein Gedächtnis keinen Streich spielt, hat Tibor seine ärgerlichen Hörorgane operieren lassen, damit sie flacher am Schädel anliegen. Er kann sich allerdings nicht erinnern, das Ergebnis jemals mit eigenen Augen gesehen zu haben.

Der Scheißhaufen und *Zwei blutrote Segel.* Es lohnt sich natürlich nicht, über diese alten Spitznamen nachzugrübeln, vor allem nicht, wenn man bedenkt, dass ihr Träger bald sterben wird, und Max merkt, dass ihn eine Art Trauer übermannt. Eine Trauer über die Vergänglichkeit und Sinnlosigkeit des Lebens wahrscheinlich. Über die Unbestechlichkeit des Todes. Da hat er nun Tausende Seiten über diese Dinge geschrieben oder zumindest versucht, einiges zu diesem Thema zu Papier zu bringen, aber wenn die Wirklichkeit dann unter dem Make-up der Worte zum Vorschein kommt, erscheint einem das anders. Ja, völlig anders, überlegt Max Schmeling. Er denkt ein, zwei Momente darüber nach, seine Therapeutin anzurufen, aber da sie kaum etwas anderes beizusteuern haben wird als eine weitere Reihe neunmalkluger und unzuverlässiger Wortpflaster, lässt er es bleiben.

Stattdessen leert er seine Kaffeetasse und rennt durch den Regen zu seinem Auto. Obwohl es nicht mehr als zwanzig, dreißig Meter sind, wird er dabei klatschnass und denkt, dass es eine Übersprunghandlung gewesen sein muss, auf Schittkowskis Wunsch einzugehen. Unabhängig davon, worum es eigentlich gehen wird. Als er wieder auf der Straße ist, stellt er außerdem fest – wenig überraschend und ganz folgerichtig –, dass über dieser Landschaft eine gewisse Trostlosigkeit hängt. Vielleicht auch eine bleich schimmernde Melancholie, ja, wie vielleicht über allen Landschaften und Ländern und über dem menschlichen Dasein als solchem?

Ein bleiches Schimmern, können wir im Grunde mehr erwarten als das?

Ab und zu, wenn der Regen für kurze Zeit schwächer wird.

Trotzdem hat seine Fahrt ja ein Ziel und eine Richtung, ist es nicht so? Sind Trostlosigkeit und Melancholie dasselbe? Er begreift nicht wirklich, woher diese Gedanken kommen, und ebenso wenig, ob sie hilfreich sind oder ihn behindern, aber vielleicht braucht man ja trotz allem etwas Pompöses, an das man sich klammern kann, wenn man spürt, dass man nur noch hinter einem Lenkrad sitzt und verkümmert und unterwegs zu einem Tod ist, der zwar nicht der eigene ist, diesen aber immerhin ankündigt.

Oder etwas in der Art.

Obwohl er sich an der Raststätte Zeit gelassen hat, erreicht er Gimsen eine halbe Stunde zu früh. Schittkowski hat ihm gesagt, dass er erst kommen darf, sobald seine Pflegerin ihn in Frieden gelassen hat – also um zwei Uhr –, und so nutzt Max die Gelegenheit, um vorher noch eine Runde durch die Stadt zu fahren.

Als Erwachsener in die Stadt seiner Kindheit zurückzukehren, ist so, als würde man abends frühstücken. Es irritiert, und nichts stimmt. Die alten Baudenkmäler sind verfallen oder abgerissen worden, an ihre Stelle ist Neumodisches getreten. Die Verheißungen sind erloschen, die Visionen geschrumpft, und es fällt einem leicht, sich einzubilden, dass die gesamte Kindheit und Jugend nur eine Schimäre oder ein Bluff waren. An der Straßenecke hinter dem Sportplatz, wo Max zum ersten und einzigen Mal Regina Bauer geküsst hat, steht ein Dackel und hebt sein Bein an einem Müllkorb.

Er stellt fest, dass Rathaus und Kirche immerhin einigermaßen intakt aussehen, und steuert schließlich den Pokerwald an.

Dort liegt inzwischen wie erwartet ein Wohnviertel. Etwa zwanzig dreistöckige Häuser, die fünf oder zehn Jahre auf dem Buckel zu haben scheinen. Der Pokerwald ist zu einer traurigen Reihe von Kiefern geschrumpft, die in drei Himmelsrichtungen die Wohnhäuser umrahmen. Er findet ohne größere Schwierigkeiten den richtigen Hauseingang in der Eggerstraat, parkt den Wagen auf einem der Stellplätze für Besucher und steht exakt fünf Minuten nach zwei vor einer braun furnierten Tür in der obersten Etage mit einem handgeschriebenen Namensschild über dem Briefeinwurf: PIRMASEN/RANDERS. Max hat keine Ahnung, was das bedeutet, es lässt einen eher an den Namen einer Firma als an einen Menschen denken, aber Tibor Schittkowski hat ihm erklärt, dies und nichts anderes stehe auf seiner Tür. Warum auch immer.

Er zögert einige Sekunden, noch ist es nicht zu spät umzukehren, dann legt er den Zeigefinger auf den Klingelknopf.

Schittkowski muss auf ihn gewartet haben, vielleicht hat er ihn auch schon durchs Fenster gesehen, denn die Tür wird praktisch sofort geöffnet. Max weiß nicht, was er eigentlich erwartet hat, weder was die Wohnung noch was ihren Besitzer betrifft; eine triste, traditionelle Dreizimmerwohnung und einen vom Tode gezeichneten Vierundsechzigjährigen, der wahrscheinlich älter aussieht, aber ehrlich gesagt hat er sich wohl gar kein mentales Bild dieser Art gemacht.

Es trifft so oder so auch nicht zu. Tibor Schittkowski sitzt zwar in einem Rollstuhl und sieht auch nicht unbedingt gesund aus, strahlt aber etwas aus, was auf Eigenschaften schließen lässt, die Max so nicht erwartet hat. Haltung möglicherweise? Integrität? Intelligenz? Warum er vorausgesetzt hat, dass es seinem alten Bekannten an solchen Qualitäten mangelt, ist eine Frage, zu der er ungern Stellung beziehen möchte, und schlagartig wallt in ihm ein Gefühl von Scham auf.

Schittkowski lässt ihm im Übrigen ausreichend Zeit für diese Reflexionen, da er in den ersten drei oder vier Sekunden nichts sagt. Stattdessen betrachten sie einander lediglich, Max im Türrahmen, Tibor im Rollstuhl. Eins hat die Krankheit ihm jedenfalls nicht genommen: seinen Haarwuchs. Er besitzt eine üppige, graumelierte Mähne und einen Bart wie ein alttestamentarischer Prophet oder zumindest wie ein Russe. Sein Gesicht ist hager, bemerkt Max, geradezu ausgehöhlt, und langgezogen wie das eines Pferds. Die Ohren, das wenige, was man von ihnen erkennen kann, sehen ausgesprochen normal aus, die Operation ist damals also allem Anschein nach erfolgreich verlaufen. Die Brille mit ihren dünnen Metallbügeln hängt weit unten auf einer kräftigen Nase; sie ist leicht, ein wenig braun getönt, und er begegnet Max' Blick über ihren Rand hinweg. Max denkt, wenn es ein einziges kleines Detail gibt, das an den Tibor vor vierzig, fünfzig Jahren erinnert, dann sind es diese Augen.

Er hatte damals einen durchdringenden Blick, war es nicht so? Ein bisschen irre.

Aber Ringo Starr? Eher nicht.

Und hager, heute so gut wie damals. Eine dicke, grüne Strickjacke hängt lose auf Schultern und Körper; von den Beinen ist nichts zu sehen, da er eine Decke um sie geschlungen hat, die bis über die Füße hinabreicht. Die Hände, die reglos auf den Armlehnen ruhen, sehen benutzbar, wenngleich ein wenig geschwächt aus.

»Tibor Schittkowski?«

»Max Schmeling. Lange nicht gesehen.«

Ein schiefes Lächeln aus dem Inneren des Barts.

»Herzlich willkommen, mein Freund. Erstaunlich, dass alles, jede Sache und Unternehmung, mehr Zeit in Anspruch nimmt, als wir uns vorstellen. Außer dem Leben selbst, bei dem ist es umgekehrt.«

Seine Stimme ist ein wenig röchelnd, ein wenig zischelnd. Er setzt mit dem Rollstuhl zurück und lässt seinen Gast herein. Max überlegt, ob dies eine einleitende Bemerkung ist, die er sich vorher zurechtgelegt hat, es hat ganz den Anschein, und wenn dem so ist, gibt es wahrscheinlich eine ganze Menge, was vorbereitet ist. Aber ist ihm das nicht schon vorher klar gewesen? Er bereut erneut, dass er gekommen ist, aber so, wie die Dinge jetzt liegen, hat er natürlich keine Chance mehr, eine Kehrtwende zu machen.

»Tritt ein. Ich habe mir gedacht, dass wir uns als Erstes einen Schluck Whisky gönnen, um uns ein wenig zu stärken.«

Das kommt überraschend, aber Max erkennt, dass es in der Tat genau das ist, was er fürs Erste braucht.

3

Lebensrettung 1

Schon vor dem Bau des Gefängnisses lauerten in einer Stadt wie Gimsen Gefahren.

Die Bedrohung, die von der Justizvollzugsanstalt ausging, wurde ansonsten mit Sicherheit übertrieben; hinter den Mauern des Großen Graus saßen unbestritten die schlimmsten Schwerverbrecher des Landes, aber in den seltenen Fällen, in denen einem von ihnen die Flucht gelang, blieb der Betreffende nicht sonderlich lange in der Stadt. Keine Minute länger als nötig, dachte Max immer. Warum sollte er auch bleiben? Das Fluchtauto fuhr mit Sicherheit in südliche oder westliche Richtung; außer Landes, nach Hamburg oder weiter den Kontinent hinunter.

Die Polizeiwache in Gimsen wurde etwa zu der Zeit geschlossen, als das Gefängnis fertiggestellt war; er erinnert sich, dass sein Vater Alois des Öfteren eine ironische Bemerkung über diesen Schachzug fallen ließ, aber vielleicht verfolgte man damit ja tatsächlich einen Plan. Und in das Schuhgeschäft am Marktplatz wurde niemals eingebrochen, in fast dreißig Jahren kein einziges Mal.

Die Gefahren, die in den fünfziger und Anfang der sechziger Jahre lauerten, waren jedenfalls, wie sie waren. Eine der übelsten hörte auf den Namen Guy van der Punck. Schwer zu sagen, welche Bedeutung man der Tatsache zumessen sollte, dass er vierzig Jahre später Bürgermeister in Raatlingen wurde, und Max ist in seinen literarischen Werken stets bemüht gewesen, sich politischer Spekulationen zu enthalten. Als er aufwuchs, war Guy van der Punck jedoch ein übler Schläger, das ist vielfach belegt. Wenn er einem entgegenkam, wechselte man die Straßenseite, und ging man an seinem Haus vorbei, beschleunigte man seine Schritte oder machte lieber gleich einen Umweg um den Block. Guy fuhr Motorrad, seit er zwölf war, und ein unbestätigtes Gerücht besagte, er habe seinen Vater ermordet.

Letzteres hat Max nie geglaubt und vermutlich auch nicht viele andere. Arnold van der Punck war mit ziemlich großer Wahrscheinlichkeit bei einer feuchtfröhlichen Angeltour auf dem Meer ertrunken; die Familie besaß ein Sommerhaus an der Landzunge Wimmers, aber Guy war niemand, der ein nützliches Gerücht dementiert hätte.

Er ging in die siebte Klasse, als Max und seine Kameraden in die vierte gingen, er benutzte Pomade und rauchte knittrige Zigaretten. West oder North State ohne Filter – im Notfall auch Zimmelmanns –, und zwang regelmäßig kleinere Kinder, sie für ihn einzeln bei Weckers Tobacco in der Kernstraat zu kaufen.

Man erzählte sich des Weiteren, dass er vögele, und zwar mit Elfriede Maas und Brigitte Buijgen. Auch diese jungen Damen gingen in die siebte Klasse, alle drei hatten dunkle, fast schwarze Augenbrauen, was als sicheres Zeichen dafür galt, dass man sich dieser speziellen Betätigung widmete.

Es war natürlich unglaublich idiotisch, fast schon schwachsinnig, Guy van der Puncks Fahrrad zu klauen. Aber weder Max noch Bernie wussten, dass es sich um seinen Drahtesel handelte; wahrscheinlich glaubten sie in ihrer Einfalt, jemand wie Guy führe ausschließlich Motorrad. Sie hatten es eilig gehabt, vom Sportplatz heimzukommen, wo sie viel zu lange herumgestanden und das Training der ersten Mannschaft beglotzt hatten, eine Beschäftigung, der sie in jenen Jahren gerne nachgingen, und als dann direkt vor dem Eingang ein brauchbares und nicht abgeschlossenes Fahrrad ein bisschen schlampig an den Zaun gelehnt stand, nahmen sie es sich einfach. Bernie trat in die Pedale, Max saß auf dem Gepäckträger. Wenn seine Erinnerung ihn nicht trügt, hatte er sich die Füße wundgelaufen und konnte deshalb nicht an den Pedalen behilflich sein.

Als es passierte, waren sie gerade in den Adlers steeg eingebogen. Er tauchte auf wie Flint, der Rächer, in »Die Kompanie des Schwarzen Todes«, ein Film, der ein oder zwei Wochen zuvor im Onyx-Kino gelaufen war – allerdings ohne Pferd, also Guy –, und Bernie entschloss sich, schnurstracks in die Fichtenhecke vor Limmermanns Gärtnerei zu fahren. Vielleicht wollte er auch versuchen, durch sie hindurchzufahren, um zu entkommen, aber das bleibt unklar. Max sprang im letzten Moment ab, schlug sich ein Knie blutig und schürfte sich die Handflächen im Schotter auf.

»Verdammte Scheiße, ich bringe euch um!«, erklärte Guy van der Punck aus dem Mundwinkel heraus – im anderen hing eine West oder eventuell auch eine North State, aber keine Zimmelmanns, denn die sahen anders aus – und wedelte mit einem groben Seil, das er aus irgendeinem Grund in den Händen hielt. »Wer meinen Drahtesel klaut, hat seine letzte Kartoffel gesetzt.«

»Wir … wir …«, stammelte Bernie und rappelte sich auf.

»Ja?«, entgegnete Guy, nahm die Fluppe heraus und spuckte in die Fichtenhecke.

»Wir wollten es nur für dich nach Hause fahren«, sagte Bernie. »Wir haben übrigens gar nicht gewusst, dass es dir gehört.«

Das war beim besten Willen nicht sonderlich durchdacht, was selbst Max begriff, als er mit zitternder Unterlippe danebenstand und kein Wort herausbekam. Guy erkannte das auch und zeigte mit einem gelben Grinsen seine Zähne.

»Ihr zwei kommt jetzt mit, dann werdet ihr schon sehen, was mit Bengeln passiert, die Drahtesel klauen, bevor sie richtig trocken hinter den Ohren sind.«

»Drahtesel haben keine Ohren«, bemerkte Bernie. Max hat nie begriffen, warum er ausgerechnet das sagte, aber wahrscheinlich war er so außer sich vor Angst, dass er keine Kontrolle mehr darüber hatte, welche Worte ihm aus dem Mund rutschten.

»Gehört deinem Alten nicht die Starkonditorei?«, fragte Guy und zog an seiner West oder North State.

»Äh ... ja«, antwortete Bernie.

»Der Mann kann einem wirklich leidtun«, meinte Guy.

Und damit stiefelten sie los. Das Fahrrad ließen sie in der Fichtenhecke zurück. Sie nahmen den Adlers steeg und anschließend die Adlerallee bis zum Wald, und als sie diesen erreicht hatten, gingen sie in ihn hinein. Bernie und Max als Erste, gefolgt von Guy. Keiner sagte etwas. Es war früher Abend, es muss im Juni oder August gewesen sein, entweder kurz vor oder kurz nach den Sommerferien, Max ist es später nie gelungen, sich zu erinnern. In diesem Moment spielte das jedoch keine Rolle, es sei denn, man stirbt lieber nach den großen Ferien als vor ihnen. Jedenfalls war kein Mensch im Wald. Nur Bäume, dieselben guten alten Kiefern, die dort seit ewigen Zeiten standen, und Max dachte, dass nun ihr letztes Stündlein geschlagen habe. Außerdem musste er auf einmal ganz dringend pinkeln, traute sich aber nicht, um Erlaubnis zu bitten, stehen bleiben und sich erleichtern zu dürfen.

»Stopp«, befahl Guy, als sie etwa hundert Meter in den Wald hineingekommen waren. »Die Stelle hier ist gut. Lehnt euch an Bäume ... du an den und du an den.«

Er zeigte. Max und Bernie gehorchten.

Daraufhin stellte sich heraus, dass Guy van der Punck in Wahrheit zwei Seile dabeihatte, nicht bloß eins, was

Max im Nachhinein oft einigermaßen seltsam vorgekommen ist. Als habe er gewusst, dass er Verwendung für sie haben würde. Als habe er das Ganze geplant. Dass sein Fahrrad gestohlen und er die Täter auf diese Weise ertappen werde. War das nicht wirklich eigenartig?

Erst schnürte er Benny sorgsam an einem Kiefernstamm fest, danach Max an einem anderen. Ungefähr fünf Meter lagen zwischen ihnen, sie standen einander zugewandt, und Max sah, dass Bernie leichenblass war und jeden Moment losheulen würde. Guy zog und zerrte ein paarmal an den Seilen, um sicherzugehen, dass sich seine Gefangenen nicht würden befreien können, woraufhin er sich eine neue West oder North State anzündete – folglich jedoch keine Zimmelmanns. Er stellte sich breitbeinig vor sie und glotzte sie an. Lächelte höhnisch, leckte sich die Lippen, rauchte und genoss es.

»Also schön«, sagte er. »Ich gehe jetzt nur kurz nach Hause und hole eine Axt. In einer Viertelstunde bin ich zurück und hacke euch den Kopf ab. Der Teufel soll euch holen, wenn ihr versucht, euch zu befreien.«

Anschließend ging er. Max und Bernie standen, wo sie standen, in diesem friedlich rauschenden Wald, und weil es jetzt auch keine Rolle mehr spielte, pinkelte Max in die Hose. Bernie sah es, verzichtete jedoch darauf, es zu kommentieren.

»Wer hätte gedacht, dass man nur zehn Jahre alt werden würde«, sagte er stattdessen. »Das ist doch nun wirklich traurig.«

»Stimmt«, sagte Max. »Meine Mutter wird nicht erfreut sein. Für meine Eltern ist es schlimmer als für deine, du hast wenigstens noch Geschwister.«

»Da hast du recht«, erwiderte Bernie und schluchzte auf, vielleicht flennte er jetzt auch los. »Aber wir sollten lieber nicht versuchen, uns zu befreien, sonst wird er nur noch wütender.«

Max fand auch diese Bemerkung ausgesprochen seltsam. Ob Guy van der Punck nun wütend wurde oder nicht, spielte ja wohl keine Rolle, wenn die Alternative darin bestand, dass er ihnen mit einer Axt den Kopf abschlug. Er kam jedoch nicht mehr dazu, diesen Gedankengang weiterzuverfolgen, da es im selben Moment ein paar Meter neben der offenen Lichtung, an der sie standen, in den Büschen knackte und Tibor Schittkowski auftauchte.

»Hallöchen«, sagte er. »Was steht ihr hier herum und lasst den Kopf hängen? Du hast dich übrigens bepisst.«

Max nickte. Es war schwer zu leugnen.

»Wir sind gefesselt«, erläuterte Bernie.

»Das sehe ich«, sagte Tibor Schittkowski.

»Das hat Guy van der Punck getan«, sagte Max.

»Und warum?«

»Wir haben sein Rad geklaut«, antwortete Bernie.

»Ihr habt Guys Rad geklaut?«

»Ja.«

»Das war aber verdammt dämlich von euch.«

»Das wissen wir auch«, sagte Bernie. »Und wir bereuen es. Aber das nützt uns nichts, denn jetzt ist er nach Hause gegangen, um eine Axt zu holen. Er will uns den Kopf abschlagen.«

»Oh ja, das klingt nach Guy, wie er leibt und lebt«, bemerkte Tibor Schittkowski nachdenklich. »Der Typ muss einfach immer den starken Mann spielen. Wollt ihr, dass ich euch losmache?«

»Und ob«, antwortete Bernie, der seine Meinung in diesem Punkt offenbar radikal geändert hatte. »Aber es muss schnell gehen. Er kann jede Sekunde zurück sein.«

»In Ordnung«, sagte Tibor Schittkowski. »Was bekomme ich für die Mühe?«

»Die Mühe?«, wiederholte Bernie.

Schittkowski nickte nachdrücklich. »Was meint ihr wohl, wie es mir ergehen wird, wenn Guy herausfindet, dass ich euch befreit habe?«

Max stimmte ihm insgeheim zu. Natürlich sollte er zum Dank etwas bekommen – doch ehe ihm ein passendes Angebot einfiel, hatte auch Bernie begriffen, wie der Hase lief.

»Eine Torte und vier Cola«, sagte er.

Das war zweifellos schnell geschaltet von Bernie. Eine Torte konnte er mühelos aus der Konditorei seines Vaters mitgehen lassen, außerdem wusste Max, dass sie bei dem Getränkehändler, der einmal in der Woche mit seinem Lieferwagen vorbeikam, kastenweise Erfrischungsgetränke kauften. Es dürfte für Bernie also kein Problem sein, aus dem Vorrat im Keller ein paar Flaschen abzuzweigen.

»Zwei Torten und acht Cola«, entgegnete Tibor Schittkowski, und nach kurzer Bedenkzeit akzeptierte Bernie seine Forderung.

Max kostete es folglich nichts, dass ihm erspart blieb,

getötet zu werden, und er dachte, dass er Bernie in irgendeiner Weise dafür belohnen werde, sich so selbstlos verhalten zu haben. Im Nachhinein konnte er sich zwar nicht erinnern, dass eine solche Transaktion tatsächlich stattgefunden hatte, aber es ist durchaus denkbar, dass ihn nur sein Gedächtnis im Stich lässt. Vielleicht trug er in einem moralischen Sinne seinen Teil bei. Irgendwie.

Schittkowski hatte ein Taschenmesser dabei und benötigte nur wenige Sekunden, um die Seile zu kappen und die Gefangenen zu befreien. Er einigte sich mit Bernie auf eine Zeit und einen Ort für die Torten- und Limonadenlieferung, und das Trio trennte sich nach einem schlichten Händedruck. Bernie und Max eilten heim in ihre Straße, ihr Retter ging in seine Richtung davon. Pampas und Umgebung, wenn Max nicht alles täuschte.

Bevor er an jenem Abend einschlief, dachte er, dass Tibor Schittkowski etwas Bewundernswertes an sich hatte. Er ging in die sechste Klasse, und man wusste nur wenig über ihn, aber als Max kurz darauf von einem rot gekleideten Ranger in den wilden Grenzgebieten zwischen den Vereinigten Staaten von Amerika und Kanada träumte, trug der Mann eindeutig die Züge dieses männlichen Zwölfjährigen. Zwei blutrote Segel? Nein, das war später, viel später. Obwohl er damals natürlich dieselben Ohren gehabt haben muss.

Jedenfalls erfolgte diese erste Lebensrettung mindestens ein Jahr vor dem Tod von Max' Mutter, so dass ihr immerhin erspart blieb, ihren einzigen Sohn geköpft zu sehen, bevor sie dieses irdische Dasein verließ.

Und er kann sich nicht erinnern, Guy van der Punck danach jemals wieder begegnet zu sein. Was ihm aus heutiger Sicht gelinde gesagt seltsam vorkommt, aber möglicherweise war es einfach so, dass die Familie damals aus der Stadt fortzog. Weit in den Süden vielleicht, denn es war ja die Grenzstadt Raatlingen, in der er später Bürgermeister wurde.

Aber das sind völlig belanglose Spekulationen, zurück zur Geschichte und zur Wirklichkeit.

4

»Ich freue mich sehr, dich bei mir begrüßen zu dürfen, es ist mir wichtig, dass du das weißt. Es tut gut zu wissen, dass es noch Menschen gibt, die über ein gewisses Pflichtgefühl verfügen. Prost!«

Er leert sein Glas und nimmt sich ein paar Rosinen, die in einer Schale auf dem Tisch stehen. Max folgt seinem Beispiel; offenbar ist das die gesamte Bewirtung: Whisky, Wasser und Rosinen. Das Zimmer, in dem sie sitzen, ist im Großen und Ganzen allerdings gemütlich, das lässt sich nicht leugnen. Zwei Wände mit Büchern, Fenster zu ein paar übrig gebliebenen Kiefern hinaus, zwei Ledersessel und ein niedriger, runder Steintisch. Ein Klavier und eine Musikanlage. Kein Fernsehapparat, keine Topfpflanzen, keine Schmuckgegenstände. Doch, ein Bild von einem blauen Adler auf einem Felsen. Tibor Schittkowski in seinem Rollstuhl, er selbst in einem der beiden Sessel. Das Spiel kann beginnen, denkt er. Was denn für ein Spiel? Und worum geht es überhaupt?

»Diese Krankheit, an der du leidest …?«

Aber Tibor unterbricht ihn augenblicklich. »Mein lieber Freund. Ich rede tagaus, tagein mit meinen Krankenschwestern und Ärzten über dieses verdammte Elend. Kein Wort mehr darüber, dafür haben wir schlichtweg keine Zeit. Ich stehe neunzehn Stunden am Tag unter Bewachung, fünf bleiben mir zur freien Verfügung. Zwischen zehn und zwölf am Vormittag, zwischen zwei und fünf am Nachmittag, ich glaube nicht, dass wir weitere Worte über meine Lebensbedingungen verlieren müssen?«

Seine Stimme ist schwach, aber klar, und er spricht mit ausgeklügelter Langsamkeit. Aber vielleicht ist sie auch gar nicht ausgeklügelt, vielleicht muss er nur einfach alle vier oder fünf Wörter nach Luft schnappen. Das niedrige Tempo führt allerdings auch dazu, dass ihm mehr Zeit zum Nachdenken bleibt, als es in einem Gespräch normalerweise der Fall sein würde; Max stellt diese Überlegung an und fragt sich, was das heißt. Das Übergewicht der Gedanken über die Worte, oder wie man es ausdrücken soll. Sein Gastgeber macht generell den Eindruck, sich hervorragend ausdrücken zu können, sich besser ausdrücken zu können, als Max es, von Vorurteilen geleitet, erwartet hatte. Obwohl allein schon die große Zahl von Büchern im Zimmer verrät, dass Tibor Schittkowski ein lesender Mensch ist oder zumindest gewesen ist.

»Ich verstehe«, erwidert Max. »So weit bin ich mit den Voraussetzungen einverstanden. Im Grunde frage ich mich nur eins. Was tue ich hier eigentlich?«

Tibor lächelt oder grimassiert, es lässt sich nicht eindeutig erkennen, was von beidem.

»Ich benötige einen Helfer.«

»Einen Helfer?«

»Ja. Das ist auch schon alles.«

»Könntest du eventuell ein bisschen konkreter werden?«

»Gerne. Meine Tage sind wie bekannt gezählt, und wenn man sich in dieser Position befindet, wird es Zeit, Bilanz zu ziehen. Sich umzuschauen, ob es etwas gibt, was noch getan werden muss, und genau das ist bei mir der Fall.«

Eine lange Atempause, die Max jedoch nicht füllt. Tibor fährt fort:

»Ich weiß nicht, wo deine Lagerfeuer gebrannt haben, aber durch die Lektüre deiner Bücher habe ich immerhin erahnen können, dass dir in deinem Leben das eine oder andere gefehlt hat. Deshalb habe ich den Eindruck gewonnen, dass du verstehen wirst, wovon ich spreche. Wir nehmen doch noch ein Schlückchen?«

Max fällt ein, dass er den Wagen auf dem Hof geparkt hat, kann sich aber nicht dazu durchringen zu protestieren. Kann sich auch nicht dazu durchringen, etwas auf Tibors summarische Analyse seines Lebens und Schreibens zu entgegnen. *Das eine oder andere gefehlt hat*? *Brennende Lagerfeuer*? Tibor schenkt ein, bittet Max, seinen Drink nach Belieben zu verdünnen, und lehnt sich in seinem Rollstuhl zurück. Max gießt Wasser in seinen Whisky, ein Jameson übrigens, nicht seine Lieblingsmarke, aber zweifellos trinkbar. Tibor nimmt einen Schluck, Max nippt vorsichtig. Greift nach ein paar Rosinen. Whisky und Rosinen, denkt er. Eigentlich gar keine so dumme Kombination.

»Sie sind das Einzige, was ich noch esse«, erläutert Tibor. »Falls du dich fragen solltest. Alles andere schmeckt beschissen, irgendetwas stimmt auch mit meiner Zunge nicht, aber vorerst taugt sie wenigstens noch dazu, Worte zu formulieren, ich hoffe, das fällt dir auf. Übrigens ist es schon eigenartig, dass sich derselbe kleine Muskel, dasselbe kleine Stück Fleisch um zwei so wesentliche Aspekte des Lebens kümmern soll. Das Schmecken und das Sprechen. Ich weiß nicht, ob irgendein intelligenter Kauz etwas darüber geschrieben hat, aber vielleicht ist dir ja was bekannt?«

Max denkt nach und schüttelt den Kopf.

»Wie dem auch sei«, fährt Tibor fort, als sein Gast seinen Gedankengang unkommentiert lässt. »Wir benötigen ein paar Hintergrundinformationen. Du wirst dich wohl oder übel damit abfinden müssen, mir eine Weile zuzuhören. Vorher möchte ich mich jedoch vergewissern, dass du dich noch an Kristiana Henkel erinnerst?«

»Kristiana Henkel?«

»Ja.«

Max gibt durch ein kurzes Kopfnicken zu verstehen, dass er sich durchaus an sie erinnert. Während sich sein Puls rasch beschleunigt, denkt er gleichzeitig, dass er sich vermutlich noch an sie erinnern wird, selbst wenn er einhundertzwanzig Jahre alt werden sollte. An Kristiana verlor er nämlich dereinst, im Anbeginn der Zeit, seine Unschuld, und so etwas vergisst man nicht so schnell. Er hat sich allerdings immer, zumindest bis zu diesem Augenblick, eingebildet, dass davon nur zwei Menschen auf der Welt wissen, und Tibor Schittkowski ist definitiv keiner von beiden. Plötzlich kriecht ihm ein mulmiges Gefühl den Rücken hoch, und ohne darüber nachzudenken, kippt er den Inhalt seines Whiskyglases hinunter und wünscht sich, dies alles würde sich in der Lebensphase des regelmäßigen Tabakkonsums abspielen, aber diese Jahrzehnte sind seit langem Geschichte. Er muss sich wohl oder übel mit einer weiteren Handvoll Rosinen begnügen, was nun wirklich etwas völlig anderes ist. Sein Gastgeber betrachtet ihn mit etwas, was eventuell neu erwachtes Interesse sein könnte.

»Habe ich mir doch gedacht, dass du dich an sie erinnerst«, sagt er. »Sie war ja in vielerlei Hinsicht eine bemerkenswerte Frau ... also, ich meine, dass sie schon damals interessant war. Gehe ich recht in der Annahme, dass du nicht besonders viel über mich und mein Leben weißt?«

Max zuckt mit den Schultern. Er weiß selbst nicht genau, was diese Geste bedeuten soll, aber sie legt Tibor Schittkowskis Bericht zumindest keine Steine in den Weg. Dieser richtet sich in seinem Rollstuhl auf und schiebt seine Brille ein wenig den Nasenrücken hinauf. Beides anscheinend unter Aufbietung nachlassender Kräfte.

»Das Leben hat sich nicht so entwickelt, wie wir es uns einst vorgestellt haben. Lauteten so nicht meine Worte in dem Brief an dich?«

Max nickt.

»Je früher wir das einsehen, desto besser wahrscheinlich. Ich persönlich habe es wohl fast zu spät eingesehen.«

Max fragt sich, worauf Tibor hinauswill, hält es aber für das Beste zu schweigen. Tibor räuspert sich mehrmals, auch das wirkt mühevoll, sein Brustkorb hebt und senkt sich wie der einer gestrandeten Robbe. Max ist sich nicht sicher, wie adäquat dieses Bild ist, wahrscheinlich stammt es aus einem Buch, das er selbst geschrieben hat. Er hat in seine Texte generell zu viele Robben eingebaut.

»Das Wichtigste ist doch letztlich, dass man alles in Ordnung bringt, was sich noch geradebiegen lässt«, fährt Tibor fort. »Wenn man in eine Situation wie die meine gerät, geht einem vieles durch den Kopf, was in gewisser Weise auch von Vorteil sein kann.«

»Aha?«, sagt Max.

»Zumindest, wenn man darauf aus ist, das Gleichgewicht wiederherzustellen. Die Trivialitäten des Alltags bleiben einem sozusagen erspart, stattdessen stellen sich zwar andere Trivialitäten ein, aber ich empfinde dennoch eine gewisse Dankbarkeit dafür, dass alles so gekommen ist. In meinen letzten Lebensjahren, meine ich.«

Er streckt sich nach der Whiskyflasche, kommt aber nicht an sie heran und bedeutet Max daraufhin, die Gläser aufzufüllen, woraufhin dieser dem Wunsch seines Gastgebers nachkommt, ohne einen Gedanken an das Auto auf dem Hof und die Heimreise zu verschwenden. Es vergehen einige Sekunden, die ihm fast schon feierlich, zumindest aber ernst vorkommen; sie sitzen sich in einer Art Einverständnis Auge in Auge gegenüber und leeren dann ihre Gläser. Max spürt, dass er schon halb betrunken ist.

»Kristiana Henkel?«, erinnert er Tibor.

»Ja, genau«, sagt Tibor. »Kristiana Henkel. Seid ihr auf dem Gymnasium nicht in dieselbe Klasse gegangen?«

»Das stimmt«, antwortet Max neutral. »Wir waren Klassenkameraden.«

»Sie war ja eine Schönheit«, meint Tibor und nickt mehrmals, als wolle er so die Richtigkeit seines Urteils unterstreichen. »Schon damals, der Meinung waren sicher die allermeisten. Außerdem hatte sie eine Kusine, die später ein Filmstar wurde. Sie war wesentlich älter, sie wohnte hier als Kind, war aber schon nicht mehr in der Stadt, als du in die Pubertät kamst, oder?«

Max bestätigt dies, indem er den Kopf schüttelt. Nein, Beate Henkel ist er nie begegnet, aber er hat sie ziemlich leicht bekleidet in einem miserablen Film gesehen, der irgendwo an der französischen Riviera spielte.

»Was mich betrifft, so war ich ja niemand, der es gewagt hätte, sich Frauen zu nähern«, fährt Tibor fort. »Bis es dazu kam, dauerte es noch viele, viele Jahre. Ich weiß nicht, ob du dich erinnerst, aber bevor ich in die letzte Klasse des Gymnasiums kam, zog ich nach Saaren. Meine Eltern ließen sich damals scheiden, und es blieb Vater überlassen, mich in den nächsten zwei Jahren durchzufüttern, also bis ich selber für mich sorgen konnte. Meine Mutter blieb in Gimsen. Das war im Herbst 1967, ich nehme an, du warst damals gerade in die Oberstufe gekommen ...?«

»Das denke ich auch«, erwidert Max. »Jedenfalls habe ich 1969 Abitur gemacht.«

»Genau wie ich«, sagt Tibor. »In Saaren lief es anfangs nicht so gut für mich, deshalb habe ich eine Ehrenrunde gedreht. Außerdem war mein Vater nach seiner Scheidung nicht in bester Verfassung, man könnte vielleicht sagen, dass ich mich eher um ihn kümmern musste als umgekehrt. Wir waren zwei ziemlich schräge und einsame Vögel, so war es ja schon hier in Gimsen gewesen, und als wir in eine neue Stadt kamen, wurde es nicht unbedingt besser.«

»Er war Autohändler, stimmt's?«

»Autohaus Schittkowski. Als wir umzogen, verkaufte er die Firma. Er hatte sich wahrscheinlich vorgestellt, in Saaren ein neues Geschäft aufzumachen, aber daraus wurde nie etwas. Stattdessen trank er und tat sich selber leid. Wenn man davon lebt, Autos zu kaufen und zu verkaufen, ist es ja durchaus von Vorteil, wenn man ein bisschen kontaktfreudig ist. Das ist mein Vater aber nie gewesen, und je älter er wurde, desto schwerer fiel ihm der Umgang mit anderen Menschen. Wenige Tage vor seinem Tod gestand er mir, er habe eigentlich Musiker werden wollen, sein Vater, also mein Großvater, habe dies jedoch verhindert. Vater spielte in seiner Jugend Klavier, das da drüben ist sein alter Kasten.«

Er atmet schwer und macht eine Geste in Richtung des schwarzlackierten, leicht abgenutzten Klaviers.

»Ein älterer Verwandter hat ihn in die Autobranche gelockt, Vater hat ihm das nie verziehen. In seinen letzten Lebensjahren fiel es ihm sogar schwer, sich überhaupt in einen Wagen zu setzen. Sein Leben war von Anfang bis Ende ein missglücktes Spektakel. Ich hatte wie gesagt Gelegenheit, noch ein paar Worte mit ihm zu wechseln, ehe er das Zeitliche segnete, und er formulierte es wortwörtlich so. *Schluss mit dem Spektakel, Tibor,* sagte er zu mir. *Es wird schön sein, sich nicht mehr mit sich selbst herumärgern zu müssen.*«

Er nimmt sich ein paar Rosinen und kaut nachdenklich. Max fragt sich, ob es nicht allmählich Zeit wird, zur Sache zu kommen. Schittkowskis Vater dürfte ja wohl kaum etwas mit der Angelegenheit zu tun haben? Tibor deutet jedoch lediglich auf die Whiskyflasche. Sie ist noch halb voll, und Max schenkt resigniert weitere Zentiliter in die Gläser. Diesmal schert sich keiner von ihnen um Wasser, sie schauen sich nur kurz in die Augen und trinken.

Dann aber zeigt sich, dass sein Gastgeber die Lage besser im Griff hat, als Max allmählich befürchtet hat.

»Es strengt mich an, hier zu sitzen und zu reden«, sagt er, nachdem er das Glas auf den Tisch gestellt hat. »Mir gehen zwar nicht die Worte aus, aber die Luft. Na ja, du hörst ja selbst, wie ich klinge. In Atemnot wie ein Pfarrer, der den Glauben verloren hat. Jedenfalls habe ich das Ganze deshalb für dich aufgeschrieben.«

»Aufgeschrieben?«, sagt Max.

»Ja. Ich habe mir gedacht, dass es das Beste sein wird, wenn du dir das Ganze in aller Ruhe durchlesen kannst, bevor du dich entscheidest. Ich hoffe allerdings inständig, dass du dich bereit erklären wirst, mir zu helfen, das ist dir hoffentlich klar geworden. Deshalb wollte ich dich vorher unter vier Augen sprechen. Natürlich hätte ich dir den Bericht genauso gut zuschicken können, aber ich habe mir gedacht, dass du so eher anbeißen würdest. Außerdem bin ich wie gesagt der Meinung, dass du mir einen Gefallen schuldest. Auch wenn ein paar Jahre vergangen sind.«

Er streckt den rechten Arm aus und zeigt auf das Bücherregal hinter Max' Rücken.

»Siehst du die Mappe da? Die gelbe?«

Max dreht sich um und entdeckt sie sofort. Eine braungelbe Pappmappe, die in Brusthöhe auf einer der Bücherreihen liegt.

»Bitte sehr«, sagt Tibor. »Ich schlage vor, dass du den Bericht mitnimmst, und in einer Woche können wir uns dann wieder bei mir treffen. Nächsten Dienstag, gleiche Zeit, kannst du das einrichten? Es sind nur fünfzig Seiten, das schaffst du also problemlos. Und, was sagst du?«

Max weiß nicht, was er sagen soll. Beim besten Willen nicht. Er steht auf und greift nach der Mappe. Öffnet sie und stellt fest, dass es sich in etwa um die Textmenge zu handeln scheint, die sein Gastgeber genannt hat. Ein Stapel DIN-A4-Seiten, am Computer geschrieben. Ziemlich enger Zeilenabstand, etwas zu schmale Seitenränder. Keine Seitenzahlen. Auf dem Titelblatt steht kurz und bündig: *Bericht über mein Leben. Tibor Schittkowski.*

»Also, was sagst du?«, wiederholt Tibor, als Max sich nicht äußert. »Hier bei mir in genau einer Woche?«

Max Schmeling kann nicht erkennen, dass ihm eine Wahl bleibt. Als er aufgestanden ist, hat er zudem gemerkt, dass er betrunkener ist, als er gedacht hat. Er verspürt einen intensiven Anflug von etwas Unwirklichem, als würde er träumen oder in einem Film mitspielen, in dem er aus unerklärlichen Gründen eine Rolle übernommen hat, die er einfach nicht in den Griff bekommt. Vielleicht befindet er sich aber auch in einem Roman, den er selbst schreibt und von dem er ganz genau weiß, dass er binnen weniger Seiten vor einem Zusammenbruch steht? Er schließt für einige Sekunden fest die Augen, ballt die Hände zu Fäusten und räuspert sich. Das stabilisiert die Lage ein bisschen, aber nicht viel.

»All right«, sagt er. »Aber ich rufe dich vorher an … sobald ich alles gelesen habe und verstehe, worum es geht.«

Ehe Tibor antwortet, streicht er sich mehrmals mit den Fingern durch den Bart.

»Es ist nicht unbedingt gesagt, dass du mich telefonisch erreichen kannst«, erklärt er. »Aber du kannst es natürlich gerne versuchen. Jedenfalls rechne ich damit, dass du kommst. Zwei Uhr, Dienstag nächster Woche.«

Max fragt sich natürlich, warum es nicht möglich sein soll, Tibor ans Telefon zu bekommen, das klingt in seinen Ohren reichlich kryptisch. Aber statt die Frage aufzugreifen und den immer bizarreren Aufenthalt im früheren Pokerwald zu verlängern, steckt er sich die Mappe unter den Arm und gibt seinem Gastgeber die Hand.

»Vielen Dank für den Whisky und die Rosinen«, sagt er. »Pass auf dich auf. Ich verspreche dir jedenfalls, den Text zu lesen.«

Tibor Schittkowskis Handschlag ist schlaff und kraftlos, dennoch gelingt es ihm, Max' Hand einige Sekunden länger in seiner eigenen festzuhalten als nötig. Und wieder sieht er ihn mit diesem alten Blick an. Durchdringend und gleichzeitig zwingend. Oder ist er nur kurzsichtig? Es ist jedenfalls ziemlich unangenehm, und als es Max endlich gelingt, sich zu befreien, tritt er möglichst schnell aus dem Zimmer. Nie und nimmer, denkt er. Nie und nimmer habe ich vor, irgendeine alte Schuld zu begleichen. Das Ganze ist verjährt, und dadurch, dass ich hergekommen bin, habe ich schon mehr getan, als man von mir verlangen kann.

Als er die Wohnungstür endlich hinter sich geschlossen hat, drängt sich ihm mit aller Macht das Problem auf, das er mit seinem Auto und seinem Alkoholpegel hat. Was tut man?, denkt er. Was zum Teufel tut man? Man befindet sich im elenden Gimsen, das man vierzig Jahre zuvor glücklich hinter sich gelassen hat. Man hat etwa fünfundzwanzig Zentiliter Whisky getrunken und seinen Wagen auf einem Platz für kurzzeitige Besucher im ehemaligen Pokerwald geparkt. Er benötigt nur wenige Sekunden, um die Frage zu beantworten.

Man macht einen Spaziergang ins Stadtzentrum, das tut man. Das Hotel Russlingen gegenüber vom Bahnhof existiert noch, wie er zwei Stunden zuvor bereits feststellen konnte, und wenn er für eine Nacht im Voraus bezahlt, muss er vermutlich nicht einmal angeben, wer er ist.

Es ist erst Viertel vor vier. Der Regen ist von einem angenehmen Herbstnachmittag abgelöst worden, und der Schriftsteller Max Schmeling macht sich, die gelbe

Mappe weiter unter dem Arm, zu Fuß auf den Weg in einen nur allzu vertrauten Stadtkern.

Damals, in früheren Zeiten, gab es im Russlingen ein ganz akzeptables Restaurant. Er erinnert sich, dass es dort einst sogar möglich war, ein oder zwei Gläser Wein zu bekommen, obwohl man das gesetzlich vorgeschriebene Alter noch nicht erreicht hatte. Ob es wohl noch existiert und das Niveau gehalten hat?

5

Möglicherweise ist der Whiskykonsum nicht allein dafür verantwortlich, dass Max Schmeling sich am Abend des zehnten September ein Zimmer im Hotel Russlingen in der Bahnhofsstraße in Gimsen nimmt. Vielleicht existiert trotz allem auch eine Prise reiner Nostalgie in dem mentalen Gebräu, das für seinen Entschluss verantwortlich ist.

Wenn das zutrifft, ist es eine bittere und beherrschte Nostalgie. Als er nach einem einstündigen Nickerchen und einer ausgiebigen Dusche durch die Schwingtüren des Speisesaals im Erdgeschoss tritt, ist er überraschend zufrieden mit sich und der Welt. Durch dieselben Türen, die seit den fünfziger Jahren auf denselben Scharnieren gehangen und geschwungen haben, da ist er sich vollkommen sicher, und als er sich in dem schummrig beleuchteten Lokal umsieht, stellt er fest, dass sich auch hier nur wenige Details verändert zu haben scheinen. Eine brusthohe, fast schwarze Holzvertäfelung, über ihr zahlreiche düstere Ölgemälde irgendeines längst entschlafenen Küstenmalers, dessen Name Max entfallen ist oder den er erst gar nicht gekannt hat. Ein Dutzend roter Schirmlampen, die ein diskretes Licht über ebenso vielen quadratischen Tischen mit weißen Decken und jeweils vier Stühlen mit geraden Rückenlehnen verströmen. Zwei große Gummibäume aus Stoff, derer er sich allerdings nicht entsinnen kann, wohingegen der schäbige Flügel in der Mitte des Raumes eine deutliche Erinnerung zum Leben erweckt; es wurde nie auf ihm gespielt, jedenfalls früher nicht.

An zwei Tischen sitzen Gäste, ein Quartett sehr gepflegter Herren beginnenden mittleren Alters in Anzügen, allerdings ohne Krawatten, dafür mit geöffnetem oberstem Hemdknopf sowie ein jüngeres Paar am hinteren Ende des Raums, kurz vor der Küche, halb verdeckt von einem Blumengebinde auf dem Flügel.

Eine roggenblonde Kellnerin kommt ihm entgegen und erkundigt sich, ob er beabsichtige zu essen und ob er allein sei. Max beantwortet beide Fragen mit Ja, woraufhin ihm in gebührendem Abstand von den anderen Gästen ein Fenstertisch zugewiesen wird. Er nimmt zwei Karten entgegen, eine für Speisen und eine für Getränke, und bestellt zum Auftakt einen Gin Tonic. Der Whisky aus dem Pokerwald hat mittlerweile jede positive Wirkung verloren, und er spürt, dass er Nachschub braucht. Ein sinkender Alkoholpegel im Blut ist der Herbst des Menschen, das hat er selbst in einem seiner ersten Romane geschrieben.

Großer Gott, denkt er. Ich sitze im Speisesaal des Russlingen und bin zweiundsechzig Jahre alt, noch mehr wird die Zeit wohl nie aus den Fugen geraten.

Er beschließt, auf eine Vorspeise zu verzichten. Entscheidet sich stattdessen direkt für ein Lammragout, das die Blonde persönlich empfiehlt. Sie ist etwa dreißig Jahre alt, trägt ihr Haar in einem hoch ansetzenden Pferdeschwanz und hat einen hübschen Nacken, und er fragt sich, ob sie die Tochter eines seiner Schulkameraden sein könnte.

Sie wählt einen chilenischen Rotwein für ihn aus, und als ihm sowohl das eine als auch das andere serviert wird, treten im selben Moment neue Gäste durch die Schwingtüren. Es sind zwei Frauen in Max' Alter, die eine schwer und etwas untersetzt, die andere das Gegenteil: groß und schlank, irgendwie elegant. Er hat augenblicklich das Gefühl, dass er die Großgewachsene kennt. Als die beiden zu ihrem Tisch gehen, kommen sie an Max vorbei, und er bildet sich ein, dass sie ihn ebenfalls identifiziert. Ihre Blicke begegnen sich, sie scheint ihn schon grüßen oder ihm zumindest wiedererkennend zunicken zu wollen, aber dann veranlasst sie irgendetwas, es sich im letzten Bruchteil einer Sekunde anders zu überlegen. Max denkt, dass dies einer jener Momente ist, in denen sich das Leben für einen Weg entscheidet; ebenso gut hätte sie Kontakt zu ihm aufnehmen können, und der weitere Abend, vielleicht das ganze Leben, hätte eine neue und unaufhaltsame Entwicklung genommen. Er hat über solche Begegnungen geschrieben und findet Gefallen an dem Gedanken, dass sein eigenes Leben von ihnen durchsetzt gewesen ist. Eines seiner Lieblingsthemen, vor allem in seinen letzten Büchern, sind alternative Lebenswege, Lebensläufe, die nie gelebt wurden, weil Begegnungen (oder Nicht-Begegnungen) und Entscheidungen seine Romanfiguren in eine bestimmte Richtung geschickt haben, die alle anderen Richtungen ausschließt.

Nach den ersten Schlucken Rotwein, der so aromatisch und gut schmeckt, wie die Blonde es ihm prophezeit hat, fällt ihm schließlich ein, wer die große, elegante Frau ist. Ihr Name ist Rosemarie Hendersen; so hieß sie zumindest vor fünfundvierzig Jahren, aber es erscheint ihm äußerst unwahrscheinlich, dass sie unverheiratet durchs Leben gegangen sein soll, so dass sie heute unter Umständen einen anderen Nachnamen trägt.

Leider sitzt er mit dem Rücken zum Tisch der beiden Frauen, er hätte die Möglichkeit begrüßt, weitere Blicke mit ihr zu wechseln. Er begreift nicht ganz, woher diese dunkle Verlockung rührt; er will doch eigentlich um nichts in der Welt in Gimsen erkannt werden, aber da ist trotzdem etwas, was in ihm tickt. Etwas, das auf seine Aufmerksamkeit pocht, eine kleine, unbefriedigte Einbildung, die Morgenluft wittert und ernst genommen werden möchte.

Doch statt seine Gedanken dieser unsicheren Spur folgend abschweifen zu lassen, beginnt er, über die Frauen nachzudenken, mit denen er im Laufe seiner Wanderung auf Erden zusammengelebt hat. Und daran, warum sich alles so ergeben hat, wie es sich ergeben hat.

Marion war die erste.

Viele Jahre lang glaubte er darüber hinaus, dass sie auch die einzige bleiben würde, was sich dann jedoch als Fehleinschätzung erwies. Sie lernten sich kennen, als sie beide die Irrungen und Wirrungen der Jugend hinter sich hatten, in der ersten Zeit beteuerten sie dies einander gern. Er war vierundzwanzig, sie dreiundzwanzig, und da sie nach etwa einem halben Jahr schwanger wurde, beschlossen sie zusammenzuziehen und einander in guten wie in schlechten Zeiten zu lieben, bis dass der Tod sie auseinanderreißen würde.

Oder wie das hieß. Sie bekräftigten ihren Entschluss, indem sie in der Keymer-Kirche heirateten; eine agnostische Hochzeit zweier moderner Menschen, nur sechzehn Gäste hinterher beim Essen im Restaurant Kraus, die engsten Verwandten aus den jeweiligen Familien, ein Trauzeuge und eine Trauzeugin. Ihr Sohn Frank kam nur drei Monate später zur Welt, und als Max in jener Winternacht vom Krankenhaus nach Hause flanierte, kam es ihm vor, als würde ihn das ganze Universum betrachten. Er und seine kleine Familie waren die Achse, um die sich das Weltall drehte, viel später versuchte er das Gefühl in Worte zu übersetzen, musste aber rasch erkennen, dass dieses Erlebnis weit jenseits der Sprache und des Vermittelbaren lag. Für ein paar Stunden seines Lebens war er mit der reinen Existenz eins gewesen, mit den Bäumen, dem Gras, den Steinen – mit dem stummen Gott und dem Sinn, der sicher hinter all dem eitlen menschlichen Streben verschanzt lag. So war es, so ungefähr zumindest.

Max und Marion lebten zwanzig Jahre zusammen, aber wenn er heute zu begreifen versucht, was sie so lange zusammenhielt, findet er keine Antworten. Um ehrlich zu sein, nicht einmal den Ansatz einer Antwort, abgesehen möglicherweise von der harschen Idee, dass man eine Suppe, die man sich selber eingebrockt hat, auslöffeln muss. Also auch wenn es zwanzig Jahre dauert, und selbst wenn nie wirklich geklärt wird, wer sie eigentlich wem eingebrockt hat.

Trotzdem war die Scheidung ein Schock für ihn; als es zu ihr kam, hatte Max bereits von Lokomotivführer/ Lehrer auf Schriftsteller umgesattelt, und möglicherweise begann er in dieser Phase seines Schreibens, sich für alternative Lebenswege zu interessieren. Das Ganze sollte dabei mit einem besonderen Intermezzo, einem besonderen Augenblick, verbunden sein, aber nach so langer Zeit verspürt er keine Lust, sich darüber den Kopf zu zerbrechen. Was hätte ein weiteres Leben mit Marion – bis zum Tod, der zu jener Zeit noch zwanzig, dreißig oder vierzig Jahre entfernt lag – bedeutet? Als sie sich anderthalb Jahre nach der Trennung in einem Restaurant trafen und darüber sprachen, waren sie einhellig der Meinung gewesen, dass sie beide gewachsen waren und sich weiterentwickelt hatten, seit sie getrennte Wege gingen. Waren das Sätze, die man nur zu gerne aussprach? Billige Bannerträger des makellosen Selbstbetrugs?

Weiß der Teufel, denkt Max oft. Es ist so trügerisch einfach, über diese Dinge zu schwadronieren, und im Übrigen stand er zu dem Zeitpunkt – als er in der besagten Gaststätte saß und mit seiner Exfrau platte Hurrarufe austauschte – im Begriff, sich auf eine neue ernsthafte Beziehung einzulassen.

Sie hieß Jane Whiteley, diese Nummer zwei. Sie war Journalistin, sie hatten sich bei einer Literaturveranstaltung in Granach kennengelernt, und weil sie gerade vierzig geworden war, gingen sie – sobald sie sich füreinander entschieden hatten – unverzüglich ans Werk, ein Kind zu produzieren. Max war sieben Jahre älter als Jane; als seine Tochter Rebecca geboren wurde, stand er unmittelbar vor seinem achtundvierzigsten Geburtstag. Als er vom selben Krankenhaus in derselben Stadt nach Hause spazierte, wenngleich zu einem anderen Zuhause, versuchte er das Gefühl vom letzten Mal heraufzubeschwören, aber es war ein stürmischer und verregneter Frühjahrsabend, und die Augen und Fenster des Universums schienen sorgsam geschlossen zu sein.

Während der sieben Jahre, die sie zusammenlebten, liebte er jedoch sowohl Jane als auch die kleine Rebecca aufrichtig und bildete sich außerdem ein, dass seine Frau diese Liebe erwiderte. Daran, dass seine Tochter es tat, konnte es keinen Zweifel geben; nachdem sie und ihre Mutter nach England gezogen waren (Jane stammte gebürtig aus Liverpool), bekam er – zumindest in den ersten Jahren – regelmäßig Postkarten und Briefe, in denen sie mit kindlicher und krakeliger Schrift erzählte, sie vermisse ihn und sehne sich nach ihrem richtigen Elternhaus zurück. Die Korrespondenz dünnte allerdings schon bald aus, und von Jane hörte er eigentlich nie etwas. Dass sich sein kleiner Seitensprung (mit einer vollbusigen Pressereferentin des Fachbuchverlags Intro) als so bedeutsam erweisen würde, hätte er sich niemals vorstellen können. Selbst heute fällt es ihm noch schwer, es zu glauben – dass Jane den Vorfall als einen dankbaren Grund betrachtete, ihre Beziehung zu beenden, kam der Wahrheit sicher bedeutend näher.

Er blickt zu dem alten Bahnhofsgebäude hinaus, das in der Dämmerung zu schlummern scheint. Es sieht noch genauso aus, wie er es in Erinnerung hat; eine müde und betagte Schönheit und gleichzeitig das Tor zur Welt. Manche Dinge sind trotz allem geblieben, denkt er, vielleicht sogar die meisten. Von diesem Ort aus war er einst aufgebrochen, genauer gesagt von Gleis 4, mit einem gut gefüllten Koffer und einem kleinen Rucksack – aber auch von einem gerührten, aber gefassten Alois Schmeling, der seinem Sohn als Abschiedsgeschenk fünfhundert US-Dollar (weiß der Himmel, woher er sie hatte) und zwei Schachteln Kondome überreichte. Das war im August 1969, Max hatte zwei Monate zuvor sein Abitur gemacht und sollte nun nach Maardam reisen, um dort seinen Wehrdienst abzuleisten.

Er schüttelt ungläubig den Kopf und trinkt einen Schluck Wein. Das Leben, denkt er, wir versuchen so viel daraus zu machen, und dennoch verrinnt es so mir nichts, dir nichts wie das Wasser der Toilettenspülung.

An seine dritte Frau möchte er nicht denken, es ist noch zu schmerzhaft. Aber sie drängt sich ihm natürlich trotzdem auf, tanzt auf denselben leichten Füßen in seinen Kopf, mit denen sie in sein Leben tanzte.

Diese verdammte Brigitte, denkt er. Diese verdammte, bescheuerte Brigitte. Es hätte nicht so kommen müssen, wie es gekommen ist. Es war ein Missverständnis, das zwei Zwölfjährige problemlos untereinander geklärt hätten. Du warst doch so …

Aber bevor er weiter durch diesen dunklen Tunnel hinkt, voller Furcht und nasstropfender Wände und dem Teufel und seiner Großmutter, nimmt er wahr, dass jemand eine Hand auf seine Schulter legt. Er blinzelt erstaunt, dreht den Kopf und erkennt, dass es die Große ist, Rosemarie Hendersen, das muss sie doch sein, oder nicht?

»Hallo«, sagt sie. »Entschuldigung, aber liege ich jetzt völlig daneben oder sitzt hier Max Schmeling?«

Das kann er nicht abstreiten und tut es auch nicht.

»Rosemarie. Du erinnerst dich bestimmt nicht an mich, aber an Maud solltest du dich eigentlich schon noch erinnern.«

Sie nickt zu ihrem Tisch hinüber, und als er dorthin schaut, bringt ihre Freundin ein verlegenes Winken zustande.

»Immerhin seid ihr mindestens drei Jahre in dieselbe Klasse gegangen …«

Maud?, denkt Max. Maud? Maud? Maud? An eine Klassenkameradin dieses Namens kann er sich beim besten Willen nicht erinnern, nickt aber trotzdem und brummt etwas, was ihn hoffentlich zu nichts verpflichtet.

»Ja, entschuldige vielmals«, sagt Rosemarie Wie-auch-immer-sie-heute-heißen-mag. »Wir wollen natürlich nicht aufdringlich sein. Konnten es nur einfach nicht lassen, dich zu fragen. Aber wenn du Lust hast, dich zu uns zu setzen und ein Glas Cognac mit uns zu trinken, bist du herzlich willkommen.«

»Danke«, erwidert Max. »Vielen Dank, aber ich denke eigentlich ... ach, weißt du was? Das klingt wirklich nett.«

Warum antwortet er so? Es ist nicht zu fassen.

Es stellt sich heraus, dass Mauds Nachname Huygens ist, heute wie damals. Rosemarie heißt mittlerweile Vanwillem, aber es stimmt, dass ihr Mädchenname Hendersen war.

Es zeigt sich darüber hinaus, dass Fräulein Huygens noch in Gimsen wohnt – in der Aaronstraat, noch dazu in ihrem alten Elternhaus, aber sosehr Max sich auch bemüht, er kann sich einfach nicht an sie erinnern. Frau Vanwillem ist dagegen nur für drei Tage zu Besuch, weil sie an einer Konferenz für Mitarbeiter des Personalwesens teilnimmt. Zwar nicht in Gimsen, sondern in Reetmaar, fünfundzwanzig Kilometer weiter westlich, wenn er sich erinnert? Und weil das ganz in der Nähe ist, schlägt sie zwei Fliegen mit einer Klappe und besucht ihre alte Freundin.

So sehen also die praktischen Voraussetzungen bei den Damen aus. Aber was in aller Welt hat einen so berühmten Schriftsteller wie Max Schmeling veranlasst, an den Ort des Verbrechens zurückzukehren?

Es ist Rosemarie, die diese sorgsam formulierte Plattitüde auftischt. Maud Huygens beschränkt sich darauf, kerzengerade dazusitzen und zu versuchen, ein verlegenes Lächeln in ihrem Gesicht festzuhalten, in dem ansonsten alle Linien abwärts streben. Sie lächelt sicher nicht sehr oft, denkt Max. Und hat es auch früher nicht getan.

»Ich habe einen alten Bekannten besucht«, sagt er.

»Es ist schön, dass du noch Kontakte in der Stadt hast«, wagt Maud festzustellen.

»Ach ja, na ja«, erwidert Max.

»Ist es jemand, den man von früher kennt?«, erkundigt sich Rosemarie Vanwillem.

Max denkt nach. Dann schießt er jegliche Diskretion in den Wind.

»Könnte sein«, erklärt er. »Es ist Tibor Schittkowski, erinnert ihr euch an ihn?«

Rosemarie zögert, ehe sie den Kopf schüttelt. »Nein, ich glaube nicht. Du meinst, er gehört zu unserer Generation?«

»Mehr oder weniger«, antwortet Max.

»Ich erinnere mich an ihn«, sagt Maud mit einer bekümmerten Falte in der Stirn. »Aber das war doch ein ziemlich seltsamer Vogel ... nun ja, entschuldige, wenn ich das sage. Und die Menschen verändern sich natürlich auch. Ist er wieder hergezogen? Ich glaube, ich habe ihn seit ... ja, wie lange mag das jetzt her sein? Seit dreißig, vierzig Jahren nicht mehr gesehen?«

»Was meinst du damit, dass er seltsam war?«, fragt Max, während zeitgleich der versprochene Cognac auf den Tisch kommt.

»Jetzt stoßen wir erst einmal an«, entscheidet Rosemarie. »Auf die guten alten Zeiten.«

Alle drei nippen an ihren Gläsern. Maud schnalzt

mit den Lippen. Um zu unterstreichen, dass man in gewisser Weise, zumindest in diesem Moment, im selben Boot sitzt, schätzt Max. Unabhängig davon, wie es um das Leben und alle Wehwehchen steht, tut ein Glas Cognac gut. Er wiederholt seine Frage.

»Was war denn nun so eigenartig an Tibor Schittkowski?«

Maud Huygens stellt ihr Glas ab und simuliert einen Moment der Nachdenklichkeit. »Ich weiß es nicht genau. Aber wir wohnten damals ein paar Jahre in derselben Straße. Ihr Haus lag bloß fünf Meter von unserem entfernt. Jedenfalls sammelte er in der Garage Tiere. Verlangte Eintritt, wenn man hereinkommen und sie sich anschauen wollte.«

»Tiere in der Garage!«, platzt Rosemarie Vanwillem heraus. »Was zum Teufel … ich meine, was für Tiere denn?«

»Lebende oder tote?«, fragt Max.

»Größtenteils tote«, sagt Maud. »Und selbst wenn sie lebten, als er sie dorthin brachte, starben sie dann ziemlich schnell. Er fütterte sie nicht, aber er hatte gelernt, wie man Körper konserviert … wie nennt man das noch? Taxidermie?«

»Ausgestopfte Tiere!«, stellt Rosemarie schnaubend fest. »In der Garage. Tja, das hört sich in meinen Ohren wirklich ein bisschen verrückt an.«

»Er hat auch einiges in Formalin eingelegt«, führt Maud weiter aus, sichtlich angeregt davon, auf diese Weise für kurze Zeit im Mittelpunkt zu stehen. »Kleine Körper in Einmachgläsern. Es war ehrlich gesagt ziemlich eklig, ich glaube nicht, dass ich mehr als zwei Mal dort war. Sie sind dann auch umgezogen, ich bin ja zwei Jahre jünger.«

»Aber was waren das denn für Tiere?«, möchte Rosemarie wissen. »Und wo hatte er sie her?«

»Kleintiere vor allem«, erläutert Maud. »Mäuse, Wühlmäuse und Eichhörnchen. Eine Reihe von Vögeln. Ich nehme an, dass er im Wald Fallen auslegte. Auch ein paar Frösche und Schlangen ... und der Schädel eines toten Pferds, das Ding war am widerlichsten von allen. Er lag in einem großen Glasbehälter und grinste einen irgendwie an, wenn man die Abdeckung wegzog.«

»Großer Gott«, sagt ihre Freundin und trinkt hastig einen Schluck Cognac. »Nun ja, vielleicht hat er sich ja zu seinem Vorteil verändert, als er älter wurde. Das wirst du natürlich wissen, Max, wenn ihr so gute Freunde seid?«

Max hat eine Weile stumm dagesessen und zugehört. Jetzt schüttelt er abwehrend den Kopf. »Nicht doch, wir sind nicht einmal Bekannte. Ich habe mich vielleicht missverständlich ausgedrückt. Ich bin hier, um ihm bei etwas zu helfen, das ist alles.«

»Aha?«, sagt Rosemarie Vanwillem.

»So, so?«, sagt Maud Huygens.

Beide warten darauf, dass er weiterspricht, das ist ziemlich offensichtlich, aber Max zuckt nur mit den Schultern und lässt den Blick durch den Gastraum schweifen.

»Ich muss schon sagen, dieses Restaurant hat sich wirklich kaum verändert«, sagt er. »Findet ihr nicht auch?«

»Erschreckend wenig«, meint Rosemarie.

»Es ist nach wie vor im Besitz von Familie Potterhaus«, erzählt Maud. »Obwohl es natürlich eine andere Generation ist als damals, als ihr hier gewohnt habt. Wie stellt man es eigentlich an, Bücher zu schreiben? Das habe ich mich immer schon gefragt.«

Das ist eine dieser Fragen, bei denen Max Schmeling ein kalter Schauer über den Rücken läuft. Er schaut auf seine Armbanduhr und hebt mit gespieltem Erstaunen die Augenbrauen.

»Es ist ungefähr so, als würde man einen Elefanten mit einer Zahnbürste abschrubben«, sagt er. »Man muss sich immer ein Stück nach dem anderen vornehmen. Aber ich fürchte, dass ich euch jetzt in Frieden lassen muss. Ich habe noch zwei, drei Telefonate zu führen, ehe es zu spät wird. Ich danke euch für den netten Plausch. Und für den Cognac.«

Fünf Minuten später ist er wieder auf seinem Zimmer. Es ist exakt halb zehn. Er muss kein einziges Telefonat führen, aber auf dem wackligen kleinen Nachttisch wartet eine schmutzig gelbe Mappe auf ihn. Er seufzt, erledigt seine Abendtoilette und legt sich ins Bett.

6

Bericht über mein Leben
Tibor Schittkowski

Ich bin ein Hohlkopf.

Bin es immer gewesen und werde es immer sein. Mein Vater teilte es mir frühzeitig mit, ich war damals vielleicht sieben oder acht Jahre alt. Nur, dass du es weißt, Tibor, sagte er. Du bist und bleibst ein Hohlkopf. Du kannst nichts dafür und nichts dagegen tun. Es ist nicht deine Schuld, aber es ist besser, du backst immer schön kleine Brötchen.

Das Wort »Hohlkopf« ist ja nicht mehr sonderlich gebräuchlich, aber das spielt keine Rolle. Ich habe immer gewusst, wo mein Platz ist, so wie der Schuster bei seinen Leisten bleibt.

Du wirst niemals Freunde haben, erklärte mein Vater ein anderes Mal. Es kann nicht schaden, wenn dir das klar ist.

Auch keine Mädchen, hätte er hinzufügen können, aber ich nehme an, dass er das überflüssig fand. Als wir aus

Gimsen fortzogen, ein gescheiterter Autohändler und sein Hohlkopf von Sohn, war ich so ungeküsst wie ein Pferdearsch. Meine abstehenden Ohren waren jedoch operiert worden, und ich dachte, dass ich an einem anderen Ort trotz allem eine Chance bekommen würde.

Daraus wurde nichts. Schon nach ein paar Wochen begriff ich, dass ich derselbe hoffnungslose einsame Wolf sein würde, der ich auch in Gimsen gewesen war. Außerdem sprach sich schnell herum, dass mein Vater sturzbetrunken im Stadthotel gewesen und hinausgeworfen worden war, nachdem er die Hand unter den Rock einer Kellnerin gesteckt hatte.

Die Lage war also alles andere als rosig. In meiner Ratlosigkeit wurde ich Mitglied einer politischen Vereinigung; kommunistisch, es war ja Ende der sechziger Jahre, es gab sie wie Sand am Meer. Ich glaube, wir waren Trotzkisten, aber ich kann mich auch irren. Wir hießen jedenfalls KMLZ, ich weiß nicht mehr, wofür die Buchstaben standen. Ich interessierte mich nicht sonderlich für Politik, aber es gab dort Mädchen. Man trank Rotwein und rauchte Haschisch, und es wurde fleißig gevögelt. Allerdings nicht mit mir. Ich schrieb mit einem pickeligen Idioten, der Ulrich Hoppenrohde hieß, Pamphlete. Organisierte Demonstrationen und malte Plakate: gegen die Apartheid, gegen die Amerikaner in Vietnam, gegen das Kapital und so weiter. Wenn ich ganz selten tatsächlich high wurde, schlief ich regelmäßig ein. Ich fand auch beim KMLZ keine Freunde, nicht einmal Ulrich wurde einer. Er nahm sich übrigens zwei Jahre später das Leben.

Ich vernachlässigte die Schule und durfte ein Schuljahr wiederholen, weil meine Noten so schlecht waren. Als ich das Abitur machte, war ich immer noch unschuldig und ungeküsst. Du bist zwar ein Hohlkopf, aber du hast immerhin das Gymnasium geschafft, sagte mein Vater, als er mir gratulierte. Das ist kein Pappenstiel.

Wir betranken uns in unserer muffigen Wohnung, und nachdem er auf der Couch eingeschlafen war, ging ich in die Stadt und zog herum. Hier und da liefen Abiturpartys, aber ich war zu keiner eingeladen worden. Schließlich landete ich stattdessen im Vereinsheim, einem Kellerloch in der Parkstraat, ich besaß einen Schlüssel. Wahrscheinlich hatte ich gehofft, dort irgendeinen anderen Aktivisten zu finden, aber es war dort so leer wie im Schädel einer Totgeburt. Ich saß da und dachte eine Weile nach, während ich Zigaretten rauchte und die Pulle Wein leerte, die ich von zu Hause mitgenommen hatte. Dann stahl ich die Vereinskasse und verzog mich.

Ich fuhr acht Jahre zur See. Verlor meine Unschuld an eine Hure in Rio de Janeiro, holte mir einen Tripper bei einer anderen in Surabaya und bekam kurz nach meinem achtundzwanzigsten Geburtstag einen Job als Barkeeper in einem Club in Barcelona. Ich hatte zwar nie zuvor hinter dem Tresen einer Bar gestanden, im Laufe meiner Jahre als Seemann jedoch eine ganze Reihe in allen möglichen Hafenstädten in aller Welt besucht, so dass ich wusste, worauf es ankam. Der Club hieß Publisco, ich trat meine Stelle im Oktober 1977 an, und im Februar des nächsten Jahres kam Kristiana Henkel durch die Tür.

Ich hatte sie seit zehn Jahren nicht mehr gesehen, erkannte sie aber sofort. Obwohl sie sich ziemlich verändert hatte; ich meine nicht äußerlich, sie hatte sich wahrscheinlich einer normalen Kurve folgend von einer hübschen Siebzehnjährigen zu einer schönen Siebenundzwanzigjährigen entwickelt. Wenn es denn eine solche Kurve gibt. Dichte, dunkle Haare, hohe Wangenknochen, braune Mandelaugen und so weiter und so fort. Ein großzügiger Mund, gleichzeitig schlank und voller Kurven, weiß der Henker, wie das möglich ist.

Irgendetwas passte jedoch nicht ins Bild. Da stimmte etwas nicht, was auch Bosco nicht entging, meinem Kollegen an der Bar an jenem Abend, denn als er sie sah, drehte er sich sofort zu mir um und flüsterte: Oh, oh, das riecht nach Ärger.

Sie ging schnurstracks zu Bosco und bestellte eine Margherita. Schob sich auf einen der hohen Barhocker und wartete, während er ihren Drink mixte. Sie trug ein schlichtes, rotes Kleid und darüber ein schwarzes Jackett. Ihr Lippenstift und ihre Nägel waren im gleichen Ton gehalten wie das Kleid. Ohne sich umzuschauen, zog sie ein kleines Notizbuch aus ihrer Handtasche und begann, ungeduldig darin herumzublättern. Sie war irgendwie in eine Wolke aus Rastlosigkeit gehüllt, und ich dachte, dass sie vielleicht auf einem Trip war. Oder eher, dass die Wirkung eines Trips gegen ihren Willen nachließ.

Es war noch früh am Abend, nicht mehr als fünf oder

sechs andere Gäste hielten sich in der Bar auf, und ich dachte darüber nach, ob ich zu ihr gehen und mich vorstellen sollte. Doch dann rief ich mir in Erinnerung, dass ich letztlich immer noch ein Hohlkopf war, und ließ es bleiben.

Es zeigte sich, dass es auch gar nicht nötig war. Als Bosco die Margherita vor ihr auf die Bar stellte, blickte sie auf und schaute mich an. Ich sah ihr an, dass sie ihr Gedächtnis nach mir durchforstete. Während unserer Zeit in Gimsen hatten wir uns zwar kaum gegrüßt, aber es bestand kein Zweifel, dass sie mein Gesicht erkannte.

Wer bist du?, fragte sie schließlich. Du bist nicht Ringo Starr, aber wir sind uns schon einmal begegnet, nicht?

Für einen Moment spielte ich mit dem Gedanken, mich als ein ganz anderer vorzustellen – statt zugeben zu müssen, dass ich Tibor Scheißhaufen Schittkowski aus Gimsen war –, aber irgendetwas sagte mir, dass ich lieber bei der Wahrheit bleiben sollte.

Schittkowski?, sagte sie. Ach ja, genau.

Sonst nichts. Als wäre ihr ein Licht aufgegangen. Sie klang jedenfalls nicht enttäuscht. Betrachtete mich nur nachdenklich, während sie an ihrer Margherita nippte. Ich nehme an, dass ich sie fragte, was sie in Barcelona machte, denn ich erfuhr, dass sie seit einigen Monaten in der Stadt lebte. Sie war mit einem stinkreichen Geschäftsmann aus Buenos Aires verheiratet, der auf dem besten Weg war, sie zu Tode zu quälen.

Letzteres erfuhr ich allerdings erst zu späterer Stunde an jenem Abend. Sie blieb sitzen, bis ich kurz nach Mitternacht Feierabend machte, und zu diesem Zeitpunkt hatte sie sich acht oder zehn Margheritas hinter die Binde gekippt. Daraufhin begleitete ich sie im Taxi zu ihrer Wohnung in der Carrer de Cabanes. Als wir ausstiegen, konnte sie sich kaum auf den Beinen halten, weshalb ich dafür sorgen musste, dass sie bis ins Schlafzimmer kam. Ihr Mann war auf Geschäftsreise in London. Ich half ihr beim Ausziehen und brachte sie ins Bett. Sie fragte, ob ich mit ihr schlafen wolle, und ich antwortete, im Grunde schon, aber dass ich die Situation nicht ausnutzen wolle. Ein anderes Mal vielleicht?, sagte sie. Ich nickte und hinterließ meine Telefonnummer auf einem Zettel auf ihrem Nachttisch und hoffte, sie würde dafür sorgen, dass er nicht mehr dort lag, wenn ihr Geschäftsmann zurückkehrte. Anschließend wartete ich, bis sie eingeschlafen war, was nur eine Minute dauerte, und verließ die Wohnung.

Sechs Wochen vergingen, ohne dass ich etwas von ihr hörte. Es wurde Frühling in Barcelona, voller blühender Mimosen und vager Versprechungen. Natürlich hielt ich in der Bar jeden Abend Ausschau nach ihr, aber sie tauchte nie auf. Ich dachte, dass sie die Stadt vielleicht endgültig verlassen hatte, diese Wohnung war zwar sauber und teuer eingerichtet gewesen, hatte aber dennoch eher wie ein Provisorium gewirkt. Sie hatte mir erzählt, sie und Carlos, so hieß ihr Mann, Carlos Fuentes, seien seit ungefähr zwei Jahren verheiratet und hätten in dieser Zeit an fünf verschiedenen Orten in der Welt gewohnt: Buenos Aires, Hongkong, Kapstadt und

Los Angeles. Und nun also Barcelona. Ich hatte keine Ahnung, welcher Art von Geschäften Señor Fuentes nachging, aber dass es sich um große Summen handeln musste, erschien mir einigermaßen wahrscheinlich. Vielleicht auch um Schwarzgeld.

Dann rief sie mich doch noch an, an einem Morgen Ende März; ich hatte am Vorabend die frühe Schicht gehabt, saß mit einer Tasse Kaffee in meiner engen Küche in der Carrer Bergara in einer Wohnung, die ich mir mit einem Zirkusartisten aus Neapel teilte. Sobald ich ihre Stimme hörte, wusste ich, dass sie in Schwierigkeiten war. Sie sprach undeutlich, weinte und bat mich, zu ihr nach Hause zu kommen, und so befand ich mich eine halbe Stunde später wieder in dem Schlafzimmer, in dem ich sie eineinhalb Monate zuvor verlassen hatte. Kristiana Henkel (oder Fuentes, wie sie inzwischen hieß) saß an den Bettgiebel gelehnt, sie trug einen dunkelroten Kimono und eine große, schwarze Brille und war ganz offensichtlich misshandelt worden. Ihre Unterlippe war aufgeplatzt, sie hatte an verschiedenen Stellen blaue Flecken im Gesicht und ein großes Pflaster am Hals. Sie hatte die Arme vor der Brust verschränkt und zitterte. Ich bat sie, die Brille abzuziehen, und als sie es tat, sah ich, dass ihr linkes Auge verquollen und vollständig zugeschwollen war.

Dein Mann?, fragte ich. Sie nickte. Ich fragte sie, wo das Telefon sei, damit ich einen Arzt rufen könne.

Kein Arzt, sagte sie. Das ist nicht nötig. Er ist nach Mexiko gefahren und wird zwei Wochen fort sein.

Es waren diese zwei Wochen, in denen ich mich in sie verliebte. In den ersten Tagen kümmerte ich mich um sie, wie man sich um ein verletztes Tier kümmert, ich verfüge über eine gewisse Erfahrung mit so etwas. Ich pflegte sie, tupfte ihre Wunden ab, lief zur Apotheke und kaufte Medikamente, machte Heiße Zitrone mit Honig und umhegte sie. Massierte abschwellende Salben ein und fütterte sie mit Eis und Obst. Sie blieb die ganze Zeit im Bett und verließ es nur, um das Badezimmer aufzusuchen und ihre Notdurft zu verrichten oder zu duschen. Darüber hinaus glaube ich, dass sie die eine oder andere Droge in ihrem Badezimmerschrank verwahrte, denn wenn sie fünfzehn Minuten oder eine halbe Stunde später zurückkam, war sie oft ein wenig überdreht, ein bisschen high, aber ich sparte es mir jedes Mal, sie danach zu fragen oder herauszufinden, was sie da eigentlich einschmiss.

Ich rief in meiner Bar an und meldete mich krank. In der ersten und zweiten Nacht schlief ich auf der Couch im angrenzenden Wohnzimmer, in der dritten bat sie mich, zu ihr zu kommen und sich neben ihr ins Bett zu legen. In der vierten Nacht liebten wir uns.

Sie erzählte mir von ihrem Leben. Davon, wie es so gekommen war, wie es sich nun darstellte. Davon, wie sehr sie sich nach etwas anderem sehnte. Bevor sie Carlos kennengelernt hatte, war sie mit einem Dänen verheiratet gewesen, dem sie in einem israelischen Kibbuz begegnet war. Als sie geheiratet hatten, war sie zwanzig gewesen, warum auch immer man eine derart bürgerliche Zeremonie in einer solchen Zeit vollziehen wollte, aber so war es jedenfalls gewesen. Kurz nach der Trauung verließen sie den Kibbuz und gingen nach Amsterdam, wo er eigentlich Medizin studieren wollte, sich stattdessen jedoch unterschiedlichen Formen des Drogenhandels widmete. Als er zwei Jahre später geschnappt wurde, war Kristiana schwanger, und als sie das gemeinsame Kind zur Welt brachte, saß er im Gefängnis. Das Baby, ein Mädchen, starb zwei Wochen nach der Geburt, und die Ärzte konnten nicht ausschließen, dass der Drogenmissbrauch seiner Mutter dafür verantwortlich war.

Irgendwann wurde Preben, ihr dänischer Mann, dann aus der Haft entlassen; in der Zwischenzeit hatte er eine Krise durchlebt und war tiefreligiös geworden. Er hatte nicht die Absicht, sein Leben in Amsterdam oder mit seiner Frau fortzusetzen, sondern zog zu seinen Eltern auf deren Hof in Dänemark. Die Scheidung war reine Formsache.

Zu jener Zeit hatte Kristiana begonnen, als Fotomodell zu arbeiten, und als solches fiel sie Carlos Fuentes ins Auge. Er besaß den Löwenanteil eines Parfümunternehmens, für das Kristiana bald darauf auf Reklamewänden in aller Welt posierte, lediglich bekleidet mit einer Perücke und sechs Tropfen eines ihrer erfolgreichsten Produkte. Mir wurde klar, dass ich diese Werbeplakate gesehen haben musste, aber es war mir offensichtlich nicht gelungen, die Frau auf ihnen zu identifizieren.

Carlos Fuentes war fünfundzwanzig Jahre älter als Kristiana, und was er ihr zu bieten hatte, war natürlich ein Leben in Luxus und Überfluss. Darüber hinaus war er ein Mann von Welt und konnte unglaublich charmant sein. Sie heirateten auf St. Barth in der Karibik; Champagner, Kaviar, Austern und Gäste wurden aus vier Erdteilen eingeflogen. In der Hochzeitsnacht stellte sich dann allerdings heraus, dass er impotent war, aber er versicherte ihr, dies sei bloß ein vorübergehendes Malheur.

Was jedoch nicht der Wahrheit entsprach. Die lächerliche Erektion, die Carlos Fuentes in seinen besten Momenten zustande brachte, erinnerte höchstens an einen zusammengerollten Pfannkuchen und war kein Instrument, das zur Penetration von irgendetwas geeignet war. In diesem Punkt zitiere ich Kristiana wörtlich, sie fand offensichtlich Vergnügen daran, das Geschlechtsorgan ihres Gatten auf diese Weise zu beschreiben.

Carlos selbst dagegen war der Ansicht, seine Frau sei für sein sexuelles Unvermögen verantwortlich. Schon nach einem Monat Ehe begann er, erste Anzeichen von Brutalität und Eifersucht an den Tag zu legen. So behauptete er, ihre ausgiebigen Versuche, ihn zu stimulieren, deuteten darauf hin, dass sie eine Prostituierte gewesen sein müsse. Wie solle sie sonst diese raffinierten Techniken gelernt haben? Bestimmt habe sie auch einen oder zwei Liebhaber; sie habe ja zahlreiche Gelegenheiten, sich mit ihnen zu treffen, da er gezwungen sei, mehrmals im Monat auf Geschäftsreise zu gehen. Kristiana bot ihm an, ihn auf seinen Reisen zu begleiten, woraufhin er jedoch erklärte, die Art von Business, um die es dabei gehe, sei nichts für Frauen.

In diesem Stil war es annähernd zwei Jahre weitergegangen. Kristiana traf im Grunde keine anderen Menschen als Carlos und seine Geschäftsfreunde. Ihre Karriere als Model hatte sie nach ihrer Hochzeit aufgegeben, es war eine Bedingung seinerseits gewesen. Da sie so oft umzogen, kam sie nie dazu, Leute kennenzulernen, weder Männer noch Frauen. Natürlich durfte sie mit Carlos' geschniegelten Kumpanen in vornehmen Restaurants speisen, wie sie es ausdrückte, aber sie empfingen niemals Gäste zu Hause, und sie konnte sich nicht erinnern, auch nur ein einziges Mal bei einem der anderen zu Besuch gewesen zu sein.

Und er wurde immer gewalttätiger. Kristiana nahm Drogen und isolierte sich, und es war Carlos, der dafür sorgte, dass sie immer Zugang zu den Pillen bekam, die sie brauchte oder zu brauchen glaubte. Wenn sie mehr oder weniger bewusstlos war, versuchte er dann manchmal, Sex mit ihr zu haben, und sie war sich auch sicher, dass sie ab und zu penetriert wurde, aber was immer in sie eindrang, die Pfannkuchenrolle war es jedenfalls nicht, das konnte sie beschwören.

Findest du es schlimm, dass ich so offen darüber rede?, fragte sie. Überhaupt nicht, versicherte ich ihr. Ich bin acht Jahre zur See gefahren.

Darüber musste sie immer wieder lachen. Tibor Schittkowski, Sailor, sagte sie. Das gefällt mir.

Aber sie fühlte sich natürlich nicht wegen meines suspekten Seemannslebens zu mir hingezogen. Weshalb ich schon bald zu der Auffassung gelangte, dass meine Liebe tatsächlich erwidert wurde.

Es war vielmehr die Vergangenheit. Unsere gemeinsame Herkunft in Gimsen. Das Land und das Leben, die beide nicht mehr waren. Erneut gebe ich ihre Worte wieder. Das Leben, das einmal war, pflegte sie zu sagen. Bitte, lieber Tibor, gib mir das Leben zurück, das einmal war.

Carlos Fuentes kehrte pünktlich zu den Osterfeiertagen nach Barcelona zurück, und ich zog wieder in meine Wohnung und zu meinem Zirkusartisten. Er hieß übrigens Filippo Filippini, was natürlich ein Künstlername war, aber ich nannte ihn nie anders als Filippo. Er war Jongleur und Seiltänzer, ich hatte seine Nummer einmal gesehen und war nicht sonderlich beeindruckt gewesen. Der Zirkus hieß kurz und bündig Merckx; soweit ich weiß, schloss er seine Pforten ein Jahr, nachdem ich Barcelona verlassen hatte.

Es war ungeheuer frustrierend, Kristiana nicht treffen zu können. Ich hatte ihr versprochen, keinen Versuch zu unternehmen, mit ihr in Kontakt zu treten. Es war schlichtweg zu riskant, sie und ich wussten immerhin, wozu Carlos fähig war. Und welche Freunde er vermutlich hatte, wenn es hart auf hart kommen sollte. Sie wollte mich anrufen, wenn sie eine Chance dazu bekam, darauf hatten wir uns geeinigt, und das Einzige, womit ich in der Zwischenzeit meine Tage verbringen konnte – außer Drinks zu mixen und an der Theke Bier und Wein zu zapfen –, war zu warten.

In den drei Wochen, die so verstrichen, plagten mich schwere Schlafstörungen, womit ich bis dahin noch nie zu kämpfen gehabt hatte. Kristiana war andererseits aber auch die erste Frau, in die ich verliebt war, und es war mir unmöglich, sie aus meinen Gedanken zu verbannen. Welche Art von Zukunft ich mir eigentlich mit ihr vorstellte, weiß ich nicht, vielleicht stellte ich mir aber auch gar nichts in der Art vor. Vielleicht war es nicht nötig. Ich sah sie jedoch unablässig vor mir; wie wir uns unterhielten, wie wir lächelten, wie ich ihre Blessuren pflegte, wie sie mich liebkoste und wie sich ihr fantastischer Körper über oder unter mir bewegte, wenn wir uns liebten. Während der kurzen Zeiten, in denen ich etwas Schlaf fand, träumte ich von ihr und sah im Großen und Ganzen die gleichen Dinge. Bosco fiel natürlich auf, dass ich mich verändert hatte und etwas passiert sein musste, und bat mich schließlich zu erzählen, welche der beiden denkbaren Diagnosen die zutreffende war: die tödliche Krebserkrankung oder die Liebe.

All right, sagte ich. Ich habe keinen Krebs.

Das hab ich mir fast gedacht, erwiderte Bosco. Gratuliere. Aber es läuft nicht alles wie am Schnürchen, wie man so sagt? Die Liebe kann übrigens auch tödlich sein.

Bosco liebte es, solche Dinge zu sagen. Bombensichere Wahrheiten über die Wirklichkeit nannte er sie. Und er war schnell verletzt, wenn man sie – und ihn – nicht ernst nahm.

Dann rief sie endlich an. Es war spätabends, oder vielmehr frühmorgens, ich war gerade aus der Bar heimgekehrt.

Kannst du kommen?, fragte sie. Er sitzt in einer Maschine nach New York. Wir haben zehn Tage für uns, mein Geliebter.

Mein Geliebter. Das sagte sie tatsächlich so. Niemals, weder vorher noch später, habe ich mich weniger wie ein Hohlkopf gefühlt. Ja, wenn ich auf mein Leben zurückblicke, weiß ich, dass es der vollendetste Augenblick war, der mir jemals vergönnt sein sollte, der Höhepunkt. Hinterher habe ich oft darüber nachgedacht, woher ich das damals schon wissen konnte. Denn das tat ich.

7

Als Max Schmeling in Zimmer 17 des Hotel Russlingen in Gimsen erwacht, fühlt er sich nicht wohl und ist gereizt. Es ist erst halb sieben, aber er steht trotzdem auf und stellt sich unter die Dusche.

Bloß weg hier, denkt er. Was zum Teufel habe ich hier nur zu suchen? Schittkowskis Geschichte scheuert in ihm wie eine Fischgräte, die im Hals quer sitzt. Will sagen, die zehn Seiten, die er vor dem Einschlafen gelesen hat.

Tibor und Kristiana Henkel in Barcelona? Ein Liebespaar? Bei dem Gedanken bekommt er fast Lust, sich zu übergeben, aber vielleicht ist es auch der ganze Alkohol, den er am Vortag in sich hineingekippt hat, der ihm den Magen umdreht.

Aber die Erinnerung sitzt pochend hinter dem Stirnbein, die wunderbare Erinnerung: wie er selbst und Kristiana sich in einer Sommernacht vor hundert Jahren auf dem kleinen Strand unterhalb von Zimmermanns Point gegenseitig auszogen, wie sie gestärkt von Bier und Wein und Gott weiß was es tatsächlich wagten, das Unerhörte zu tun, das ganz gleich, wie man dazu stehen mochte, das Tor zur Erwachsenenwelt bildete. Zum Leben. Er drang in sie ein, sie ließ ihn eindringen. Das erste Mal, nicht nur für ihn, sondern auch für sie, zwei Siebzehnjährige, deren Körper vor Hormonen strotzten und die das ganze Leben vor sich hatten. Halleluja.

Sie waren vorher kein Paar gewesen und waren es auch hinterher nicht. Er hätte es mit Sicherheit gerne gewollt, sie war weniger interessiert gewesen, so war es leider, und später dachte er, dass er in dieser Phase seiner Entwicklung allmählich begriff, dass man wirklich herzlich wenig zu sagen hat, wenn es um die Frage geht, welche Richtung das eigene Leben einzuschlagen beliebt. Jedenfalls nicht, wenn man sich ein Dasein vorstellt, in dem andere Menschen eine Rolle spielen, und genau darum schien es doch unter anderem zu gehen.

Sie glitten einfach auseinander, Max Schmeling und Kristiana Henkel, fast so geschmeidig, wie sie zusammengeglitten waren, und als er einleitete, was wohl als seine erste richtige Beziehung betrachtet werden muss – mit einem Mädchen aus Weerenhage namens Silvia (es hielt ein knappes halbes Jahr, keiner von ihnen war sonderlich verliebt in den anderen, aber im Hinblick auf die Hormone war die Verbindung überaus praktisch) –, sah man Kristiana bereits Arm in Arm mit einem wesentlich älteren jungen Mann mit eigenem Einkommen, Koteletten und Segelboot. Alles in allem ein geleckter Typ. Max bemühte sich nicht einmal, auch nur seinen Namen in Erfahrung zu bringen.

Kristiana und er grüßten sich dennoch täglich, immerhin gingen sie im Gymnasium in dieselbe Klasse, und dabei dachte er jedes Mal: Ich war trotzdem der Erste. Daran wird nichts etwas ändern können, selbst wenn du mit tausend Männern schläfst.

Und jetzt taucht sie also mehr als vierzig Jahre später in Tibor Schittkowskis infamer Regie wieder auf. Er weiß nicht, was das bedeutet, vielleicht gar nichts, aber er sieht es gern, wenn die Dinge eine Bedeutung haben, das gehört zu seiner Lebensstrategie.

Zwischen Zimmermanns Strand und Barcelona liegt allerdings gerade einmal ein Jahrzehnt, war die Jahreszahl in dem Bericht nicht 1978 gewesen? Vielleicht auch 1979, er erinnert sich nicht mehr, und es spielt auch keine Rolle. Aber was immer der Geschichte des Scheißhaufens und seinem bisher noch undefinierten Anliegen zugrunde liegt, an diesem Morgen verspürt Max Schmeling einen fast körperlichen Widerwillen gegen die ganze Sache. Um nicht zu sagen einen Ekel, einen berechtigten Ekel.

Fahr zur Hölle, Tibor Schittkowski, denkt er, nachdem er sich angezogen hat, und um nicht zu riskieren, sich mit neuen Unannehmlichkeiten konfrontiert zu sehen, beschließt er, auf das Hotelfrühstück zu verzichten. Eine Tasse Kaffee kann er genauso gut unterwegs trinken.

Er verlässt das Hotel Russlingen, ohne der jungen Frau an der Rezeption auch nur Danke und Auf Wiedersehen zu sagen. Als er die Schlüsselkarte auf den Tresen legt, sitzt sie konzentriert vor einem grünlich flimmernden Computerbildschirm, wie sie vor fünfundzwanzig

Jahren auszusehen pflegten, aber sein Zimmer und das Essen hat er bereits am Vorabend bezahlt, so dass er sich nichts vorzuwerfen hat.

Während er zum früheren Pokerwald und seinem Auto spaziert, umhüllt ihn ein relativ milder und schöner Herbstmorgen, wovon er jedoch nichts merkt. Ihm machen stärker werdende Kopfschmerzen zu schaffen; ein eisernes Band, das um Stirn, Schläfen und Nacken sachte enger gezogen wird, so empfindet er es und denkt, falls der Wagen aus irgendeinem Grund nicht anspringen sollte, kann ich ebenso gut die Gelegenheit nutzen, um mir das Leben zu nehmen. Wenn die örtliche Polizei ihn dann identifiziert hat – zum Beispiel mit Hilfe des Führerscheins in seinem Portemonnaie –, kann man ihn praktischerweise in das Kopper-Schmeling'sche Familiengrab im neueren Teil des Friedhofs an der Kirche stopfen. Dort liegen sein Vater und seine Mutter und warten auf ihn. Der Kreis schließt sich sozusagen, auch wenn er nichts als Leere umschließt.

Sein alter Audi ist jedoch so zuverlässig wie eh und je, und eine Stunde später sitzt er in der Nähe von Westwerdingen in einer Raststätte mit einem Kaffee, einem Käsebrot und zwei schmerzstillenden Pillen vor sich, die man ihm bereitwillig aus einem Vorrat unter der Ladentheke ausgehändigt hat. Die Welt hängt trotz allem zusammen, denkt Max Schmeling, es gibt eine Menge schwacher Glieder in der Kette, aber noch halten sie.

Er sehnt sich in sein Arbeitszimmer und zu seinem

Roman zurück, den er plötzlich, als die Kopfschmerzen langsam abebben, gar nicht mehr so skeptisch sieht. Er steht überhaupt nicht kurz vor einer Havarie, er musste nur einmal zwei Tage aus allem heraus, ein bisschen Distanz bekommen. Ja, er wird sich auf jeden Fall eine ausgedehnte Arbeitsschicht gönnen, das ist die richtige Medizin. Sobald er wieder zu Hause ist, wird er vier oder fünf Stunden an seinem Manuskript arbeiten. Schwarzen Kaffee trinken und alle Zweifel und jegliche Nörgelei in den Wind schlagen; beim Schreiben geht es nicht um Inspiration, es geht um Sitzfleisch und Beharrlichkeit.

Während der restlichen Fahrt versucht er ganz bewusst, sich davon abzuhalten, an Tibor Schittkowski und Kristiana Henkel (Fuentes?) zu denken. Es gelingt ihm zwar nicht ganz, aber er beschließt dennoch, mit der Lektüre des restlichen Berichts (Bericht über mein Leben!) zu warten, bis er selbst mindestens ein neues Kapitel zu Papier gebracht hat. Morgen Abend oder übermorgen oder wann immer das sein wird.

Statt Tibor und Kristiana ist es daraufhin Brigitte, die seine Gedanken heimsucht. Es ist, wie es ist. Als würden der Gesang der Reifen auf dem Asphalt und die Richtung seiner Fahrt sie heraufbeschwören, welch unsinnige Idee. Seine Therapeutin mag ja recht haben damit, dass Max seine Depression überwunden hat, aber zu behaupten, dass er über Fräulein Lacroix hinweggekommen sei, ist eine Frage von einem ganz anderen Kaliber. Wie gesagt, diese verdammte Brigitte.

Sie hätten sich eigentlich gar nicht begegnen sollen, aber den Göttern war wohl langweilig, und so kam es, wie es kommen musste. Der Literaturabend in Lindau im Oktober 2010 war als »Autorenquartett« angekündigt worden, und als der alte Akademiefuchs Isidor Halle, der in seinem unendlich langen Leben eine unendlich große Zahl historischer Romane produziert hatte, beginnend in der jüngeren Steinzeit, als diese Stütze, dieser Patriarch, nur einen halben Tag vorher mitteilte, er sei leider krankheitsbedingt verhindert, geriet die Veranstalterin, eine gewisse Penelope Fischer, die Max seit einer Ewigkeit kennt, in Panik und rief ihn an, damit er einsprang. Eine Ehrensache, meinte Penelope. Doppeltes Honorar (heimlich natürlich, die Literatur ist ein von Feinden bevölkertes Minenfeld) und eine Freikarte für den Parnass im Himmel. Er hatte kleidsam geseufzt und das Angebot angenommen. Was tut man nicht alles?

Was tat man nicht alles.

Man hielt sich nicht zurück, das war es, was man nicht tat. Brigitte Lacroix war eine Debütantin, die erst kürzlich ihren dreißigsten Geburtstag gefeiert hatte. Bevor sie in dem ausverkauften Theater auf die Bühne sollte, zitterte sie wie Espenlaub und benötigte dringend seine volle Unterstützung. Ihr lyrischer Roman hieß *Ich zittere unter deinen Fingern*, und als sie drei Stunden nach Ende der Veranstaltung unter Max' Fingern zitterte, versicherte sie ihm, dass sie junge, von sich eingenommene Männer unendlich leid sei. Er war achtundzwanzig Jahre älter als sie, und das war es, was sie brauchte. In jener ersten Nacht in Lindau bekam sie fünf Orgasmen, zumindest behauptete sie das, und schon in der übernächsten Woche zog sie bei ihm ein. Zusammen mit einer Katze, zwei Koffern und zwölfhundert Büchern.

Max besaß ungefähr doppelt so viele Bände, es wurde also eng. Ein halbes Jahr später hatten sie eine größere Wohnung in der Kellnerstraat gefunden. Sechster Stock, vier Zimmer, Aussicht auf den Park; sie war traumhaft schön, und obwohl sie extrem teuer war, wohnte er immer noch in ihr – ohne Brigitte, ohne Katze, ohne vierzehnhundert Bücher, einen Schreibtisch, einen Schreibtischstuhl, sechs Bilder und eine Kommode von Haupt.

Zu allem Überfluss war sie eine unglaublich talentierte Schriftstellerin. Ihrem jungen Alter gemäß schrieb sie am liebsten und besten nachts und in Gesellschaft von acht bis zehn Kerzen und vier oder fünf Gläsern Rotwein. Und Zigaretten, die das Einzige an ihr waren, was er nicht vermisste. Zwischen vier und fünf Uhr morgens legte sie sich dann zu ihm, um mit ihm zu schlafen; das war auch für ihn keine schlechte Zeit, da sein Körper bereits ein paar Stunden Schlaf bekommen hatte und seine Leistungsfähigkeit spitze war. Ihr Debütroman hatte herausragende Kritiken bekommen, ihr zweites Buch, *Frau einsam auf ausgefranster Decke unter dem Blut-Ahorn*, wenn überhaupt möglich, noch bessere. Sie wurde als eine der vielversprechendsten und interessantesten Stimmen der neuen Autorengeneration betrachtet. Max gehörte einer anderen Generation an, und schon im zweiten Jahr ihres Zusammenlebens erhielt sie mehr Einladungen zu

Lesungen und Festivals als er. Im dritten Jahr mehr als doppelt so viele, sie setzten sich zwischen Weihnachten und Neujahr tatsächlich zusammen und zählten die Tage, aber es gab niemals Neid oder Konkurrenzdenken zwischen ihnen. Das betonten sie beide ausdrücklich bei jedem Interview, das sie gaben, und sie gaben viele Interviews, vor allem Brigitte.

Kein Neid, keine Konkurrenz. Dass es so schwer sein sollte, dies in die konfliktgeschrumpften Köpfe dieser verschwörerischen, mittelmäßigen, griesgrämigen, unterernährten Kulturjournalisten zu bekommen! Und dann das viele, verdammte Wasser, das sie später auf ihre schlecht gemauerten Mühlen bekamen, als Brigitte ihn verließ!

Seine Gedanken schweifen auch zu Marion und Jane ab, es lässt sich plötzlich nicht mehr vermeiden. Was wusste er nicht alles über Marion. Er kannte die Namen all ihrer Cousins und Cousinen, von deren Kindern und die ihrer Haustiere. Er kannte die Sozialversicherungsnummer ihrer Mutter und wusste, welche Blutgruppe sie hatte. Marions Blutgruppe, natürlich, nicht die der Mutter, aber war es nicht höchstwahrscheinlich die gleiche? Ihr langes gemeinsames Leben hatte keine Lücken, alles war bis zum kleinsten Muttermal und Trauma offengelegt, war es vielleicht sogar das gewesen, was es schließlich zu Fall gebracht hatte?

Bei Jane kannte er sich weniger gut aus. Viele ihrer persönlichen Details lagen in England, möglicherweise war das der Grund. Wollte sie ihm vielleicht auch nichts erzählen? Aber warum nicht? Und warum hatte er sie nicht gefragt? Ihrem Vater war er nur einmal begegnet, und ihre Mutter war schon tot, als sie und er ein Paar wurden.

Jemand, der definitiv nichts über sich erzählen wollte, war Brigitte. Mein persönlicher Hintergrund ist ein düsteres Kapitel, erklärte sie am Tag ihres Einzugs bei ihm. Wir scheißen darauf und konzentrieren uns auf die Zukunft.

Und das taten sie. Sie lebten im Hier und Jetzt und richteten den Blick in die Zukunft. Im Nachhinein erscheint es ihm absurd, dass man es so halten kann, und er merkt, dass seine Fingerknöchel weiß werden; ja, er hält das Lenkrad so fest umklammert, dass man meinen könnte, es wäre jemand, den er erwürgen wollte. Das will er natürlich nicht, vor allem keine seiner verschwundenen Frauen, aber dass Brigitte noch immer eine solche Frustration bei ihm auslöst, ist sonderbar. Es tut ihm wirklich nicht gut, sie im Kopf zu haben, nicht an einem Tag auf der Autobahn nach Maardam und an allen anderen Tagen auch nicht.

Kalter Kaffee, denkt er. Schau nach vorn, Max Schmeling, die Welt ist voller verlassener Schriftsteller! Es wird nicht noch einer gebraucht.

Es ist erst halb eins, als er auf seinem Stellplatz in der Kellnergarage parkt und erst Viertel nach, als er mit schwarzem Kaffee und einem Arbeitseifer, wie er ihn lange nicht mehr aufzubringen vermochte, an seinem Schreibtisch sitzt. Er erkennt, dass dies in irgendeiner

Weise mit seiner Reise nach Gimsen zusammenhängen muss, versteht aber nicht, wie. Andererseits ist es aber auch nicht wichtig, das zu wissen. Er liest die ersten vier Seiten im fünften Kapitel, weiter ist er nicht gekommen. Der letzte Satz lautet:

> *Am oberen Ende ihres rechten Arms hatte sie ein Tattoo, und er versuchte lange, zu verstehen, was es darstellte, und als er sie endlich danach fragte, erklärte sie, es sei eine exakte Abbildung eines Mandelbaums, in den der Blitz eingeschlagen und der auf dem Hof ihres Elternhauses in Barcelona gestanden habe.*

Er starrt den Satz an. Liest ihn noch einmal und versucht sich zu erinnern, dass er ihn geschrieben hat, aber es taucht keine solche Erinnerung auf. Barcelona? Warum um Himmels willen Barcelona? Die junge Frau heißt Vera, er hat sie im vorigen Kapitel eingeführt, aber nicht erzählt, woher sie kommt, und jetzt steht dort plötzlich, dass sie aus Barcelona stammt. Wie ist es dazu gekommen?

Er bleibt einige Minuten sitzen, ohne es zu begreifen und ohne zu wissen, wie er weitermachen soll. Dann löscht er die katalonische Stadt rasch und schreibt stattdessen Genf. Und auf einmal ist der Knoten geplatzt. Fast fünf Stunden sitzt Max Schmeling an seinem Schreibtisch und arbeitet, und als er die Lampe ausschaltet und hinausgeht, um etwas zu essen, ist er zufrieden mit sich und der Welt. Den ganzen Nachmittag hat er keinen Gedanken an Tibor Schittkowski oder Kristiana Henkel verschwendet. Ebenso wenig an Brigitte oder an seine anderen Frauen. Dagegen hat er fast zehn Seiten geschrieben, das ist weiß Gott nicht schlecht.

Ich bin wieder in der Spur, denkt er. Ich habe alles Vergangene hinter mir gelassen. Ich kann den weiteren Bericht des Scheißhaufens lesen, ohne dass es mich im Mindesten in eine falsche Richtung lenken wird.

8

Bericht über mein Leben
Tibor Schittkowski

/Forts./

Ich kaufte ihr Rosen. Zum ersten Mal in meinem Leben kaufte ich einer Frau Blumen. Siebenundzwanzig rote Rosen, so alt war sie, ich war zwei Jahre älter, wir hatten Probleme, genügend Vasen zu finden, um sie alle hineinstellen zu können, aber am Ende gelang es uns. Und ich erinnere mich, dass in den zehn Tagen, die wir gemeinsam in der Wohnung verbrachten, keine einzige verwelkte.

Wir blieben natürlich nicht die ganze Zeit im Haus, wir gingen auch aus, allerdings nur nachts. Wir achteten generell sehr darauf, dass niemand von Kristianas Besucher erfuhr, wirklich sehr. Es ließ sich mühelos erraten, was Carlos tun würde, wenn er erführe, dass sein Verdacht der Wahrheit entsprach: seine Ehefrau hatte einen Liebhaber.

Denn das war ich jetzt tatsächlich. So nannte sie mich: *mein Liebhaber*. Ich dachte an meinen Vater daheim in Saaren, was er wohl dazu sagen würde, wenn er wüsste, dass sein Sohn, der Hohlkopf, Liebhaber einer wahnsinnig schönen Frau geworden war. Aber mein Vater und ich hatten so gut wie keinen Kontakt mehr zueinander, so dass dies nur ein flüchtiger Gedanke blieb. Und selbst wenn ich es ihm erzählt hätte, hätte er es mir aller Wahrscheinlichkeit nach nicht geglaubt.

Hinzu kam, dass ich ein recht passabler Liebhaber war, ich schenkte ihr eine Menge Orgasmen, und sie hörte niemals auf, mich dafür zu loben. Obwohl ich natürlich praktisch keine Vergleichsmöglichkeiten hatte, vielleicht geht es ja am Anfang allen so. Viele Jahre später, während meiner Zeit im Gefängnis, las ich in einem Buch, für ein Liebespaar sei es normal, im ersten Jahr der Beziehung ungefähr genauso oft Sex zu haben wie im gesamten restlichen Leben.

Wenn wir nachts hinausgingen, flanierten wir am Meer entlang und liebten uns dort manchmal auch im Schutze eines Boots oder von ein paar Büschen. Gegen fünf oder sechs Uhr morgens kehrten wir dann in die Wohnung zurück, frühstückten und legten uns ins Bett.

Unten am Ufer trennten wir uns schließlich auch. Es geschah am frühen Morgen des Tages, an dem Carlos zurückkehren sollte, und Kristiana weinte so, dass es sie schüttelte. Wie soll es weitergehen?, schluchzte sie. Was soll nur aus uns werden, Tibor?

Darauf konnte ich ihr natürlich keine Antwort geben, aber als ich am Strand von Barceloneta stand und sie in einem Taxi in die Stadt verschwinden sah, wurde ich von Verzweiflung und Ohnmacht erfasst; einer Ohnmacht, ausgelöst davon, dass ich nicht handeln, keine Auswege finden konnte, aber genau das ist es wohl auch, was das Wort bedeutet. Ich konnte nichts unternehmen, was die Lage der Dinge verändern würde, ich hatte soeben die zehn besten Tage und Nächte meines Lebens erlebt und war nun wieder zurück auf Los. Außerdem war ich mir nicht einmal sicher, ob ich noch meinen Job im Publisco hatte, weil ich erneut eine ganze Reihe von Abenden nicht zur Arbeit erschienen war. Ich wusste zwar nicht, ob ich jemals wieder meinen Fuß in das Lokal setzen wollte, aber was sollte ich sonst tun? Was um Himmels willen sollte ich nur machen?

Wir hatten nichts abgesprochen, aber ich ging davon aus, dass Kristiana sich bei mir melden würde, sobald sich ihr eine Möglichkeit dazu bot.

Das tat sie auch, aber bis dahin vergingen mehr als zwei Wochen, weil sie sich nicht mehr traute, das Telefon in der Wohnung zu benutzen, um mich anzurufen; sie glaubte, dass Carlos es mit einer Art Abhörvorrichtung versehen hatte. Folglich sah sie sich gezwungen, von einem Münztelefon in der Stadt Kontakt zu mir aufzunehmen, aber das war nicht minder schwer, da Carlos praktisch jede Minute oder Stunde des Tages in ihrer Nähe blieb. Seine Eifersucht und sein Misstrauen waren seit seiner letzten Reise offenbar sogar noch gewachsen, genau wie Kristianas Angst davor, zu was er fähig sein könnte; nun ja, diese Informationen und Befürchtungen erreichten mich natürlich erst später, als sie mich dann endlich anrief.

Wie ich diese Zeit überstand, diese fünfzehn oder sechzehn Tage, kann ich aus heutiger Sicht kaum fassen, aber wahrscheinlich lief es so ab, dass ich so lange in der Bar stand, wie ich mich wachhalten konnte, und anschließend nach Hause ging und die restliche Zeit schlief. Jedenfalls war ich nicht gefeuert worden, ein Typ namens Tristan war für mich eingesprungen, offenbar hatte Bosco dem Besitzer klarmachen können, dass ich Probleme in der Liebe hatte, was in Barcelona als akzeptabler Grund für nahezu alles gilt. Jedenfalls damals, in diesen ersten Jahren nach Francos Tod.

Als Kristiana sich schließlich bei mir meldete, tat sie es nicht, um mir zu sagen, dass wir uns wieder treffen könnten, wie ich selbstverständlich gehofft hatte. Stattdessen hatte sie mir etwas ganz anderes mitzuteilen: Sie war schwanger.

Zumindest glaubte sie, dass sie schwanger war. Ihre Regel war seit einer Woche überfällig, und sie meinte, dass sie ihre Tage sonst immer pünktlich bekomme, fast auf die Stunde genau. Sie hatte die Sache jedoch noch nicht kontrolliert, weil sie es einfach nicht wagte, zu einem Gynäkologen zu gehen, solange Carlos in der Nähe war. Seine nächste Geschäftsreise war erst für Mitte Juni geplant, und unser Telefonat fand Anfang Mai statt.

Wir sprachen nicht länger als drei oder vier Minuten miteinander. Im Hintergrund hörte ich Verkehrslärm und begriff, dass sie tatsächlich in einer Telefonzelle stand. Ihre Stimme klang erstaunlich ruhig, aber ich meinte dennoch heraushören zu können, dass unter der Oberfläche ein Meer aus Panik brauste. Ich fragte sie, was sie zu tun beabsichtige.

Nicht *ich*, antwortete sie. Nicht *ich* muss etwas tun, Tibor. Sondern *wir*. Ich trage dein Kind unter meinem Herzen. Und ich habe vor, es zu bekommen.

Wir lauschten einige Sekunden dem Verkehr und unserem Schweigen. Dann sagte sie: Wir müssen einen Plan schmieden, Tibor.

Wir müssen einen Plan schmieden.

Und das taten wir in den folgenden Wochen. Ehrlich gesagt fiel uns das nicht besonders schwer, da es keine Alternative gab. Wir konnten nur eins tun: Carlos umbringen.

Das war der Grundgedanke, die Lösung sozusagen. Da Carlos nie auch nur ein einziges Tröpfchen Sperma in seiner Gattin hinterlassen hatte, eine Tatsache, die vermutlich nur drei Menschen auf der Welt bekannt war, galt es außerdem zu handeln, bevor Kristianas Zustand für jedermann sichtbar wurde. Denn sie war tatsächlich schwanger, jeder neue Tag stellte es unter Beweis; um das festzustellen, seien keine Tests und auch kein Arzt erforderlich, behauptete sie. Jeden Morgen war ihr übel, ihre Brustwarzen schmerzten, und darüber hinaus gab es eine Reihe weiterer Anzeichen, die jede von einer Frau zur Welt gebrachte Frau zu deuten verstand.

Ein Problem war, dass wir uns nicht treffen und gemeinsam einen Plan aushecken konnten, aber wir telefonierten einige Male miteinander, wenn es ihr gelang, die Wohnung zu verlassen, was nicht ganz einfach war. Carlos schien jeden ihrer Schritte überwachen zu wollen, und sie befürchtete, dass er einen Privatdetektiv auf sie ansetzen würde – oder schon angesetzt hatte. Aber er schlug sie in dieser Zeit nie, worüber Kristiana sehr froh war. Sie ließ seiner Pfannkuchenrolle und seiner ganzen Person so viel Fürsorge und Aufmerksamkeit zuteilwerden, wie sie nur konnte, und offenbar gelang es ihr auf irgendeine unergründliche Weise, ihre Rolle gut zu spielen.

Wirklich wichtig war aber natürlich der Plan. Wie sollten wir Carlos umbringen und ungestraft davonkommen. Auf der Habenseite konnten wir verbuchen, dass keiner, kein einziger Mensch, von Kristiana und mir wusste, wodurch es uns ganz selbstverständlich erschien, dass ich den Mord selbst übernehmen würde. Wenn ein verheirateter Mann unter mysteriösen Umständen zu Tode kommt, fällt der Verdacht natürlich automatisch auf seine Frau, so dass es darauf ankam, Kristiana mit einem wasserdichten Alibi zu versorgen. Es kostete uns nicht sonderlich viel gedankliche Mühe, das plausibelste Drehbuch für die Tat zu entwickeln: ein Raubmord. Ich würde Carlos erschlagen und sein Portemonnaie und seine Uhr und was er sonst noch an Wertsachen bei sich tragen mochte, an mich nehmen. Anschließend vom Tatort verschwinden und mich in Sicherheit bringen.

Wie? Tja, auf die Frage nach der Methode musste ich selbständig eine passende Antwort finden. In den kurzen Telefonaten mit Kristiana ging ich nie auf die

Details ein, fasste meinen Entschluss jedoch im Nullkommanichts: ein Eisenrohr. Ein paar Schläge auf den Kopf sollten ausreichen, außerdem hatte ich nicht die geringste Erfahrung im Umgang mit Messern oder Schusswaffen.

Wo? Kristiana war es, die den Ort bestimmte. Carlos hatte einen Stellplatz in einer Garage, die einen Häuserblock von ihrer Wohnung entfernt lag, und wenn sie mir einen ungefähren Zeitpunkt dafür angeben konnte, wann er dort eintreffen würde, um den stets auf Hochglanz polierten BMW abzustellen oder zu holen, würde ich mich problemlos zwischen den anderen Autos verstecken können, bis es so weit war. Und nach der Tat schleunigst verschwinden können. Als ich die Garage inspizierte, stellte ich fest, dass es eine ganze Reihe von Wegen aus dem Gebäude gab, selbst wenn ein Zeuge auftauchen sollte, gingen wir deshalb davon aus, dass ich ausgezeichnete Chancen haben würde, mich nach dem Mord in Sicherheit zu bringen.

Wann? So schnell wie möglich.

Ja, so sah unser Plan aus, und ich kann bis heute nicht erkennen, dass es größere Lücken in unseren Überlegungen gegeben hätte.

Am Abend des achtzehnten Juni schritt ich schließlich zur Tat. Mein Eisenrohr hatte ich mir bereits einige Tage vorher besorgt, ich hatte es auf einer Baustelle in der Nähe meiner Wohnung gefunden und zwei Häuserblocks von der Parkgarage entfernt hinter ein paar Mülltonnen versteckt. Es spielte keine Rolle, ob Kristiana mich zu Hause oder in der Bar erreichte, sie hatte beide Nummern, und ich würde nicht mehr als fünfzehn bis zwanzig Minuten benötigen, um vor Ort zu sein.

Kurz vor zehn rief sie mich im Publisco an, und ich verließ die Bar ein paar Minuten nach zehn. Ich behauptete, Magenprobleme zu haben, und da es nicht sonderlich voll war und sowohl Bosco als auch die Frau des Besitzers an jenem Abend zugegen waren, sprach auch nichts dagegen, dass ich nach Hause ging.

Kristiana hatte erklärt, Carlos sei zu einem kurzen Treffen mit einem Geschäftsfreund gefahren, er beabsichtige, den Wagen zu nehmen, und werde mit Sicherheit vor Mitternacht zurück sein. Ich sagte ihr, dass ich sie liebe, sie erwiderte, dass sie mich liebe und sich darauf freue, in einer nicht allzu fernen Zukunft mit mir und unserem Kind zusammenleben zu dürfen. Wir hatten geplant, dass wir beide möglichst schnell, allerdings unabhängig voneinander, Barcelona verlassen würden, um uns anschließend an einem anderen Ort niederzulassen.

Um kurz vor halb elf kam ich in die Garage hinunter. Stellte fest, dass Carlos' Parkplatz, Nummer 62, frei war, und ließ mich hinter dem weißen Mercedes auf Nummer 63 auf dem Fußboden nieder, der Wagen hatte dort bei jedem meiner Kontrollgänge gestanden. Ich war gut versteckt, denn zwischen den Stellplätzen 63 und 64 gab es eine kurze Trennwand, keiner, der in der Garage etwas zu erledigen hatte, würde mich in meiner Ecke entdecken können. Ich brauchte nur zu warten, bis Carlos mit seinem BMW hereinrollte, mich in dem Augenblick aufrichten, in dem er die Autotür öffnete, mich von hinten anschleichen und ihm mit meinem Eisenrohr einen Schlag auf den Schädel versetzen, noch ehe er dazu kam, sich richtig aufzurichten.

Danach würde ich ihn um den Inhalt seiner Taschen erleichtern und mich über eine Treppe zwischen den Parktaschen 59 und 60 aus der Garage begeben. Ich hätte nie gedacht, dass es so leicht und bequem sein könnte, jemanden auszurauben und zu ermorden, andererseits hatte ich mir auch nie zuvor ernsthaft Gedanken darüber gemacht.

Wie Kristiana vermutet hatte, tauchte er eine Viertelstunde vor Mitternacht auf. Bis dahin waren zwei andere Autos angekommen und abgestellt worden, niemand war weggefahren. Und keiner hatte mich dort entdeckt, wo ich an die Wand gelehnt saß und überraschend ruhig war. Ich weiß nicht, warum ich so ruhig blieb, aber vielleicht war ich von dem Gefühl erfüllt, dass dies alles nicht ganz real war, dass sich all die Umstände, alles, was in den letzten Monaten geschehen war und zu diesem Plan geführt hatte, nur mit Mühe ernst nehmen ließ, und dieses leicht Unwirkliche beeinflusste mein Nervenkostüm offenbar positiv. Aber ich weiß nicht, später habe ich auch darüber gegrübelt, ob ich vielleicht doch die Psyche eines Mörders besitze, ob ich in Wahrheit etwas radikal anderes bin als der so oft beschworene Hohlkopf, obwohl es sich bei diesen Grübeleien vor allem um wüste Spekulationen handelte, da es nicht viel anderes gab, womit sich meine Gedanken beschäftigten konnten.

Die Lichtkegel der Scheinwerfer huschten über Wände und Wagen. Sehr vorsichtig wurde das große Auto zwischen den weißen Mercedes und einen blauen Alfa Romeo auf der anderen Seite manövriert. Exakt vierzig Zentimeter schienen an beiden Seiten frei zu bleiben, Carlos Fuentes war ein akribischer Herr. Er machte den Motor aus und löste den Sicherheitsgurt. Das Scheinwerferlicht erlosch. Ich ging um den Mercedes herum, das Eisenrohr hielt ich in meiner rechten Hand. Er öffnete die Tür, streckte ein Bein heraus und schob sich mit etwas Mühe aus dem Wagen, wobei er sich mit der linken Hand an der Tür abstützte, als hätte er Rückenschmerzen.

Bevor ich zuschlug, vergewisserte ich mich noch kurz, dass es sich auch wirklich um Carlos Fuentes handelte. Schließlich war ich ihm noch nie persönlich begegnet, aber Kristiana hatte mir Fotos von ihm gezeigt, und es bestand kein Zweifel. Ein recht korpulenter, kleiner Mann mit glänzenden schwarzen Haaren, die gelockt auf den Kragen fielen. Weißes Hemd, dunkle Hose. Ich hob mein Rohr und schlug zu, ich denke nicht, dass er sich meiner Gegenwart vor dem Moment, in dem sein Schädel gebrochen wurde, bewusst war. Er brach zusammen wie ein Schlachtochse.

Als er vor mir auf dem rauen Betonboden lag, dachte ich, dass er bestimmt schon tot war, versetzte ihm aber dennoch drei oder vier zusätzliche Schläge auf den Kopf. Anschließend leerte ich wie geplant seine Taschen: ein Portemonnaie aus hellem Leder, ein paar lose Geldscheine und ein goldenes Feuerzeug. Mit etwas

Mühe streifte ich die Armbanduhr ab, es war eine Rolex, die annähernd ein halbes Kilo zu wiegen schien.

Dann richtete ich mich auf und schaute mich um. Ich habe keine Ahnung, woher die beiden Männer kamen, plötzlich standen sie einfach vor mir und starrten mich an. Zusammen waren sie sicher vier Meter groß und trugen schwarze Lederjacken, und ich zog nicht eine Sekunde in Erwägung, sie mit meinem Eisenrohr anzugreifen.

Wenn du dich von der Stelle rührst, bist du tot, sagte der eine.

Der andere zeigte mit einem Messer auf mich, das aussah, als könnte man damit einem Flusspferd mit einem simplen Schnitt das Bein abtrennen.

9

Max Schmeling wirft mit einer wütenden Armbewegung das Manuskript von sich. Mehr als die Hälfte des Berichts steht zwar noch aus, aber nach der Lektüre dieser letzten Entwicklung hat in seinem Inneren etwas ausgeschlagen.

Das Bein eines Flusspferds mit einem simplen Schnitt abtrennen? Worum geht es hier eigentlich? Was ist das für ein idiotisches Melodram, das Scheißhaufen Schittkowski ihm hier einzubläuen versucht? Eine Mordgeschichte in einer Parkgarage in Barcelona? Und begreift er denn nicht …? Wirklich jeder muss doch wohl kapieren, dass …?

Aber ist das wirklich der Auslöser für seine Verärgerung? Ist es Tibors Naivität, die ihn so reizt? Weil er nicht begreift, dass er hinters Licht geführt wird? Denn das wird er doch, oder etwa nicht? Die ganze Sache wird gründlich schiefgehen, weil …?

Weil Kristiana Henkel-Fuentes nicht ganz die Frau ist, für die sie sich ausgibt?

Oder? Ehrlich gesagt.

Max Schmeling reißt die Decke weg und steht aus

dem Bett auf. Es ist zwanzig vor eins; er hätte nicht anfangen sollen, die Memoiren des Hohlkopfs zu lesen, als er aus Vlissingens Krug nach Hause kam, aber er hatte geglaubt, die nötige Distanz wäre gewährleistet. Er geht auf die Toilette und pinkelt im Stehen. Und während er dort mit seinem Glied in der Hand steht, denkt er – wie auf ein düster gegebenes Signal –, dass es dasselbe Glied ist, das im Anbeginn der Zeit in die jungfräulichen Feuchtgebiete der siebzehnjährigen Kristiana Henkel eindrang. So ist es tatsächlich, genauso schlaff und banal sieht das Leben im Nachhinein aus, und ist nicht in Wahrheit dieser Umstand die Wurzel seines Ärgers? Dass sein Leben vergangen und auf dem besten Wege ist, dahinzuschrumpfen, und dass das einzige Ereignis von Bedeutung, das ihm noch bevorsteht, der Tod ist?

Oder ist er eifersüchtig auf Tibor Schittkowski? Läuft das nicht letztlich aufs Gleiche hinaus?

Wünscht Max Schmeling sich, er hätte selbst vor fünfunddreißig Jahren in jener Bar, wie immer sie hieß, in Barcelona gearbeitet?

Hält er es für eine höhnische Ungerechtigkeit, dass diese Liebesgeschichte von einem Hohlkopf beziehungsweise Scheißhaufen handelt, statt von ihm selbst, und dass … ihn die Geschichte in ihren Bann geschlagen hat, obwohl er nicht in ihren Bann geschlagen werden wollte?

Weil sich der Schreiberling nicht einmal ansatzweise als Schriftsteller bezeichnen kann und nicht einmal ansatzweise eine so begehrenswerte Frau wie Kristiana Henkel verdient hat. Die Frau, die Max Schmeling selbst nach dem himmlischen Durchbruch auf Zimmermanns Strand vor hundert Jahren aus den Händen geglitten war?

Ist es so? Drückt ihn da der Schuh? Weiß der Henker. Er seufzt und kehrt ins Schlafzimmer zurück. Beweggründe?, denkt er. Was ist das nur für ein klägliches altes Schema und Muster, das uns steuert? Warum rollen unsere Gedanken ein Leben lang in diesen trostlosen Reifenspuren?

Und warum denke ich *wir*, wenn ich doch höchstens berechtigt bin, *ich* zu denken?

Er fischt das Manuskript aus dem schmalen Schlitz unter der Kommode, wohin es gerutscht ist, als er es von sich geworfen hat. Stopft es in die gelbe Mappe zurück, verbirgt sie in der Schublade des Nachttischs und löscht das Licht.

Morgen, denkt er. Morgen früh bin ich wieder bei klarem Verstand. Dann werde ich mich entscheiden können, wie ich diesem Mischmasch von jetzt an gegenüberstehen will.

Dann klappt er das Kissen um seinen Kopf und sinkt in einen unruhigen Schlaf.

Am Donnerstag isst er mit seiner Lektorin zu Mittag, der Termin ist vor langer Zeit vereinbart worden. Sie heißt Irina Klinsmann und hat seine letzten drei Bücher betreut, nachdem der alte Hugo Wunsch in Rente gegangen und zwei Tage später nach Spanien gezogen war. Max verrät ihr lediglich, dass er an einem neuen Buch schreibt und sein Manuskript aller Wahrscheinlichkeit nach noch vor Weihnachten auf ihrem Schreibtisch liegen wird. Bis dahin sind es noch mehr als drei Monate. Sie weiß ja, wie das ist; wenn Max Schmeling erst einmal seine Geschichte gefunden hat, hält ihn nichts mehr auf.

Bei diesen Worten lächelt sie und nickt anerkennend. Viele Autoren sind die Unzuverlässigkeit in Person, er nicht.

Sie trennen sich draußen auf dem Keymer Plejn, und sie ist gerade um die Straßenecke an der Kunsthalle verschwunden, als er zufällig Anna Petrova begegnet, der Therapeutin, bei der er wegen seiner Depression und seinen Selbstmordgedanken fünf Monate lang in Behandlung war.

»Hallo Max«, sagt sie. »Das trifft sich aber gut, ich habe mich nämlich schon gefragt, warum Sie sich nicht bei mir gemeldet haben?«

»Warum ich mich nicht gemeldet habe?«, entgegnet Max.

»Das hatten wir doch so verabredet, erinnern Sie sich nicht?«

»Nein«, sagt Max erstaunt. »Daran erinnere ich mich wirklich nicht. Ich dachte, die Behandlung sei abgeschlossen?«

Sie lacht auf und legt eine Hand auf seinen Arm. »Sie alter Fuchs«, sagt sie. »Wir wollten uns nach ein paar Wochen noch ein letztes Mal treffen, um das Ganze abzurunden. Sie sollten mich anrufen, sobald Sie sich dafür bereit fühlen.«

»Was Sie nicht sagen?«, meint Max und lacht jetzt

auch. »Tja, das habe ich wirklich völlig vergessen. Jedenfalls bin ich jetzt wieder ganz der Alte und arbeite auch. Aber wenn Sie natürlich darauf bestehen ...?«

»Ich werde selbstverständlich nicht darauf bestehen«, erwidert Anna Petrova. »Das käme mir niemals in den Sinn. Ich glaube nur, dass Ihnen eine Stunde guttun würde, aber wenn Sie das Gefühl haben, dass Sie lieber nicht wollen ...«

Er zögert einen Moment. »Warum eigentlich nicht?«, sagt er dann. »Es kann ja nicht schaden, oder?«

»Ich hoffe nicht«, sagt Anna Petrova. »Wie wäre es mit heute Nachmittag?«

»Heute Nachmittag?«

»Mir hat gerade jemand abgesagt. Passt es Ihnen um vier?«

Max schaut auf die Uhr. Es ist zwanzig vor zwei.

»In Ordnung«, sagt er. »Abschlussgespräch um vier.«

Sie gibt ihm die Hand und betrachtet ihn einen Moment lang mit ihren blauen Augen. Er denkt, dass sie ihn völlig durchschaut, genau wie seine erste Lehrerin, die unergründliche Frau Horwath, es tat. Wenn er hinter dem Werkraum statt in der stinkenden Toilette gepinkelt oder sich in anderer Weise regelwidrig verhalten hatte.

Er denkt zudem, dass ihm dieser Gedanke noch jedes Mal gekommen ist, wenn sie sich getrennt haben. Horwath-Petrova. Eine Reifenspur wie die andere.

»Ist Ihnen eigentlich bekannt, wie es Brigitte geht?«

Seit fast fünfzig Minuten sind sie jetzt im Gespräch. Auf ihrem Tisch steht, wie immer, eine Uhr, es lässt sich also leicht feststellen. Sie haben alles noch einmal durchgesprochen, und er denkt, dass es stimmt. Es bedurfte eines solchen abschließenden Gesprächs; die Depression, seine Zwangsgedanken und seine Selbstmordgefährdung von einem neuen, distanzierten Aussichtspunkt erörtern zu können, hat er als nützlich und aufbauend empfunden.

Trotzdem ist er nicht ganz distanziert, dieser neue Blickwinkel; eher wie ein altvertrautes Musikstück, denkt er, in dem jeder Satz, jede Strophe, jede Synkope hinlänglich bekannt sind. Der Unterschied besteht darin, dass es nun in einer anderen Tonart gespielt wird. Falls das möglich sein sollte, er ist kein Musiker, ganz bestimmt nicht. Also dieselbe Geschichte, aber ins Licht gestellt, nicht mehr im Morast verborgen. Verständlich und in Worten ausdrückbar; er erkennt, dass Anna Petrova eine wirklich kompetente Therapeutin sein muss: einfühlsam, sensibel, lebensklug, und was sonst noch wichtig sein mag. Nun aber fragt sie ihn plötzlich, wie es Brigitte geht. Warum will sie das wissen? Sie hat ihn anfangs danach gefragt, bei den ersten zwei oder drei Sitzungen, danach hat dieser Aspekt jedoch nie mehr auf der Tagesordnung gestanden.

»Brigitte?«, sagt er. »Nun ja, ich weiß nicht recht. Wir haben überhaupt keinen Kontakt mehr.«

»Sie haben mir nie wirklich erklärt, worum es bei diesem Streit eigentlich ging«, sagt Anna Petrova. »Was der wahre Grund dafür war, meine ich. Ich dachte, Sie würden darauf zurückkommen, aber es hat sich dann leider nie ergeben.«

»Ich fand es nicht weiter wichtig«, erwidert Max und fühlt sich auf einmal nicht ganz wohl in seiner Haut. »Und daran hat sich bis heute nichts geändert. Es war eine Lappalie, die zu einem Katalysator wurde.«

»Also schön«, sagt Anna Petrova. »Wenn Sie nicht darüber sprechen wollen, lassen wir es natürlich. Hauptsache, Sie sind wieder auf den Beinen.«

Eine Reihe schwerer Sekunden verstreicht. Er denkt noch, dass sie verdammt geschickt ist, kann sich aber trotzdem nicht zurückhalten. Irgendetwas muss er ja sagen.

»Es ging um eine Erzählung«, erläutert er. »Wir bildeten uns ein, dass es vielleicht möglich wäre, etwas gemeinsam zu schreiben, es gibt ja durchaus Schriftsteller, die so arbeiten. Nach einer Weile mussten wir jedoch erkennen, dass es bei uns nicht funktionierte, also gaben wir das Projekt wieder auf.«

»Aha?«, sagt seine Therapeutin und reißt ihre blauen Augen erneut weit auf.

»Dann war das im Grunde alles?«

»Ja.«

»Das hört sich in meinen Ohren jetzt nicht besonders gravierend an.«

Er denkt nach.

»In meinen auch nicht.«

»Aber was ist denn dann passiert?«

»Es kam zu einem Missverständnis.«

Sie nickt, sagt aber nichts.

»Ja, es war ein Missverständnis. Ich ...«

»Sprechen Sie weiter.«

»Ich habe die Geschichte benutzt, die wir ausgeheckt hatten. Ich schrieb eine Erzählung, die … nun ja, die veröffentlicht wurde.«

»Und?«

»Brigitte war außer sich vor Wut.«

»Und hat Sie verlassen?«

»So ungefähr.«

Anna Petrova sitzt eine Weile vor ihm und wirkt nachdenklich. »Wir haben uns insgesamt sechzehn Mal getroffen, und trotzdem haben Sie mir das nie erzählt. Wie kommt das?«

Er zuckt mit den Schultern. »Wie gesagt, es war nur ein Katalysator. Sie brauchte einen Grund, um mich zu verlassen. Sie nutzte diese Geschichte aus.«

»Aber war es nicht so, dass sie selbst auch sehr unter dem Bruch litt?«

»Doch, sicher. Aber das war nicht ihr erster Nervenzusammenbruch. Bei ihr ist etwas diagnostiziert worden, ich erinnere mich nur nicht mehr, was …«

»Und Sie wollen hierüber nicht sprechen?«

»Ich verstehe nicht, wozu das gut sein soll. Brigitte braucht sicher Hilfe, vielleicht hat sie die auch bekommen, aber das geht mich nichts an.«

»Weil Brigitte Sie verlassen hat?«

»Zum Beispiel.«

Als er aus Anna Petrovas kleiner Praxis in der Kupinskigasse kommt, blendet ihn die Sonne, und das Dasein gerät für einen Augenblick ins Wanken. Sekundenlang erinnert er sich nicht, wo er die letzte Stunde verbracht hat, weiß er nicht, wohin er unterwegs ist, und auch nicht, welcher Wochentag es ist.

Als ob der Wochentag etwas zu bedeuten hätte, denkt er, als die Koordinaten wieder an der richtigen Stelle sind. Er schiebt die Hände in die Taschen und zieht die Schultern hoch, um sich gegen den etwas kühlen Wind, eindeutig ein Nordwestwind, vom Meer kommend, das ist immer der schlimmste, zu wappnen. Dieser Sonnenstrahl war offenbar nur ein flüchtiger Moment. Und während er langsam durch die vertrauten Straßen nach Hause in der Kellnerstraat spaziert, fragt er sich, ob er allmählich dement wird. Das hat er sich in den letzten fünf Jahren immer wieder gefragt, und manchmal hat auch Brigitte kleine Andeutungen in diese Richtung gemacht.

Jedenfalls ist es einfacher, seine Demenz zu überspielen, wenn man alleine lebt, und so sinkt er mit einem gewissen Wohlbehagen auf die Couch, das Notebook auf einem Kissen auf seinem Bauch und Bessie Smith leise, sehr leise aus der Stereoanlage. Er klickt sein aktuelles Romanmanuskript an, erkennt aber bereits nach wenigen Minuten, dass er sich nicht darauf konzentrieren kann. Es ist nicht diese Geschichte, mit der er sich auseinandersetzen muss, aber bis zum Schlafzimmer und zur Schublade ist es zu weit, und ehe er sich versieht, ist er in seinen belebenden Fünfzehnminutenschlaf gesunken, den er mittlerweile nicht mehr missen möchte, wenn er die Abende mit bewahrter jugendlicher Kraft überstehen will.

10

Bericht über mein Leben
Tibor Schittkowski

/Forts./

Ich erkannte augenblicklich, dass der Mann mit diesen Worten die Wahrheit sagte. Hätte ich mich bewegt, wäre ich dem Tode geweiht gewesen.

Lass dein verdammtes Eisenrohr fallen, sagte der andere. Und dann streckst du die Hände über den Kopf.

Ich befolgte seine Anweisungen. Der Mann mit dem Messer kam langsam auf mich zu. Ich sah, dass er die Hand zur Faust ballte und ausholte, um mich zu schlagen.

Danach erinnere ich mich an nichts mehr, bis ich auf dem Boden eines Polizei-Einsatzwagens aufwachte, der gerade anfuhr. Ich öffnete die Augen, hatte aber furchtbare Kopfschmerzen und schloss sie deshalb lieber wieder. Ich hatte jedoch immerhin gesehen, dass zwei Polizisten über mich gebeugt saßen, der eine hielt einen Schlagstock in der Hand, der andere richtete eine Pistole auf mich. Ich dachte, dass ich ruhig eine Woche oder von mir aus auch noch länger schlafen könnte.

Ansonsten war ich nicht in der Lage, sonderlich viel zu denken. Das funktionierte erst wieder etwas später, als man mich mit einer Decke und einem Kissen in eine Zelle geworfen hatte. Schuhe, Strümpfe, Hose und Pullover hatten sie mir abgenommen. Ich trug nur noch mein Hemd und meine Unterhose, und weil ich fror und mein Kopf in Stücke zersprang, kauerte ich mich in einer Ecke des vollkommen kahlen Raums unter der Decke zusammen. Ich weiß noch, dass es nach Öl und Urin roch. Entweder wurde ich erneut ohnmächtig oder schlief einfach ein, jedenfalls wurde ich eine unbestimmte Zeitspanne später von drei Männern geweckt, die zu mir hereinkamen und mich anwiesen, sie zu begleiten.

Ich erhielt meine Hose zurück und wurde in einen Raum geführt, der ein Vernehmungszimmer zu sein schien. Hier wurde ich gemeinsam mit drei neuen Polizisten eingesperrt, zwei großen, kräftigen, die beidseits der Tür standen, einem kleineren, der aussah wie ein alter, ausgemergelter Geier, und mir an einem kleinen Schreibtisch gegenübersaß und die Befragung übernahm.

Wie hieß ich?

Welche Nationalität hatte ich?

Gestand ich, dass ich Carlos Fuentes getötet hatte?

Warum hatte ich ihn getötet?

Hatte ich Komplizen gehabt?

Wusste ich, dass es in Spanien noch die Todesstrafe gab?

Und so weiter. Ich beantwortete alle Fragen außer

denen, die mein wahres Motiv berührten. Ich gestand meine Tat und erklärte, dass ich kein Geld gehabt habe, dass ich nicht vorbestraft, aber verzweifelt gewesen sei. Als er mich fragte, warum ich Geld bräuchte, gab ich an, jemandem eine größere Summe zu schulden, und dass mein Gläubiger mir gedroht habe. Ich erwähnte Kristianas Namen nicht und enthüllte nicht das Geringste von meinen wahren Beweggründen.

Wir sprachen etwa eine halbe Stunde miteinander. Danach musste ich einige Papiere unterschreiben, woraufhin man mich in meine Zelle zurückbrachte.

Um eine lange und traurige Geschichte ein wenig kürzer zu machen, wurde ich etwa zwei Monate später wegen Raubmords zu einer lebenslänglichen Haftstrafe verurteilt. Während des Prozesses blieb ich bei meiner Geschichte. Mein Anwalt, der hinkte und Molina hieß, hatte von Anfang an erklärt, wenn ich zivilisiert und einigermaßen reumütig aufträte, würde mir die Todesstrafe aller Wahrscheinlichkeit nach erspart bleiben. Er ermahnte mich außerdem, mich in der Haft gut zu führen, denn dann stünden meine Chancen nicht schlecht, in grob geschätzt zwanzig Jahren entlassen zu werden. Auch wenn diese Dinge so kurz nach dem Fall des Franco-Regimes nicht ganz leicht zu beurteilen waren. Hätte ich fünf Jahre zuvor jemanden mit einem Eisenrohr erschlagen und wäre auf frischer Tat erwischt worden, wäre ich zweifellos hingerichtet worden, so dass ich mich immerhin eines gewissen Timings rühmen konnte. Meinte mein Strafverteidiger Molina.

Während des gesamten Prozesses hatte ich keinerlei Kontakt zu Kristiana. Ich hätte sie natürlich gerne gesehen, ihre Hände gehalten, ihr in die Augen geblickt, ihr gesagt, dass ich sie liebe, wusste aber selbstverständlich, dass dies unmöglich war. Es wäre zu riskant gewesen. Vielleicht hätte sie sich an einem der Verhandlungstage (es waren nur zwei) als Witwe des Opfers im Gerichtssaal einfinden können, aber sie verzichtete auch darauf.

Tatsächlich dauerte es fast ein Jahr, bis mich eine Botschaft von ihr erreichte. Es war eine Postkarte an das Gefängnis vor den Toren Madrids, in dem ich gelandet war, sie hatte den Inhalt ein wenig verschlüsselt, aber ich begriff natürlich sofort, worum es ging.

Lieber Tibor,
ich hoffe, es geht dir trotz der unglücklichen Umstände gut. Ich wollte dir nur kurz erzählen, dass Tante K eine kleine Tochter bekommen hat und Mutter und Kind wohlauf sind. Sie leben mittlerweile in der Schweiz.
Mit freundlichen Grüßen
Ulrike

Auf der Karte sah man ein Schloss mit einem See im Vordergrund. Sie war in Genf abgestempelt worden. Ich erinnerte mich, dass Kristiana mir einmal erzählt hatte, ihr zweiter Vorname sei Ulrike.

Ich verbrachte einundzwanzig Jahre im Gefängnis. Ich war achtundzwanzig, als ich die Haft antrat, fast fünfzig, als ich entlassen wurde. Zwei Mal wurde ich in neue Justizvollzugsanstalten verlegt; am längsten saß ich in der dritten und letzten, in Galizien, ein paar Kilometer südlich der Stadt Lugo. Dort verbrachte ich mehr als zwölf Jahre, und dort fühlte ich mich auch am wohlsten. Obwohl die meisten von uns lange Haftstrafen für Schwerverbrechen verbüßten, war es ein ruhiges und relativ harmonisches Dasein. Es gab zwar Streit, aber eher selten, und Insassen, die keinen Kontakt zu den anderen suchten – wie ich selbst –, wurden im Großen und Ganzen in Ruhe gelassen. Die Wächter waren, jedenfalls die meisten, in Ordnung. Während meiner Jahre in Lugo las ich viel und dachte oft, dass dieses einfache Leben, das ich führte, in vielerlei Hinsicht an den Alltag eines Mönchs erinnerte. Ich arbeitete ungefähr sechs Stunden am Tag, wir stellten Stühle und Kleiderständer für Schulen und andere öffentliche Einrichtungen in ganz Spanien her, die restlichen Stunden des Tages verbrachte ich mit Mahlzeiten, Schlaf und Studien. Einmal in der Woche lauschte ich dem Gefängnisgeistlichen, Ostern und vor Weihnachten ging ich zur Kommunion.

Ich hatte keinen Kontakt zu Menschen außerhalb der Gefängnismauern; mein Vater wusste, dass ich in Spanien im Gefängnis saß, aber in den letzten zehn, zwölf Jahren hörte ich nichts mehr von ihm. Ich glaube, ich rechnete damit, dass er tot sein würde, wenn ich herauskam, aber das war er nicht. Ich bekam noch die Gelegenheit, an seinem Sterbebett zu sitzen, es war sogar so ziemlich das Erste, was ich nach meiner Entlassung tat. Das war im Spätherbst 1999, ich werde darauf zurückkommen.

Was mich während meiner langen Haft vor allem aufrecht hielt, war jedoch der Gedanke daran, was es in der Welt draußen gab. Was mich jenseits der Gefängnismauern erwartete.

Meine Geliebte und meine Tochter.

Vielleicht hatte ich erwartet, dass es Kristiana irgendwie gelingen würde, Kontakt zu mir aufzunehmen, aber gleichzeitig wusste ich natürlich, wie riskant dies gewesen wäre. Es hätte ja schon gereicht, dass jemand aus dem Gefängnis über ihren Besuch Bericht erstattete, und irgendwer innerhalb des Polizeiwesens auf die Idee kam, zu überprüfen, wer sie war. Wenn man daraufhin entdeckt hätte, dass die Witwe des Opfers kam, um den Täter zu besuchen, wäre es nicht sonderlich schwer gewesen, eins und eins zusammenzuzählen. Wenn ich in dieser Weise argumentierte, hatte ich wirklich volles Verständnis dafür, dass Kristiana sich fernhielt.

Dennoch hoffte ich. Auf eine verschlüsselte Postkarte wie ihre Nachricht, als unsere Tochter zur Welt gekommen war. Auf eine Mitteilung über den Umweg einer anderen Person. Oder was auch immer. Allein schon den Namen meiner Tochter zu erfahren, vielleicht ein Foto von ihr zu sehen, hätte mein Dasein unglaublich vergoldet, aber es kam nie etwas in dieser Art bei mir an. In mehr als zwei Jahrzehnten nicht. Einmal, es war in meinem fünften oder sechsten Jahr, erzählte ich dem Gefängnisgeistlichen im Vertrauen, dass eine Frau und ein Kind existierten, die jenseits der Mauern auf mich warteten, und dass gewisse Gründe sie jedoch daran hinderten, mich zu besuchen oder auch nur in Verbindung mit mir zu treten. So wie ich es darstellte, gab es keine Veranlassung, dies mit dem Verbrechen in Verbindung zu bringen, für das ich einsaß, aber ich erinnere mich, dass der alte Kaplan lange schwieg und mich betrachtete, bevor er etwas erwiderte. Ich erinnere mich auch an seinen Kommentar, obwohl ich ihn am liebsten auf der Stelle vergessen hätte.

Es ist gut, dass Sie träumen können, sagte er. Es ist die Fähigkeit, die den Unterschied zwischen Hoffnung und Verzweiflung, zwischen Leben und Tod ausmacht.

In all den Jahren habe ich die Worte des Geistlichen nicht vergessen können. Träumen? Ging es wirklich nur darum? Bevor ich nach Lugo kam, konnte ich das einfach nicht glauben, aber mit der Zeit begannen Zweifel an mir zu nagen. In manchen Phasen war es fast wie eine Krankheit, und ich weiß, dass ich wirklich mein Bestes gab, um sie zu zerstreuen. Ich beschwor die Tage und Nächte herauf, die Kristiana und ich gemeinsam verbracht hatten, ich durchlebte noch einmal alles, was wir gesagt und getan und einander versprochen hatten, es ist ehrlich gesagt nicht sonderlich schwer, in einem Gefängnis derartige mentale Übungen erfolgreich zu absolvieren. Man lernt, die Augen zu schließen und sich nach innen zu wenden, man versetzt sich in Zeit und Raum – unternimmt eine Reise in seiner inneren Landschaft, könnte man sagen. Und dabei geht es ganz bestimmt nicht um die Art von Träumen, von denen der Geistliche gesprochen hatte, sondern um etwas bedeutend Wirklicheres.

Dass mir dies half, die Zweifel zu zerstreuen, möchte ich trotzdem nicht behaupten; überhaupt möchte ich darüber und über meine lange Zeit in spanischen Gefängnissen keine Worte mehr verlieren. Entscheidend ist, dass ich eines Tages tatsächlich herauskam und daraufhin dachte, dass ich trotz allem erst fünfzig war. Vielleicht lagen ja noch gute Jahre vor mir, warum eigentlich nicht?

Vor allem würde ich natürlich Kristiana und meine Tochter treffen dürfen, die mittlerweile einundzwanzig sein musste und die ich noch nie gesehen hatte. Schon dieser Gedanke (diese Hoffnung? dieser Traum?) reichte völlig aus, damit ich mir mein weiteres Leben heiter und sinnvoll vorstellte.

Es war ein Freitag Anfang Oktober 1999. Man fuhr mich nach Lugo, das war die übliche Vorgehensweise, und von dort fuhr ich mit dem Zug nach Barcelona. Ich nahm mir ein Zimmer in einem einfachen Hotel in Sant Gervasi und rief Simon Grenache an. Ein alter Nachbar in der Vanadislaan in Saaren und einer der wenigen Menschen, deren Telefonnummer ich noch hatte. Er war die einzige Person, mit der mein Vater früher regelmäßig ein paar Worte gewechselt hatte, aber ich wusste natürlich weder ob er noch lebte, noch ob er dieselbe Adresse hatte wie früher.

Ich hatte jedoch Glück, er ging sofort an den Apparat, und es zeigte sich überdies, dass er nicht umgezogen war. Außerdem hatte er immer noch Kontakt zu meinem Vater, der also noch lebte und auch nicht umgezogen war, seit ich Saaren dreißig Jahre zuvor mit einer gestohlenen Vereinskasse verlassen hatte.

Simon Grenache wusste allerdings zu berichten, dass es schlecht um meinen Vater stand, in den letzten Jahren war er immer wieder ins Krankenhaus gekommen, wo er auch momentan lag. Simon hatte erst vor einer Woche mit ihm gesprochen und schätzte, dass er nicht mehr lange zu leben hatte. Wenn ich meinen Vater vor seinem Tode noch einmal sehen wolle, werde es höchste Zeit, nach Hause zu kommen.

Nicht, dass er noch sonderlich lebendig wäre, fügte Simon Grenache hinzu. Er sieht aus, als wäre er schon lange tot, aber versehentlich wieder ausgegraben worden.

Am nächsten Tag schon setzte ich meine Reise in einem Überlandbus fort, fuhr durch halb Europa und erreichte Saaren am späten Montagabend. Ein sehr seltsames Gefühl bemächtigte sich meiner, als ich langsam, sehr langsam vom Busbahnhof durch die Stadt zur Vanadislaan ging. Es war dunkel, es regnete leicht, und es wehte der gleiche unangenehme Wind wie während meiner Jahre im Gymnasium; es war nicht weiter schwierig, mir einzubilden, dass ich noch in meiner Zelle in Lugo lag und träumte. Ich wusste ja, dass ich ein Hohlkopf und ein echter Außenseiter war und bleiben würde – mein Leben hat irgendwie nie Prägnanz gehabt –, aber so fremd und willkürlich wie an diesem Abend war es mir noch nie vorgekommen. Ich glaube nicht, dass ich auf diesem zwei Kilometer langen Spaziergang irgendeinem Menschen begegnete, und ich bekam das eigenartige Gefühl, mich eher in der Zeit als im Raum zu bewegen. Dass ich die drei Jahrzehnte durchlief, die vergangen waren, seit ich diesen Ort verlassen hatte, rückwärts, obwohl ich die Nase in Fahrtrichtung hielt, und als ich endlich zu unserem Haus gelangte, merkte ich, dass ich weinte.

Es war unbeleuchtet und düster, sah ansonsten aber noch genauso aus wie in meiner Erinnerung. Ein ungepflegter Vorgarten vor einem leicht absackenden Holzhaus mit einer kleinen Veranda. Eine Straßenkreuzung in der einen Richtung, eine Fichtenhecke als Abgrenzung zu Simon Grenaches Haus in der anderen. Es sah übrigens ebenso verlassen und traurig aus wie das meines Vaters, und ich blieb auf der Straße stehen, ohne zu wissen, was ich nun tun sollte – ich war erschöpft von der langen Busreise und nach so vielen Jahren hinter Schloss und Riegel außerdem nicht gewohnt, mich im Freien aufzuhalten.

Ja, weinend, ratlos und missmutig, genau in diesem Zustand befand ich mich, als mir bewusst wurde, dass jemand mein Bein berührte.

Es war Simon Grenaches alter Hund; nun war es natürlich nicht derselbe Hund wie vor dreißig Jahren, das wäre ja unmöglich gewesen, aber er hatte schon damals einen gehabt, und dieser hier schien derselben friedfertigen Rasse anzugehören. Eine zottelige, halbgroße Promenadenmischung aus ich weiß nicht was. Simon selbst tauchte einen Augenblick später auf, und nachdem er einen Blick auf mich geworfen hatte, begriff er sofort, wer ich war.

Tibor, sagte er. Das wurde aber auch Zeit.

Er sah noch altersgebeugter aus als sein Hund, und ich dachte, dass er über achtzig sein musste. Vielleicht sogar über fünfundachtzig, aber ich war ihm plötzlich dankbar, dass er es geschafft hatte, am Leben zu bleiben.

Ja, sagte ich. Ich bin es.

Na schön, erwiderte Simon. Ich habe einen Schlüssel zu der Bruchbude, wenn du hineingehen willst. Und dein Vater liegt im Krankenhaus und erwartet dich. Weinst du?

Ich holte ein Taschentuch heraus, schnäuzte mich und bat um Entschuldigung dafür, dass meine Gefühle mich übermannt hatten.

Gefühle sind sicher gut, meinte Simon Grenache. Aber spar sie dir lieber auf, bis du ihn triffst. Er ist ein trauriger Anblick, das verspreche ich dir.

Mein Besuch im Krankenhaus musste bis zum nächsten Tag warten; zum einen war ich vor Müdigkeit fast nicht mehr bei mir, zum anderen war es schon später Abend, und als ich von Simons Haus aus anrief, erklärte eine Krankenschwester, Herr Schittkowski schlafe, es sei besser, ihn am nächsten Tag zu besuchen.

Er brauchte ungefähr einen Monat, um zu sterben, und ich besuchte ihn jeden Tag. Wir hatten uns nicht viel zu sagen, er litt an verschiedenen Krankheiten, und ein Arzt erklärte mir, dass die meisten mit seinem Alkoholkonsum zusammenhingen. Auch mental stand es ziemlich schlecht um meinen Vater, aber derselbe

Arzt meinte, ich solle dankbar sein, dass er mich erkenne.

Die Beerdigung fand Mitte November statt. Ich war der einzige anwesende Angehörige; ich hatte versucht, meine Tante zu erreichen, seine einzige Schwester, aber die alte Adresse in Südafrika, die Simon Grenache hatte, stimmte offenbar nicht mehr. Meine Mutter war bei einem Verkehrsunfall ums Leben gekommen, als ich mich auf den sieben Weltmeeren befand. Ich weiß nicht, warum Simon sich nicht in der Kirche blicken ließ, ich war davon ausgegangen, dass er kommen würde, aber aus irgendeinem Grund tauchte er nicht auf.

Als mein Vater gut unter der Erde war, konnte ich mich endlich meiner eigentlichen Aufgabe widmen. Kristiana und meine Tochter zu finden. Ich sah ihr freudig erregt und zugleich furchtsam entgegen.

11

Max Schmeling unterbricht seine Lektüre nach der Beerdigung von Schittkowski senior, und als er sich zwei Tage später auf die Couch legt, um sich mit dem letzten Teil des Berichts zu beschäftigen, entdeckt er, dass der Ausdruck fehlerhaft ist. Die letzten zwanzig Seiten sind identisch mit den ersten zwanzig.

Jetzt reicht es mir aber langsam, denkt er gereizt. Was für ein Idiot! Er sitzt den ganzen Tag im Rollstuhl und hat nichts zu tun. Er erbettelt sich Gefälligkeiten von mir, und es bleibt unklar, welche. Ich mache mir die Mühe, zu ihm zu fahren und ihn zu besuchen, und er ist nicht einmal in der Lage, dafür zu sorgen, dass dieser alberne Bericht über sein Leben, zu dessen Lektüre er mich zwingt, vollständig ist. Jetzt gebe ich dieses Projekt auf.

Dies geschieht am Samstagvormittag. Max setzt sich in sein Arbeitszimmer und versucht zu schreiben, aber es will ihm nicht gelingen, den Faden wieder aufzugreifen, obwohl der Text mitten in einem Satz abbricht, was ein alter, oft erprobter Trick ist, der sonst eigentlich immer funktioniert.

Er entscheidet sich stattdessen für einen Spaziergang und isst zu Mittag und trinkt ein Glas Rotwein im Lindby's in der Armastenstraat, aber als er in seine Wohnung zurückkehrt, ist die Lage unverändert. Er kann sich nicht konzentrieren. Du verdammter Schittkowski, denkt er, du bist wie eine Schürfwunde. Oder ein Juckreiz. Oder ein schmerzender Zahn oder was auch immer. Ich werde dich einfach nicht los.

Er wählt die Nummer, die ihm vorliegt, aber es meldet sich keiner. Er kocht Kaffee und läuft in seiner Wohnung auf und ab wie ein Huhn, das ein Ei legen will, und trinkt dabei den Kaffee und knabbert sechs italienische Mandelkekse. Er ruft noch einmal an. Keiner hebt ab.

Nein, denkt er. Es geht gar nicht um ihn, es geht um sie.

Kristiana Henkel ist es, die ihm nicht mehr aus dem Kopf will. Sie ist die Schürfwunde, der Juckreiz und der Zahnschmerz.

Als er diese Schlussfolgerung eine Weile analysiert hat, begreift er, dass es sich tatsächlich so und nicht anders verhält. Wenn er ehrlich sein soll, und wenn es etwas gibt, was er von Anna Petrova gelernt hat, dann wohl das: Man soll ehrlich zu sich selbst sein. Man mag andere belügen und seine Motive verfälschen, was in manchen Fällen entschuldbar sein kann, aber zu versuchen, sein eigenes kritisches Bewusstsein zu täuschen, rächt sich immer.

Kristiana Henkel. Sie sitzt in einem schummrig beleuchteten Winkel seines Schädels und lockt ihn. Versucht ihn auf unverständliche Weise. Das alte Bild, wie sie auf dem Strand nackt unter ihm liegt, erwacht zu neuem Leben ... und ihre Körper sich in etwas vereinen, das ... das was? Das ist doch mehr als vierzig Jahre her. Genau wie er selbst, muss sie mittlerweile zweiundsechzig Jahre alt sein. Wenn sie überhaupt noch lebt. Was bildet er sich eigentlich ein? Was ist das für eine idiotische Vorstellung, der er sich da hingibt? Hol's der Teufel.

Doch die Gedanken lassen sich nicht wegargumentieren. Die Vernunft ist nicht mehr als ein Papierflieger in einem Sturm, hat er einmal gelesen, vielleicht sogar selbst geschrieben. Der Sturm, zu dem das Gefühlsleben von Zeit zu Zeit anschwillt, wenn es in der Stimmung dazu ist, aber vielleicht hat er auch das von seiner Therapeutin gelernt. Wie auch immer, mit ihm lässt sich einfach nicht reden. Man kann ... wie hat Anna Petrova sich ausgedrückt? Ja genau, man kann in diesem Sturm nur geduldig ausharren, seinen Hut festhalten und abwarten, dass er vorüberzieht.

Soll er sich so verhalten? Abwarten, dass es vorbeigeht? Zeit verstreichen lassen, während er arbeitsunfähig und untätig in seiner Wohnung herumläuft wie ... wie Tibor Schittkowski in seinem gottverdammten spanischen Gefängnis?

Zwanzig Jahre lang? Großer Gott, denkt Max Schmeling. Nein, ich muss den Stier bei den Hörnern packen. Selbst wenn ich nicht zwei Jahrzehnte warten müsste, bis der Sturm sich legt, ist das einfach nicht mein Stil. Alte Weiber und Knastbrüder mögen auf ihren dicken

Ärschen sitzen und seufzen, aber bei einem richtigen Mann bilden Entschluss und Handlung eine Einheit.

Also, was tun?

Wie um Himmels willen soll man die Sache angehen?

Als Erstes ruft er ein drittes Mal bei Schittkowski an. Auch diesmal keine Antwort.

Als Nächstes googelt er Kristiana Henkel. Es gibt keinen einzigen Treffer für diesen Namen.

Er sucht auch nach ihrem Nachnamen in Gimsen, jedoch mit dem gleichen negativen Ergebnis. Es gibt keinen Henkel mehr in der Stadt, was vermutlich bedeutet, dass ihre Eltern tot sind. Wer immer sie gewesen sein mögen, er kann sich nicht an sie erinnern. Ihre berühmte Schwester nahm irgendwann im Laufe ihrer Filmkarriere einen anderen Namen an, das weiß er noch, kann sich aber nicht mehr erinnern, welchen.

Klassenkameraden?, denkt er anschließend. Natürlich. Kristiana und er gingen doch in dieselbe Klasse, vielleicht gibt es ja Menschen, die noch Kontakt zu ihr haben. Oder zumindest etwas über sie wissen. Eine Freundin oder so. Er blättert eifrig in seinem alten, handgeschriebenen Adressbuch, in dem immerhin zwei Bekannte aus jener Zeit und von der Schule schriftlich festgehalten sind.

Klaus Bittner und Ferdinand van der Bool.

Am Ende ist es Ferdinand van der Bool, den er erreicht, und das auch erst am Sonntag. Zwar spricht er bereits am Samstagabend mit seiner Frau Margarete, aber nur, um von ihr zu erfahren, dass Ferdinand auf Reisen ist und erst mitten in der Nacht mit einem späten Flug aus Hamburg zurückkehrt.

Flug?, denkt Max, als er aufgelegt hat. Man kann nach Gimsen fliegen? Weiß Gott, die Zeiten haben sich geändert.

»Ja, Margarete hat mir schon erzählt, dass du angerufen hast«, sagt Ferdinand. »Das war nicht gestern.«

»Doch, das war gestern«, entgegnet Max. »Dass ich mit deiner Frau gesprochen habe, meine ich. Aber du meinst vielleicht …?«

»Ich meinte, es war nicht gerade gestern, dass wir uns das letzte Mal gesprochen haben«, verdeutlicht Ferdinand. »Wie geht es dir?«

»Danke, gut«, antwortet Max. »Und dir?«

Er erkennt, dass seit ihrer letzten Begegnung mehr Zeit vergangen sein muss, als er gedacht hat. Er hat sich Ferdinand van der Bool häufig als einen der Menschen aus seinem früheren Leben vorgestellt, zu denen er den Kontakt gehalten hat, aber nun sind mit Sicherheit zehn Jahre vergangen, seit sie sich das letzte Mal gesehen haben. Oder zwölf?

»Mir geht es super«, sagt Ferdinand. »Nächstes Jahr möchte ich in Rente gehen. Aber dich habe ich seit Kopenhagen nicht mehr gesehen. Wann war das noch gleich, 2002? Oder 2003?«

Stimmt, denkt Max. Wir haben ja diese Reise gemacht, zusammen mit … wie heißt er noch gleich? Ernst! Ernst Stauffer. Wir wohnten in einem Hotel im Stadtteil Nyhavn und gingen in den Tivoli und besuchten ein Jazzkonzert … das hatte ich fast vergessen. Der

Gedanke an eine mögliche Demenz zeigt ihm erneut seine hässliche Fratze.

»Ich weiß nicht mehr, in welchem Jahr das war«, gesteht er. »Die Zeit rast nur so dahin. Aber es war nett, verdammt nett. Hör mal, ich habe da eine Frage ...«

Und dann weiß er auf einmal nicht mehr, wie er weitermachen soll. Einfach ohne Umschweife nach Kristiana Henkel zu fragen, wie würde sich das anhören? Aufdringlich und seltsam? Aber was wäre die Alternative? Während Ferdinand etwas über ein Haus in Spanien und das vorbildliche Wetter in Andalusien sagt, beschließt er, trotz allem direkt zur Sache zu kommen.

»Kristiana Henkel, du weißt nicht zufällig, was sie heute so treibt?«

»Kristiana?«, sagt Ferdinand nach einer Pause. »Kristiana Henkel? Nein, mein Lieber, da muss ich passen. Ich erinnere mich natürlich an sie, sie war ja nicht gerade eine graue Maus ... warum interessierst du dich für sie?«

Darauf will Max jedoch nicht näher eingehen. Stattdessen murmelt er irgendetwas in der Art, dass er jemanden getroffen habe, der sie getroffen habe, und dass es irgendwie mit einem Buch zusammenhänge, das er demnächst veröffentlichen werde, und fragt Ferdinand anschließend, ob er glaubt, dass es in Gimsen jemand anderen geben könnte, der möglicherweise etwas weiß.

»Etwas über Kristiana Henkel weiß?«, fragt Ferdinand. »Tja, keine Ahnung. Aber wenn ich du wäre, würde ich es einmal bei Renate Vlaars versuchen, die beiden waren im Gymnasium eng befreundet, und sie wohnt noch in der Stadt. Du erinnerst dich doch sicher an sie?«

Er bekommt ihre Adresse und Telefonnummer, und als er sie notiert und den Hörer aufgelegt hat, fällt ihm ein, dass er natürlich auch Maud Huygens fragen könnte. Die Frau, die er an diesem Dienstagabend im Hotel Russlingen getroffen hat, sie schien einen guten Überblick über das meiste zu haben.

Im Laufe des Sonntags und Montags erreicht er tatsächlich sowohl Maud Huygens als auch Renate Vlaars, aber keine der beiden kann ihm auch nur ein bisschen auf die Sprünge helfen. Maud behauptet, sich kaum noch an Kristiana erinnern zu können, und Renate bestätigt zwar, dass sie sich im Gymnasium nahestanden, erklärt jedoch, sie hätten jeden Kontakt zueinander verloren, als Kristiana Gimsen verlassen habe, was ein paar Monate nach dem Abitur gewesen sein dürfe.

Maud Huygens fragt ihn, ob diese Frau, nach der er sucht, eventuell etwas mit seinem Besuch in Gimsen und Tibor Schittkowski zu tun haben könnte, was er jedoch vehement verneint. Es ist lediglich einer dieser Zufälle, von denen das Leben so voll ist, das ist ihr doch sicher auch schon einmal passiert?

Darauf gibt Maud Huygens ihm keine Antwort, und als sie ihr kurzes Telefonat beendet haben, denkt Max Schmeling, dass er hofft, nie wieder ein Wort mit ihr wechseln zu müssen. Er versteht nicht ganz, was die Ursache für seine Feindseligkeit ist, aber da er ein für alle Mal beschlossen hat, seine Bauchgefühle nicht zu verleugnen, lässt er auch dieses zu.

Natürlich ruft er außerdem mehrmals Tibor Schittkowski an, wenngleich erfolglos, und fragt sich am Montagabend, wie er sich nun verhalten soll. Sie haben ja einen weiteren Besuch am Dienstag vereinbart, aber wenn er nicht ans Telefon geht, könnte dies ein Hinweis darauf sein, dass etwas passiert ist. Zum Beispiel, dass es ihm schlechter geht. Dass er im Krankenhaus liegt und es für Max sinnlos wäre, zu einer weiteren langen Autofahrt aufzubrechen.

Ist er womöglich sogar gestorben? Wenn er am Leben wäre, müsste er doch dafür gesorgt haben, Max eine Nachricht zukommen zu lassen. Selbst wenn es ihm schlecht geht. Oder nicht? Wenn es ihm schon so wichtig war, Hilfe zu bekommen, wäre es doch mehr als eigenartig, die ganze Sache jetzt auf einmal wieder fallen zu lassen.

Oder wäre es denkbar, dass der Auftrag im letzten Abschnitt des Berichts formuliert steht? Auf den Seiten, die Max wegen des fehlerhaften Computerausdrucks nicht gelesen hat – was Tibor Schittkowski vielleicht nicht weiß? Will sagen, dass Max keine Chance hatte, den gesamten Bericht zur Kenntnis zu nehmen.

Während ihm diese Fragen – und noch einige mehr (Kristiana nicht zu vergessen) – durch den Schädel geistern, geht Max Schmeling am Montagabend zu Bett. Als er endlich einschläft, ist es nach zwei, und sozusagen aus gegebenem Anlass beginnt er, von einem Sommertag und einem See zu träumen.

12

Lebensrettung 2

Moerkerzee.

Dunkelsee. Seinen Namen hat er bekommen, weil man kaum unter die Oberfläche sehen kann. Er liegt versteckt in den Wäldern südlich der Ortschaft Kamberg, ein fast kreisrundes Gewässer mit einem Durchmesser von einem guten Kilometer. In seiner Mitte eine kleine bewaldete Insel. Er hat einen schlechten Ruf, dieser Moerkerzee, es gibt hier Blutegel, und es sind auch schon Menschen in ihm ertrunken. Der Grund ist schlammig, und an manchen Stellen ist das Gewässer richtig tief. Wenn man sich entschließt, den See zu besuchen, geschieht dies auf eigenes Risiko.

Er ist mit der üblichen Clique mit dem Fahrrad hingefahren. Es ist ein Samstag Anfang Juni; die Sommerferien haben noch nicht begonnen, winken aber schon hinter der nächsten Ecke. Das letzte Schuljahr vor der Oberstufe, ja, so muss es gewesen sein.

Er ist sechzehn Jahre alt. Er hat jede Menge Pickel und lange Haare, aber das gilt für sie alle. Ein halbes

Dutzend ungepflegter Jugendlicher Mitte der sechziger Jahre, ganz Europa ist voll von ihnen.

Zwei von ihnen haben allerdings wohl eher nicht das Rad genommen. Sie sind Moped gefahren. Fritz, mit Sonja auf dem Sozius. Henry mit Ratter-Ruth.

Schätzungsweise sechzig Dosen Bier, ebenso viele Würstchen und eventuell irgendein Salat, um den sich die Mädels gekümmert haben. Sonja oder Ratter-Ruth. Sie sind mit dem jeweiligen Mopedfahrer zusammen. Er selbst und Herman Klause sind mit niemandem zusammen, und wenn er es recht bedenkt, dann haben wohl nur sie das Fahrrad genommen.

Vielleicht waren sie letztlich auch mehr als sechs. Aber egal, jedenfalls gehören nur zwei Mädchen zu der Gruppe, und in der ersten Stunde am See trinkt er vier oder fünf Büchsen Bier. Vielleicht auch sechs, er führt nicht Buch. Es ist nicht der Tag dafür, nicht die Zeit dafür.

Herrliches Wetter. Ein Bilderbuchfrühsommertag mit einer besinnungslosen Sonne, die ihre Hitze aus der blauesten Himmelskuppe nördlich der Sahara herabwälzt. Als ihre Bahn sich neigt, zünden sie ein Feuer an und bereiten alles zum Grillen der Würstchen vor. Mittlerweile hat Max sich neun oder zehn Dosen hinter die Binde gekippt. Er ist ziemlich betrunken, aber das sind die anderen auch, die meisten jedenfalls. Herman auf jeden Fall.

Er findet das Kanu. Es liegt ans Ufer gezogen unter einem Gebüsch, und er entdeckt es beim Pinkeln. Als der gute Kamerad, der er ist, steht Max ebenfalls pinkelnd vor dem Nachbargebüsch.

Jetzt guck dir das mal an, sagt Herman. Hier liegt doch echt ein Boot.

Max torkelt zu ihm und sieht nach. Das ist kein Boot, erklärt er, das ist ein Kanu.

Ein Kanu ist auch eine Art Boot, erwidert Herman mit Nachdruck. Du verdammter Besserwisser. Im Übrigen ist das ein Kanadier.

Herman Klause kann keine zwölf Wörter von sich geben, ohne dass mindestens eins davon ein Schimpfwort ist. Vermutlich hat er deshalb keinen Platz auf dem Gymnasium bekommen. Ihre Wege werden sich nach dem Sommer trennen, das wissen sie beide. Aber egal.

Ob es auch Paddel gibt, fragt Max, die Frage der Bootsklasse ignorierend.

Gemeinsam rütteln sie das ziemlich morsche Wasserfahrzeug auf die Seite und finden zwei Holzpaddel.

Denkst du dasselbe wie ich, erkundigt sich Max.

Na klar, antwortet Herman.

Eine Viertelstunde später befinden sie sich weit draußen auf dem schwarzen Gewässer. Die anderen sind um das Feuer versammelt an Land geblieben. Die Würstchen werden gegrillt. Der batteriebetriebene Plattenspieler, auf dem sich Bob Dylans Blonde on Blonde dreht, verliert an Schwung. Herman sagt, die Mundharmonika höre sich an wie der verdammte Lockenwickler seiner Mutter. Insbesondere, wenn der Klang so über das Wasser hallen müsse.

Sie paddeln mehr schlecht als recht. Herman sitzt hinten und soll steuern, aber sie fahren auf der gekräuselten Wasseroberfläche ziemlich viel Slalom. Wind ist aufgekommen, plötzlich ist es nicht mehr so warm.

Trotzdem kommt Herman auf die Idee, dass sie hineinspringen und schwimmen müssen. Wenn sie schon so weit draußen auf dem See sind, dass ihnen erspart bleibt, die Füße auf den ekligen Grund zu setzen. Max findet seinen Vorschlag total bescheuert und sagt das auch. Ihm ist ein bisschen schlecht, vielleicht hat er ein oder zwei Bier zu viel getrunken, vielleicht liegt es aber auch daran, dass ihr Boot so schaukelt. Herman wird wütend und versucht, ihm mit dem Paddel eins überzubraten, und daraufhin kentert es.

Das Kanu oder der Kanadier oder was es nun ist. Seltsamerweise sinkt es wie ein Stein zum Grund. Herman hält sein Paddel fest und lacht sich kaputt, Max hat seins verloren, es treibt aus irgendeinem Grund von ihm fort. Gleichzeitig passiert etwas mit seinem Magen, er krampft sich zusammen, und ein heftiger Schmerz durchschneidet seinen Körper wie ein Messer. Nie zuvor hat er etwas Vergleichbares gefühlt, und auf einmal kann er sich nicht mehr über Wasser halten. Er sinkt unter die Oberfläche, schafft es mit Hilfe einiger halbwegs kräftiger Armzüge jedoch wieder nach oben. Entdeckt, dass Herman ein gutes Stück von ihm entfernt ist, und schreit, dass sie an Land zurückschwimmen müssen. Er lacht nicht mehr.

Max weiß nicht, ob er in der Lage ist, etwas zu erwidern, dreht aber den Kopf und sieht, dass es wesentlich näher zur Insel ist, diesem kiefernübersäten, steinigen Eiland mitten im See, auf das kein Mensch, der noch bei Trost ist, seinen Fuß setzen möchte. Trotz seiner Magenkrämpfe und obwohl er Probleme hat, sich über Wasser zu halten, gelangt er zu dem Schluss, dass es besser sein wird, in diese Richtung zu schwimmen. Er sinkt wieder, schluckt zwei Mal Wasser, ehe er wieder hochkommt, und nimmt wahr, dass Herman ihm erneut etwas zuschreit. Er scheißt jedoch auf Herman und konzentriert sich stattdessen auf die Insel. Ihm gelingen ein paar Schwimmzüge, ehe er von Neuem sinkt, und es kommt ihm vor, als würde sein Körper auf einmal zweihundert Kilo wiegen, und sich zur Oberfläche hochzukämpfen ist so, als versuchte er, mit zerfetzten Flügeln zu fliegen.

Und daraufhin wird ihm plötzlich klar, dass er dabei ist zu sterben.

Er wird im Moerkerzee ertrinken, es ist zu weit bis zu der Insel, und in seiner Nähe gibt es auch keine Stelle, an der man stehen kann. Es gibt weder ein Paddel noch etwas anderes Rettendes. Als er zum dritten Mal sinkt, vielleicht ist es auch schon das vierte Mal, schluckt er zudem Wasser. Die schwarze Brühe dringt in Magen und Lunge, plötzlich schmerzt sein ganzer Körper, und er erinnert sich, gelesen zu haben, der Tod durch Ertrinken sei die beste, die schmerzfreieste Art, dieses elende irdische Dasein zu verlassen, aber das stimmt nicht. Er würde lieber verbrannt werden oder an einer Gasvergiftung sterben. Aus irgendeiner dunklen Quelle schöpft er die Kraft, ein letztes Mal aufzusteigen, zumindest bildet er sich ein, dass es das letzte Mal ist, und als es ihm ein weiteres Mal gelingt, die Wasseroberfläche zu durchstoßen, erblickt er den Bug eines Boots. Offenbar ist es ein alter, flacher Holznachen, der von der Insel kommt und keine fünfzig Meter von ihm entfernt ist. Er winkt mit beiden Armen und bringt eine Art Laut heraus, ehe er wieder untergeht.

Mehr Wasser in Magen und Lunge, aber das Leben ist zäh und zwingt ihn zu einer letzten Kraftanstrengung, und diesmal ist der Nachen fast schon bei ihm. Jemand hat die Lage erfasst und rudert, was das Zeug hält.

Halt dich über Wasser, du Idiot!, schreit dieser Jemand. Halt dich oben!

Und das tut er. Als ein Ruder ausgestreckt wird, packt er es, und danach kann er am Bootsrand hängen, während er fünf Liter Bier und fünf Liter schwarzes Seewasser ausspuckt und wie eine harpunierte Robbe stöhnt. Nach einer Weile ist er so klar, dass er sieht, es sitzen zwei Personen im Boot. Die eine kennt er. Es ist Tibor Schittkowski. Zwei blutrote Segel. Der Scheißhaufen.

Die andere ist – wie sich herausstellt, nachdem sie den nicht mehr Ertrunkenen mit nahezu übermenschlichen Kräften an Bord gezogen haben – eine Art Cousin des Scheißhaufens. Sein Name ist Preben. Er ist erst elf oder zwölf Jahre alt und stottert so heftig, dass er im Grunde kaum sprechen kann. Die beiden Cousins sind auf einem Angelausflug, es liegen ein paar düstere Plötzen auf der Ducht, und Max hat noch nie gehört, dass jemand auf den Gedanken verfallen ist, in diesem gottvergessenen Teich zu fischen. Das Meer liegt immerhin nur dreißig oder vierzig Kilometer entfernt.

Ist nicht wahr, sagt Tibor Schittkowski. Das bist ja du

schon wieder, du verdammter Idiot. Warum versuchst du dich im Moerkerzee zu ertränken, dafür gibt es ja wohl bessere Orte, findest du nicht?

Aber Max fehlt die Kraft, ihm zu antworten oder etwas zu erklären. Stattdessen übergibt er sich wieder, diesmal direkt auf die Plötzen, und friert danach so sehr, dass er mit den Zähnen klappert, und ist nur in der Lage, quer über den See zu zeigen. Zu seiner Clique und dem Lagerfeuer, wo Herman Klause gerade an Land krabbelt und sich eine besorgte Verstimmung ausgebreitet hat. Wie er das in seinem benebelten Zustand über fünfhundert Meter Wasser hinweg wahrnehmen kann, ist ihm ein Rätsel, aber vieles im Leben ist rätselhaft. Unter anderem dieser Tibor Schittkowski, der die bemerkenswerte Eigenschaft zu besitzen scheint, in bedrohlichen Momenten aufzutauchen.

In diesem Augenblick, unmittelbar bevor er wegdämmert, kann Max Schmeling jedoch sehen, dass sein Retter aus höchster Not ganz alltäglich im Nachen kniet und etwas vor sich hin murmelt, während er die besudelten Plötzen über Bord wirft.

Cousin Preben rudert und hält den Mund. Das Leben ist ein Mysterium.

13

Am Dienstag um zwei Uhr parkt Max Schmeling zum zweiten Mal innerhalb einer Woche auf einem Besucherparkplatz im ehemaligen Pokerwald am Rande von Gimsen.

Er ist die ganze Strecke von Maardam gefahren, ohne sich wirklich entschlossen zu haben zu fahren. Das ist seltsam. Als er am Morgen aufgewacht ist, beschloss er, nicht aufzubrechen, falls es ihm nicht gelingen sollte, Schittkowski vorher zu erreichen. Folglich hat er ihn den ganzen Morgen über immer wieder angerufen – ohne dass sich irgendwer gemeldet hätte –, aber um Viertel vor elf hatte er dann genug.

Es ist wie verhext. Wie eine unumgängliche Pflicht oder ein Magnet ist es. Oder was auch immer. Er muss diese verdammte Sache einfach in den Griff bekommen. Was mit »diese verdammte Sache« gemeint sein könnte, weiß er nicht, aber es ist auch nicht der richtige Moment, um sich dieser Frage zu stellen.

Zwei Mal. Nicht ein Mal, sondern zwei Mal hat Tibor Schittkowski ihm das Leben gerettet, der nächtliche Traum von diesem schrecklichen See hat ihn den ganzen Vormittag begleitet und eine deutliche Sprache gesprochen. Guy van der Punck hätte sein Leben ein paar Jahre zuvor im Wald möglicherweise geschont, das ist ihm heute, aus dem Blickwinkel des Erwachsenen, klar. Der Moerkerzee hätte ihn dagegen niemals verschont, keine Chance. Wenn die Cousins Tibor und Preben an jenem Samstag im Juni nicht auf die Idee gekommen wären, angeln zu gehen, hätte es einen Schriftsteller namens Max Schmeling niemals gegeben. Auch keinen Lokomotivführer und Aushilfslehrer. So einfach ist das. Wenn man der Wahrheit ins Auge sieht, ist alles andere unerheblich. Die Toten brauchen weder Bücher noch Liebe oder Therapeuten.

Und nun steht er also wieder hier. Vor der Tür aus Mahagoni-Imitat mit dem kryptischen Pirmasen/Randers über dem Briefeinwurf. Er drückt auf den Klingelknopf. In der Wohnung brummt es laut. Ansonsten geschieht jedoch nichts.

Er drückt nochmals auf den Knopf. Lange und fest.

Nichts. Er legt das Ohr an das kühle Holz der Tür und lauscht.

Kein Mucks.

Beim dritten Mal muss es doch was werden. Zehn Sekunden.

Er lauscht wieder.

Drückt die Klinke hinab. Die Tür ist abgeschlossen.

Hämmert mit geballter Faust drei Mal dagegen.

Danach kehrt er zu seinem Auto zurück.

Was zum Teufel, denkt er. Immer und immer wieder.

Als wäre es der einzige Gedanke, den sein Gehirn zu formulieren vermag.

Was zum Teufel? Was zum Teufel? Was zum Teufel?

Am Marktplatz gibt es ein griechisches Restaurant – Nikos' Taverne –, er weiß nicht, ob es zwei oder zehn oder dreißig Jahre auf dem Buckel hat. Aber es ist jedenfalls offen, und er sitzt fast eine Stunde mit einem Bifteki und einem Glas Bier an einem Fenstertisch und versucht, sich darüber klar zu werden, was er als Nächstes tun soll.

Gibt es überhaupt etwas, was er tun *kann*?

Er möchte es sich nur zu gerne einreden.

Möchte sich einreden, dass diese Geschichte irgendeinen Sinn ergibt. Warum sollte er sonst hier sitzen? Warum hätte er sonst zum zweiten Mal binnen einer Woche die lange Strecke zwischen Maardam und Gimsen zurücklegen sollen?

Wenn es keinen Sinn ergibt?

Er hat Tibor Schittkowskis bizarren Bericht über sein Leben gelesen – jedenfalls zwei Drittel davon –, wozu soll das gut gewesen sein?

Was will der sterbende Mann im Rollstuhl von ihm?

Gute Frage.

Was tun?

Noch bessere Frage.

Viel weiter kommt Max Schmeling an diesem Nachmittag leider nicht. Er spielt eine Weile mit dem Gedanken, im Krankenhaus anzurufen und zu fragen, ob dort eventuell jemand namens Schittkowski liegt. In Gimsen gibt es kein richtiges Krankenhaus, weshalb er annimmt, dass die Klinik in Westwerdingen zuständig sein muss.

Aber er verzichtet darauf. Ein vages, aber unangenehmes Gefühl von Scham hat sich schleichend seiner bemächtigt. Als wäre er in etwas Ungesetzliches verwickelt oder zumindest in etwas Ungehöriges. Als wäre er mit etwas beschäftigt, das nicht für aller Augen bestimmt ist. Etwas ... nun ja, wie gesagt, etwas Beschämendes.

Seine Vernunft versucht, dieses unangenehme Gefühl zu bekämpfen, aber es ist wie immer und wie Anna Petrova ihm in all ihren Sitzungen eingebläut hat: Gefühle sind mächtige Größen, die Vernunft ist nicht mehr als eine lausige, stumpfe Waffe, wenn es zum Zweikampf kommt. Er könnte natürlich auch versuchen, Kontakt zu Leuten aufzunehmen, die eventuell über Informationen verfügen – wenn er denn schon in Gimsen ist. Doch das gleiche Gefühl stellt sich auch solchen Aktionen in den Weg. Er kann sich einfach nicht dazu durchringen. Es ist, wie es ist.

Stattdessen bestellt er bei Nikos eine Tasse Kaffee, gerne einen von dieser starken, süßen, griechischen Sorte, wenn sie den haben?

Das ist nicht der Fall, er muss sich mit einem gewöhnlichen Espresso und der Rechnung begnügen.

»Sind Sie Tourist?«, fragt Nikos.

»Nein«, antwortet Max. »Ich bin kein Tourist. Ich habe mich nur verfahren.«

»Das kommt schon mal vor«, sagt Nikos.

Kurz nach sieben ist er wieder in Maardam. Auf der Heimfahrt sind Missmut und Frustration in seinem Inneren aufgegangen wie ein Sauerteig. Vor allem dieses infame Nacktbild von ihm selbst und Kristiana geht ihm einfach nicht mehr aus dem Sinn. Er denkt, dass es Tibor Schittkowski gelungen ist, ihn mit einem Virus anzustecken, gegen den es kein bekanntes Gegenmittel gibt. An diesem Tag kommt es ihm sogar so vor, als wäre das seine Absicht gewesen. Die einzige Absicht.

Aber das ist natürlich absurd. So können die Dinge nicht liegen, für den unglückseligen Fehldruck in dem Bericht und dafür, dass er den Scheißhaufen nicht erreichen kann, muss es andere Gründe geben. Natürlich nicht dieselbe Erklärung, sondern zwei separate. Aber jede für sich plausibel und akzeptabel.

Das Spiel des Zufalls. Darüber hat er geschrieben. Wie leicht es uns fällt, Muster zusammenzufantasieren, wenn wir etwas nicht begreifen, wenn Menschen und Geschehnisse nicht wirklich verständlich sind, wir sie aber dennoch in unsere Denksysteme aus Zucht und Ordnung und was auch immer zwängen wollen.

Zusammenhänge nicht zu begreifen, ist jedoch etwas, was man in der Hoffnung fallen lassen kann, dass sie sich zu gegebener Zeit von selbst klären werden. Handlungsunfähig zu sein ist etwas ganz anderes und Schlimmeres – wenn man ahnt, dass man eine Aufgabe hat, aber weder versteht, woraus sie besteht, noch welche Schritte man ergreifen soll, um sie zu erledigen.

Wie ein altes Rechenproblem in einer Arbeit, schießt

Max durch den Kopf, als er endlich in seiner Wohnung ist. Denn so verhielt es sich oft auf dem Gymnasium. Er begriff nicht, wonach gefragt wurde, und wie sollte er dann die Antwort finden? Es reicht schon, dass er das Wort »Gymnasium« denkt, um sie wieder auftauchen zu lassen. Ebenso nackt, ebenso jugendlich, ebenso unwiderstehlich wie damals. Verdammt.

Und so vergeht eine ganze Woche. Irgendwie reihen sich die Tage aneinander, einer nach dem anderen, und er versucht weiter, an seinem Roman zu schreiben, aber die Arbeit ist bedenklich ins Stocken geraten. Jedenfalls tauscht er die Stadt Genf gegen München aus, er hat ja schon von Barcelona gewechselt, aber als er Schittkowskis Bericht noch einmal liest, erkennt er, dass Kristiana von Barcelona aus angeblich ausgerechnet nach Genf gezogen ist. Jedenfalls wird dies auf der einzigen Postkarte angedeutet, die Tibor im Gefängnis erreicht, und Max gefällt diese Übereinstimmung von Städten nicht – zwischen seinem eigenen Roman und der Geschichte vom Scheißhaufen und Kristiana.

Aber er liest alles ein weiteres Mal, die ganze alberne Erzählung, und außer, dass er Tibors Nummer ungefähr vier Mal am Tag wählt – jedes Mal vergeblich –, ist es das Einzige, was er tut, um dem Rätsel auf die Spur zu kommen.

Es ist eine schwierige Zeit, er telefoniert mit seinen Kindern und seiner zweiten Frau in England. Eigentümlich wortkarge und nichtssagende Gespräche, denkt er.

Es hätten genauso gut Fremde sein können. Oder müde Schauspieler, die proben und gleichzeitig schon wissen, dass dieses Manuskript niemals das Licht des Theatersalons erblicken wird.

Er schreibt ein paar Seiten darüber. Über Entfremdung und Einsamkeit, er weiß nicht, ob das wirklich in das havarierte – oder noch nicht havarierte – Buch hineinpasst, aber er kann die Passage später ja immer noch löschen.

Es gibt so viel, was Max Schmeling gerne löschen würde. Das stellt er fest, als er eines Vormittags an seinem Schreibtisch sitzt und auf den ersten richtigen Herbstregen und die Häuserblocks auf der anderen Straßenseite hinausblickt, die kaum zu erkennen sind. Fallende Blätter und Menschen, die sich beeilen, ins Haus zu kommen. Es ist über alle Maßen finster. Am liebsten würde man die ganze Welt löschen.

Und diese falschen Entscheidungen und Unzulänglichkeiten, denkt er. Diese nachlässigen Irrtümer. Seit mehr als sechzig Jahren wandelt er auf dieser Erde; wie viele Tage und Stunden haben es eigentlich verdient, bewahrt zu werden? Wie viel würde er in sein Gepäck für eine verlassene Insel packen – oder für die Ewigkeit oder worauf man nun Kurs nehmen möchte?

Als er sich gerade diese traurigen rhetorischen Fragen gestellt hat, klappert es jedoch am Briefeinwurf in der Wohnungstür, und etwas landet schwer auf dem Teppich im Flur. Er steht auf und geht nachsehen, was es sein könnte.

Es ist ein großer, brauner Umschlag. Seine Adresse

auf der Vorderseite, auf der Rückseite steht akkurat der Absender notiert: *Tibor Schittkowski, Station 142, Gemejnte Hospital, Westwerdingen.*

Manchmal lohnt es sich auch, einfach die Füße stillzuhalten und zu warten, denkt Max Schmeling, als er sich hinsetzt, um den Inhalt zu inspizieren. Man muss sich in Geduld üben können, so ist es wirklich. Es gibt eine Zeit zum Handeln und eine zum Abwarten.

Es ist ein Stapel von ungefähr zwanzig Seiten, wie zuletzt nicht nummeriert. Ganz oben ein handgeschriebener Zettel. Eine zittrige, aber gut lesbare Schrift:

Lieber Max,
mir ist klar geworden, dass mit dem Ausdruck etwas nicht stimmt. Du hast wahrscheinlich nur zwei Drittel meines Berichts bekommen und deshalb nicht gehandelt. Ich liege leider im Krankenhaus, da sich mein Zustand nach deinem Besuch rasch verschlechtert hat, ich weiß also nicht, ob du versucht hast, Kontakt zu mir aufzunehmen, aber vielleicht hast du das ja getan. Jedenfalls schicke ich dir nun, mit Hilfe einer verständnisvollen Krankenschwester, sie heißt Lisen, den fehlenden Teil meiner Geschichte, und hoffe, dass du, sobald du ihn gelesen hast, die erforderlichen Maßnahmen ergreifst. Du wirst verstehen, welche das sind. Mir bleibt nicht mehr viel Zeit, wenigstens in dem Punkt sind die Ärzte und ich uns einig. Aber der Mensch soll ja die Fähigkeit besitzen, sich am Leben zu erhalten, während er auf

den richtigen Augenblick wartet, bis alles geklärt ist, und wenn das stimmt, habe ich die Absicht, genau das zu tun.

Mit freundlichen Grüßen vom Sterbebett

T. S.

14

Bericht über mein Leben
Tibor Schittkowski

/Forts./

Meine erste Maßnahme bestand darin, das Haus zu verkaufen. Ich bekam natürlich nicht viel dafür, aber doch so viel, dass ich nicht umgehend auf Arbeitssuche gehen musste. Ich konnte mich ganz auf die Suche nach Kristiana und meiner Tochter konzentrieren, wofür ich natürlich unendlich dankbar war.

Der Zufall wollte es, dass der erste Januar 2000 das Startdatum war, das ich für mein Projekt festhalten konnte. Ein neues Jahr, ein neues Jahrhundert, ein neues Jahrtausend, ich kam nicht umhin, dies als gutes Zeichen zu deuten. Es war mir gelungen, in der Innenstadt von Aarlach ein kleines Einzimmerapartment zu mieten, viel zu teuer, aber vollständig möbliert, und ich dachte, dass ich zumindest so lange darin würde wohnen können, wie die Suche nach meiner Frau und meinem Kind an Zeit beanspruchte.

Da ich seit Ende der siebziger Jahre im Gefängnis gesessen hatte, kannte ich mich mit Computern kaum aus. Ich wusste nichts über ihre Möglichkeiten, und ich glaube nicht einmal, dass ich diese Möglichkeit für eine erfolgreiche Suche auch nur in Betracht zog. Andererseits war man um die Jahrtausendwende mit dem Internet und anderem wohl auch noch nicht ganz so weit gekommen. Nicht so weit wie in unseren Tagen, meine ich, immerhin liegt das alles dreizehn Jahre zurück, und die Entwicklung auf diesem Gebiet ist seither rasend schnell verlaufen.

Jedenfalls war mir einigermaßen unklar, wie ich vorgehen sollte. Ich versuchte auf unterschiedlichen Wegen, die Namen Kristiana Henkel und Kristiana Fuentes zu finden, kam aber nicht weiter. Es gab gute Gründe anzunehmen, dass sie in Genf oder Umgebung in der Schweiz wohnten oder zumindest gewohnt hatten, und so saß ich einige Tage in der Bibliothek von Aarlach und ging Telefonbücher und andere Register aus dieser Region durch. Meine Suche blieb jedoch erfolglos, und mir wurde langsam, aber sicher klar, dass ich irgendeine Form von professioneller Hilfe benötigte.

So lernte ich Ralph MacFirmin kennen. Er war schottischer Abstammung, arbeitete jedoch als Privatdetektiv in Aarlach, wo er ein kleines Büro in der Fermstraat hatte. Er war um die sechzig und lebte seit mehr als einem Vierteljahrhundert in unserem Land; dennoch hatte er einen ziemlich starken Akzent, der ihn irgendwie vertrauenswürdig erscheinen ließ. Seinen Verschlag, kaum mehr als fünfzehn Quadratmeter groß, besuchte ich zum ersten Mal an einem Montag Mitte

Januar, und nachdem ich ihm mitgeteilt hatte, dass es darum ging, eine Frau zu finden, die ich seit über zwanzig Jahren nicht mehr gesehen hatte, bot er mir ein Glas Whisky an und fragte mich, ob ich mir wirklich sicher sei, dass ich sie finden wolle. Wenn ich die Frage mit Nein beantworten würde, sei der Whisky gratis und wir könnten unsere Geschäftsbeziehung als beendet betrachten.

Ich erwiderte, dass ich mir meiner Sache sicher sei, und erzählte ihm alle Details. Das dauerte etwa eine Stunde, MacFirmin machte sich Notizen und unterbrach mich mit Fragen unterschiedlicher Art. *Wir können also nicht wissen, ob sie noch lebt? Diese beiden Herren, die in der Parkgarage auftauchten, haben sie einmal darüber nachgedacht, wo sie herkamen? Hat sie sich wirklich mehr als zwanzig Jahre nicht bei Ihnen gemeldet? Woher wissen Sie eigentlich, dass sie überhaupt eine Tochter hat oder auch nur schwanger war?*

Und so weiter. Als er alle Informationen bekommen hatte, die ihm für seine Aufgabe erforderlich zu sein schienen, erklärte er, dass ich einen Teil seines Honorars umgehend bezahlen und in zwei Wochen wiederkommen und den Rest bezahlen solle. Immer vorausgesetzt, dass er etwas erreicht habe. Sollte das nicht der Fall sein, dürfe ich mein Geld für etwas Vernünftigeres ausgeben und wir könnten einander Danke und Lebewohl sagen.

Ich befolgte seine Anweisungen. Vierzehn Tage verbrachte ich ausschließlich damit, Bücher zu lesen und durch die Stadt zu laufen. Diese Lebensweise war ich gewohnt, natürlich nur, wenn man von meinen Spaziergängen absah. Hat man so lange im Gefängnis gesessen wie ich, braucht man nicht viel, was einen stimuliert, im Gegenteil, man kann es sogar als störend empfinden, wenn zu viel passiert. Ab und zu kam ich an MacFirmins Büro vorbei und sah manchmal auch, dass darin Licht brannte, aber ich hielt mich an unsere Abmachung und verzichtete darauf, hineinzugehen und nachzufragen, wie er vorankam.

Am achtundzwanzigsten Januar war es dann endlich so weit. Ich merkte, dass mein Herz spürbar schneller pochte, als ich um neun Uhr morgens an seiner Tür klingelte. Er rief mir zu, ich solle eintreten, und als ich erneut vor seinem Schreibtisch stand, brauchte ich nur einen Blick auf ihn zu werfen, um zu begreifen, dass seine Bemühungen erfolgreich gewesen waren. Er hatte Kristiana gefunden. Ich ließ mich auf den Besucherstuhl fallen, und er muss mir angesehen haben, wie mitgenommen ich war, denn er holte augenblicklich die Whiskyflasche heraus, obwohl es noch so früh am Tag war.

Ich glaube, wir können jetzt einen Schluck gebrauchen, meinte er. Ja, es stimmt, ich habe sie aufgetrieben.

Anschließend erläuterte er ziemlich kurz und bündig die Lage. Kein Wort darüber, wie er alles herausgefunden hatte oder vorgegangen war; als ich ihn danach fragte, schüttelte er nur den Kopf und behauptete, dies seien Berufsgeheimnisse, die man nicht verraten solle.

Kristiana hieß mittlerweile Polanski und wohnte in München. Nachdem sie Barcelona verlassen hatte, war sie zwei Mal verheiratet gewesen, erst mit einem Italiener namens Pollinari, den sie nach drei Jahren verlassen hatte, danach mit einem polnischen Geschäftsmann namens Polanski, dessen Nachnamen sie noch führte. Er war wesentlich älter gewesen als sie und Anfang der neunziger Jahre eines annähernd natürlichen Todes gestorben. Seither hatte sie allein gelebt, zunächst in Mailand, dann seit 1998 in der Wörthstraße in München. Sie hatte ein Kind aus einer früheren Ehe, eine Tochter namens Paula, die heute in derselben Stadt Kunstwissenschaft studierte und noch unter derselben Adresse gemeldet war wie ihre Mutter.

Paula, dachte ich, und eine Welle der Rührung durchströmte mich. Meine Tochter heißt Paula.

MacFirmin sah es mir an und hob sein Glas.

Stimmt, sagte er. Sie könnte es sein. Auf Ihr Wohl und viel Glück!

Er schob ein zusammengefaltetes Blatt Papier über den Tisch. Die Adresse, sagte er. Unter der Sie sie finden können.

Danach schob er ein zweites Blatt über den Tisch. Die Rechnung, sagte er. Schließlich musste ich persönlich hinfahren und mich vergewissern. Eine schöne Frau, ich darf Ihnen gratulieren. Übrigens auch eine schöne Tochter.

Ich dankte ihm von ganzem Herzen, bezahlte und ging nach Hause, um zu packen.

Zwei Tage später verließ ich Aarlach und meine Wohnung. Meine Habe, hauptsächlich Kleider und Bücher, passte mühelos in zwei gewöhnliche Koffer, und ich hatte nicht die Absicht, jemals zurückzukehren. In München hatte ich für drei Nächte ein Hotelzimmer gebucht, und als ich im Zug saß, dachte ich, dass sich mein Leben zum ersten Mal seit sehr langer Zeit in die richtige Richtung bewegte. Ich empfand eine Zuversicht und ein Gottvertrauen, die ich später nicht ganz begreifen konnte, aber wenn man schon ein Hohlkopf ist, dann ist es sicher nicht besonders ungewöhnlich, dass man auch ein naiver und gutgläubiger Hohlkopf ist. Zu diesem Schluss bin ich jedenfalls in meinen letzten Lebensjahren gekommen, und ich weiß nicht, ob man sich von dieser Art von schlichtem Gemüt nun distanzieren oder ob man dankbar dafür sein soll. Je näher der Tod rückt, desto mehr tendiere ich zu Letzterem. Trotz allem.

Ich traf am späten Abend in München ein, nachdem ich den ganzen Tag unterwegs gewesen war. Vom Bahnhof aus nahm ich ein Taxi zu meinem Hotel – das Ritzi in der Maria-Theresia-Straße hinter dem Landtag –, es war meine erste Taxifahrt seit fast einem Vierteljahrhundert, und das allein stärkte schon meinen Optimismus und meine Zuversicht. Mein Hotelzimmer war sauber und nett, und die junge Frau an der Rezeption sorgte dafür, dass ich ein Bier und ein Sandwich bekam, da das Restaurant schon geschlossen hatte. Es war nach elf, und ich erinnere mich, dass ich dachte, eigentlich geht mein Leben erst jetzt weiter, ein Leben, das an einem Abend vor knapp zweiundzwanzig Jahren in einer Parkgarage in Barcelona so plötzlich und lange unterbrochen worden war. Als hätte ich mich irgendwo anders befunden, in einer anderen Dimension oder so. Derart tiefsinnige Gedanken liegen mir im Grunde jedoch nicht, so dass ich einschlief, ohne mir wegen des morgigen Tages größere Sorgen zu machen – in meinem bequemen Hotelbett, nachdem ich noch ein paar Seiten des Romans gelesen hatte, der mir auf meiner langen Zugreise Gesellschaft geleistet hatte: *Die Perspektive des Gärtners* von Erik Steinbeck, ein Autor, der mir bis dahin nicht bekannt gewesen war und mich, um ehrlich zu sein, auch nicht sonderlich fesselte.

Am nächsten Morgen frühstückte ich zeitig und studierte meinen Stadtplan. Das hatte ich natürlich auch schon vorher getan, jetzt wollte ich mich nur vergewissern, dass ich den Weg zur Wörthstraße finden würde, ohne an jeder Straßenecke stehen bleiben und zögern oder ständig nach dem Weg fragen zu müssen. Kristianas Wohnsitz lag zu Fuß knappe zehn Minuten vom Hotel entfernt, das wusste ich, und so stand ich einige Minuten nach halb neun auf der gegenüberliegenden Straßenseite und versuchte zu erraten, hinter welchen Fenstern sich ihre Wohnung verbarg: die meiner Geliebten und meiner Tochter. MacFirmin hatte mir nicht mitgeteilt, auf welcher Etage die beiden wohnten; das Haus hatte fünf, und da die Fassade wenigstens dreißig Meter am Bürgersteig entlanglief, ging ich davon aus, dass es in jedem Stockwerk wahrscheinlich zwei Wohnungen gab. Mindestens. Dieses Kalkül hatte natürlich keinerlei praktische Bedeutung, es war lediglich etwas, womit sich mein Gehirn beschäftigte, bevor es sich entschloss, die Straße zu überqueren und nachzusehen, ob es ein Schild gab, auf dem die Bewohner des Gebäudes verzeichnet waren. Und vielleicht auch, ob es möglich war, am Hauseingang zu klingeln.

Ich musste erkennen, dass es ein solches Schild nicht gab. Nur ein schlichtes Ding, an dem man einen Zahlencode eintippen konnte. Da ich diesen nicht kannte, kehrte ich auf die andere Straßenseite zurück und setzte mich in ein Café, das glücklicherweise direkt gegenüber lag und von dem aus ich die Leute im Auge behalten konnte, die im Haus Wörthstraße 26 ein und aus gingen. Ich hätte möglicherweise eine effektivere Methode wählen können, aber ich hatte bereits eine Entscheidung getroffen: Ich wollte Kristiana gerne sehen, ehe ich sie mit meiner Gegenwart konfrontierte. Für Paula galt natürlich das Gleiche, und ich dachte, dass einer von ihnen – vermutlich beide, vielleicht sogar gemeinsam – früher oder später aus dem Haus treten würde. Es war noch ziemlich früh am Morgen, Paula musste sicher irgendeine Vorlesung besuchen und Kristiana möglicherweise in die Stadt aufbrechen, um am Vormittag einkaufen zu gehen.

Jedenfalls nahm ich das an. Ich ließ mich mit einer Tasse Kaffee und einem Croissant an einem Fenstertisch nieder und stellte mich darauf ein zu warten.

Es ging wesentlich schneller, als ich erwartet hatte. Schon nach wenigen Minuten zwängte sich eine junge Frau Anfang zwanzig mit einem Fahrrad im Schlepptau durch die Haustür. Sie hatte üppige dunkle Haare, die mit einem gelben Haarband hochgesteckt waren, trug einen roten Jogginganzug und Turnschuhe; anscheinend wollte sie zu irgendeiner Art von Training. Außerdem hatte sie es eilig, sie warf sich auf das Fahrrad und radelte davon, noch ehe ich dazu kam, den kleinen Fotoapparat zu zücken, den ich in meiner Jackentasche hatte. Aber das spielte keine Rolle, ich begriff auch so, dass sie es sein musste.

Paula, meine Tochter. Ich versuchte einen Schluck von meinem Kaffee zu trinken, aber meine Hand zitterte so sehr, dass ich mich gezwungen sah, die Tasse auf den Unterteller zurückzustellen. Natürlich hatte ich versucht, mir vorzustellen, was für ein Gefühl es sein würde, sie zu sehen, viele Jahre hatte ich das getan, aber die Wirklichkeit übertraf all meine Fantasien. Es war eine Erfahrung, die jenseits von allem lag, was ich bis dahin in meinem Leben erlebt hatte, eventuell ausgenommen die Liebesmonate mit Kristiana in Barcelona. Ich erkannte natürlich, in welch einem unerhört hohen Maße mein Leben um diese beiden Frauen kreiste; vielleicht gab es da auch eine Stimme in meinem Inneren, die eine Warnung zu vermitteln, mich irgendwie aufzuhalten versuchte, aber man darf nicht vergessen, unter welchen eingeschränkten Lebensbedingungen ich im Grunde seit meiner Geburt gelebt hatte. Ich habe immer gewusst, dass mit mir etwas nicht stimmt; ich funktioniere nicht wie andere Menschen, aber man hat nun einmal nur sich selbst. Man ist kein anderer als der Mensch, der man ist, und kann nie ein anderer werden.

Man muss versuchen, sich damit auszusöhnen und dem verschlungenen Pfad zu folgen, der einem offensteht.

Aber ich bin alles andere als ein Denker oder Philosoph, lasst mich stattdessen also mit meinem Bericht fortfahren.

Ich saß also in diesem Café in der Wörthstraße in München und hatte soeben zum ersten Mal meine Tochter gesehen. Hatte gesehen, wie sie auf einem Fahrrad um eine Straßenecke verschwand, und das Herz in meiner Brust pochte wie ein Schmiedehammer. Auf einmal hatte mein Leben wieder Gewicht und Intensität und Sinn, es kam mir vor, als wäre eine Membran geplatzt, und da ich dringend etwas benötigte, um mich zu beruhigen, fragte ich die Kellnerin, ob es eventuell möglich sei, noch eine Tasse Kaffee und dazu ein kleines Glas irgendeines Schnapses zu bekommen.

Das ließ sich machen und zeigte die Wirkung, die ich mir erhofft hatte. Eine gute Stunde blieb ich an meinem Fenster sitzen und wartete darauf, dass die Mutter meiner Tochter aus dem Hauseingang auf der anderen Straßenseite treten würde; es kamen und gingen natürlich eine ganze Reihe anderer Menschen, unter anderem ein älterer Herr mit zwei Englischen Bulldoggen, die unverzüglich ihre Notdurft auf dem Bürgersteig verrichteten und sich anschließend weigerten, auch nur einen Schritt zu tun. Als der Hundebesitzer den Kot seiner Haustiere entsorgt hatte, stand er noch eine Weile da, zog an den Hundeleinen und versuchte, die beiden Tiere zu überreden, den Spaziergang fortzusetzen – oder vielmehr anzutreten –, aber die körperlichen und mentalen Kräfte der Hunde waren denen ihres Herrchens weit überlegen, und nach kurzer Zeit kehrten alle drei ins Haus zurück.

Nur zwei Minuten später trat Kristiana Polanski auf die Straße.

15

Max Schmeling unterbricht seine Lektüre, weil sein Handy klingelt. Es ist eine unbekannte Nummer, und vielleicht nimmt er deshalb das Gespräch an, es gibt da eine düstere Entsprechung zu dem Text, den er gerade gelesen hat.

Es ist jemand namens Henry Mejkens, der ihn daran erinnert, dass sie in einer halben Stunde zum Mittagessen verabredet sind. Er ruft an, weil er sich eventuell ein paar Minuten verspäten wird, er sitze in einer Besprechung, die etwas länger dauere als geplant.

Max hat diese Essensverabredung vollkommen vergessen, erkennt aber sofort, dass sie mit einem Auftritt im Literaturhaus in der kommenden Woche zusammenhängen muss. Henry Mejkens soll als Moderator durch den Abend führen und möchte die Teilnehmer vorher gerne treffen. Max weiß nicht, wer außer ihm noch dabei sein wird, und ebenso wenig, wo sie zum Essen verabredet sind, aber es bleibt ihm erspart, diese peinliche Frage zu stellen, weil Henry noch einmal alles zusammenfasst.

»Im Kraus, ein paar Minuten nach eins? Ich freue mich, Sie zu sehen.«

Max sieht, dass es schon halb ist; von Schittkowskis Bericht stehen noch mindestens fünfzehn Seiten aus, so dass er beschließt, den restlichen Text erst am Abend zu lesen. Es gibt keine andere Lösung, nicht zuletzt, weil er am Nachmittag einen weiteren Termin mit jemandem aus der Presseabteilung seines Verlags hat, einer Frau, von der er glaubt, dass er ihr schon einmal begegnet ist, deren Namen und Aussehen ihm jedoch entfallen sind. Den Namen hat er sich allerdings in seinem Terminkalender notiert, so dass sich wohl alles zum Besten wenden wird.

Sollte er wissen, wer Henry Mejkens ist? Sind sie sich schon einmal begegnet? Bei ihrem kurzen Telefonat klang es fast so. Dieser hartnäckige Gedanke an eine Demenz ruft sich wieder einmal in Erinnerung, aber er würgt ihn ab, indem er sich die Zähne putzt und ein reines Hemd anzieht. Da es regnet, bestellt er sich hinterher ein Taxi zum Restaurant Kraus.

Die weitere Lektüre des *Berichts über mein Leben* verzögert sich jedoch weiter wegen eines seltsamen Zwischenfalls, der sich ereignet, als er am späten Nachmittag auf dem Heimweg vom Verlag in der Reimus Friesstraat ist. Er hat zur Vorbereitung der neuen Taschenbuchausgabe seiner Tetralogie ein langes Gespräch mit Frida Maars geführt, wie sie selbstverständlich heißt. Sie haben beide ein Glas Prosecco getrunken, und er fühlt sich so pudelwohl, wie es immer der Fall ist, wenn er eine üppige Portion Lob und Anerkennung bekommen hat. Wer tut das nicht?

Als er jedoch den Kanal zur Armastenstraat hinüber überquert, sieht er sich plötzlich mit einem Selbstmordversuch konfrontiert. Eine Frau ist auf das steinerne Geländer der Brücke gestiegen und steht im Begriff zu springen, als er an ihr vorbeikommt. Sie hat einen Gegenstand, der aussieht wie ein alter Anker, an ihrem Körper vertäut, offensichtlich, damit sie bis zum Grund sinkt, und Max hat bereits zwei Schritte an ihr vorbei gemacht, als sein Gehirn registriert, was sich dort anbahnt. Er hält inne und ruft:

»Nein, warten Sie! Was tun Sie denn da?«

Das reicht, um sie zögern zu lassen. Aber sie hat sich jetzt aufgerichtet, steht kerzengerade und hält das Seilende zum Anker in der rechten Hand. Sie betrachtet ihn mit einer Miene, die er als Erstaunen, gemischt mit einem Anflug von Ärger deutet.

»Verschwinden Sie!«, sagt sie. »Mischen Sie sich nicht in etwas ein, was Sie nichts angeht.«

Sie ist um die fünfzig, schätzt er. Recht anständig gekleidet: ein langer, dunkler Mantel, ein Schal, eventuell aus Kaschmirwolle, Lederstiefel. Ihr Gesicht, das sie ihm inzwischen zugewandt hat und das von einer Straßenlaterne erhellt wird, die gerade angegangen ist, weil die Dämmerung eingesetzt hat, ist grauweiß. Er denkt, dass es fast wie eine Maske oder eine Art Clownsgesicht aussieht.

»Haben Sie die Tiefe kontrolliert?«, sagt er.

»Wie bitte?«

»Die Wassertiefe des Kanals«, verdeutlicht er. »Ich bin mir nicht sicher, ob es überhaupt zwei Meter sind.«

Das mag ein unpassender Kommentar sein, aber so bringt er sie wenigstens dazu, sich auf etwas anderes zu konzentrieren. Sie stellt einen Fuß auf den schweren Anker auf dem Steingeländer und stemmt die Hände in die Seiten. Offensichtlich stört es sie, dass er vorbeigekommen ist und sich in ihr Vorhaben einmischt. Kann sich ein Mensch nicht einmal in aller Ruhe das Leben nehmen, ohne dass jeder erstbeste Flaneur ankommt und seinen Senf dazu abgibt? Vielleicht ist es das, was sie denkt.

Sie scheint jedoch nicht die richtigen Worte zu finden, um ihn abzuspeisen, sondern stiert ihn nur an, während ihre Kiefer mahlen, als wäre etwas Übelschmeckendes in ihren Mund geraten, das sie loswerden will.

»Ich bin in meiner Jugend selbst einmal ertrunken«, platzt es aus ihm heraus. »Das war ein sehr unangenehmes Erlebnis. Die Leute bilden sich ja immer ein, dass …«

»Verdammt, jetzt reicht es aber«, unterbricht sie ihn. »Lassen Sie mich in Ruhe, gehen Sie nach Haus zu Ihrer Frau und Ihren Kindern!«

Max denkt einen Augenblick nach und erklärt dann, dass er keine Frau habe und seine Kinder erwachsen seien und das Nest schon vor Jahren verlassen hätten. Die Frau steht still und denkt kurz über seine Worte nach. Anschließend setzt sie sich umständlich auf das Brückengeländer und zieht ihren Schal aus; ihre Haare sind schwarz mit grauen Strähnen, er betrachtet ihr Gesicht und überlegt, dass es aussieht, als hätte sie die letzten hundert Nächte wachgelegen. Ihre Augen sind dunkel und ruhen tief in ihren schwarzen Kratern; ihre Haut ist dünn, fast durchsichtig. Sie isst bestimmt auch kaum noch etwas, die Hände, die aus ihren weiten Mantelärmeln ragen, erinnern an Vogelkrallen.

»Ich hatte nur ein Kind, eine Tochter«, sagt sie. »Als sie das Nest verließ, starb sie. Deshalb sitze ich hier.«

»Ich verstehe«, sagt Max Schmeling in Ermangelung von etwas Besserem.

»So, so, das tun Sie«, entgegnet sie. »Tja, wenn das so ist, schlage ich vor, dass Sie mir Gesellschaft leisten.«

Er denkt, dass die Unterhaltung aus dem Ruder gelaufen ist, und erwägt, sie einfach ihrem Schicksal zu überlassen – gleichzeitig möchte er in der Zeitung von morgen jedoch nicht lesen, dass man eine neue Leiche aus dem Kanal gefischt hat, eine Frau mittleren Alters in einem langen Mantel, hohen gelblichen Stiefeln und mit einem Anker am Bein. Dann würde er sich schuldig fühlen, und das hat er in seinem Leben schon oft genug getan. Mehr als genug.

Allerdings weiß man gar nicht so einfach, wie man solche Situationen in den Griff bekommen soll, und obwohl sich der eine oder andere Mensch in der Nähe aufhält, findet er nicht, dass die Situation es zulässt, um Hilfe zu rufen. Hilfe bei was? Hilfe *gegen* was? Wozu soll ein Menschenauflauf gut sein? Ein Arzt? Ein Polizist?

»Ich glaube jedenfalls, dass der Kanal zu seicht ist«, wiederholt er. »Vielleicht sollten wir stattdessen ein Gläschen im Gambrinus trinken?«

Er nickt in Richtung der Bar an der Straßenecke.

»Ich habe kein Geld dabei.«

»Ich denke schon, dass ich es mir noch leisten kann, Sie zu einem Glas Wein einzuladen.«

Sie beginnt, das Ankertau von ihrem Bein loszubinden. Er denkt, dass es ohnehin zu lang gewesen wäre, es misst sicher einen Meter, selbst wenn das Wasser zweieinhalb Meter tief gewesen wäre, hätte sie somit den Kopf über die Oberfläche heben können. Etwas anderes wäre es natürlich gewesen, wenn sie den Anker um ihren Hals geschlungen hätte, aber das hat sie nun einmal nicht getan.

Diesen Gesichtspunkt spricht er jedoch tunlichst nicht an, sondern wartet lediglich, bis sie fertig ist, woraufhin sie den Anker an das Brückengeländer gelehnt stehen lassen und gemeinsam zur Gambrinus Bar gehen. Bis dorthin sind es nicht mehr als dreißig Meter, aber sie nutzt dennoch die Gelegenheit, sich mit ihrer Krallenhand bei ihm unterzuhaken. Vielleicht benötigt sie auch rein körperlich eine Stütze, denn sie bewegt sich mit langsamen, schlurfenden Schritten und lehnt sich ziemlich schwer gegen ihn. Er wünscht sich, dass er vom Verlag aus einen anderen Weg eingeschlagen hätte.

Vielleicht bedeutet sie aber auch etwas. Die Bar ist so gut wie leer, wahrscheinlich hat man eben erst geöffnet. Es ist kurz nach sechs, und sie setzen sich mit ihren Rotweingläsern in eine Sitzecke. Er ist dankbar, dass sie nichts Hochprozentiges bestellt hat, ansonsten empfindet er allerdings keine Dankbarkeit. Es wäre alles einfacher, wenn sie etwas sagen würde, wenn er wenigstens eine Art Kontakt zu ihr bekäme, aber da hakt es.

Sie sieht ihm nicht in die Augen, sondern stiert nur auf die schwarzlaminierte Tischplatte. Rührt den Wein nicht an. Das tut er auch nicht, fragt sich aber, wie um Himmels willen er in dieser Situation weiterkommen soll. Eine Minute verstreicht, vielleicht auch zwei.

»Wie heißen Sie?«, fragt er schließlich.

Sie blickt hastig auf. »Wie heißen Sie selbst?«

»Max. Ich heiße Max.«

»Maria.«

»Denken Sie schon lange darüber nach?«

»Worüber?«

»Sich das Leben zu nehmen.«

»Seit zwei Jahren. Seit sie gestorben ist.«

»Ihre Tochter?«

»Ja.«

Rede, denkt er. Das ist das Einzige, was uns zu Gebote steht. Den Mund zu öffnen und eine Anzahl Wörter herauszubringen. Zu hoffen, dass ein paar zurückkommen. Verständliche oder unverständliche. Brückenbauer oder gefährliche Waffen? Soll man solchen Gedanken nachhängen, wenn man Schriftsteller ist? Wenn wir zwei Hunde wären, würde es schon reichen, wenn wir uns dicht nebeneinanderlegen würden, stellt er mit grimmiger Resignation fest. Höflichkeitshalber würden wir uns ein wenig beschnuppern. Was meine ich damit eigentlich? Warum sitze ich hier?

Und dann taucht natürlich dieser wunderbare Satz der Neuseeländerin in seinem Kopf auf, eins von ungefähr einem Dutzend Zitaten aus der Weltliteratur, die er mühevoll auswendig gelernt hat. Es geht darin um jemanden, dem es nicht gelungen ist, ein Schaf vor dem Ertrinken in einem fließenden Gewässer zu bewahren, und dann denkt dieser jemand apropos der Tatsache, dass die Knochen in ein, zwei Jahren wahrscheinlich komplett blankgescheuert auftauchen werden: *Verhält es sich genauso mit unseren Worten, die mit Haut und Haar aus unseren Mündern fallen, damit ihre wahre Bedeutung, ihre abgeschabten, reingewaschenen Knochen, nach einer längeren Zeit dann entblößt auf den Hängen des Denkens liegen können?*

Er weiß genau, selbst wenn er eine Million Wörter schriebe, würde er niemals auch nur in die Nähe einer solchen Formulierung kommen, was ihn insgeheim sehr schmerzt.

»Es erfordert eine gewisse Konzentration«, sagt die Frau namens Maria und unterbricht seinen irrlichternden Gedankengang. »Danke für den Wein.«

Sie trinken jeder einen Schluck. Sitzen eine Weile schweigend zusammen.

»Jetzt werde ich es wohl eine Weile aufschieben müssen«, fährt sie fort. »Aber es war natürlich auch bescheuert von mir, diese Tageszeit zu wählen.«

»Nachts hat man sicher eher seine Ruhe«, erwidert er.

»Stimmt«, sagt sie. »Das war wirklich idiotisch von mir.«

»Was meinen Sie damit, dass es Konzentration erfordert?«

Sie zuckt mit den Schultern. »Ich meine die Ausführung. Sicher, wenn man auf einem Hausdach oder vor einem Zug steht, kann man es auf die Schnelle erledigen. Aber ich will nicht, dass es sich so abspielt.«

»Wie ist Ihre Tochter gestorben?«, fragt er.

Sie antwortet nicht. Er wartet kurze Zeit, ehe er seine Frage wiederholt.

»Ihre Tochter, wie ist sie gestorben?«

»Er hat sie zu Tode gequält.«

»Sie zu Tode gequält? Wer?«

»Ihr Mann.«

Er begreift, dass sie ihm nichts erzählen wird, wenn er nicht weiterfragt. Das Problem ist nur, dass er sich nicht entscheiden kann, ob er wirklich mehr wissen will. Es wäre einfacher, ein Hund zu sein. Dann würde er es wissen wollen, aber nicht darüber sprechen können.

»Zu Tode gequält?«, sagt er schließlich. »Wie das?«

Aber ihre Antwort geht in eine andere Richtung.

»Sie ist nur dreiundzwanzig geworden«, sagt sie. »Zwei Jahre hat er gebraucht. Sie sagen, dass er jetzt eine neue Frau hat.«

»Aha?«, sagt Max. »Ein böser Mann?«

»Sehr böse«, erwidert sie und trinkt wieder einen Schluck Wein. »Aber Sie müssen hier nicht sitzen und einen von uns kennenlernen. Weder den Bösen, die Gute, die tot ist, noch die Frau, die bald sterben wird. Danke für den Wein, ich muss jetzt nach Hause.«

Und mit diesen Worten steht sie auf und lässt ihn in seiner Sitzecke alleine zurück. Huscht auf wesentlich willensstärkeren Beinen aus dem Lokal als vorhin, als er sie hereingeschleift hat. Und weil er nicht davon ausgeht, dass sie zu ihrem Anker zurückgehen und ihren unterbrochenen Selbstmordversuch fortsetzen wird, bleibt er sitzen.

Ja, er sitzt in seiner Ecke und fühlt sich gleichzeitig verlassen und erleichtert. Leert bedächtig sein Glas und versucht, seine Gedanken zu ordnen. Ersteres funktioniert gut, Letzteres weniger gut. Wäre es möglich, hierüber eine Erzählung zu schreiben?, lautet die einzige Frage, die er zu formulieren vermag.

Der Böse, die Gute, die tot ist, und die Frau, die bald sterben wird?

Das ist ein viel zu langer Titel. Aber vielleicht lässt sich das Leben ohnehin nicht schreiben? Nicht auf diese Weise. Die blankgewetzten Schafknochen blitzen wieder auf, und er merkt, dass etwas Kaltes und Gefährliches im Begriff steht, Besitz von ihm zu ergreifen, etwas, das ernsthaft seine Existenz in Frage stellt und von dem er glaubte, er hätte es bei Anna Petrova zurückgelassen. Was offensichtlich jedoch nicht der Fall ist. Er beeilt sich, die Bar zu verlassen, bevor er noch mehr Wein bestellt. Er ruft sich in Erinnerung, dass es bloß eine Stunde her ist, seit er auf einer Woge der Vortrefflichkeit schwamm.

Als er nach Hause kommt, erwartet ihn Tibor Schittkowskis Bericht wie eine alte, unbeglichene Schuld. Aber er wehrt sich. Legt sich auf die Couch und zappt stattdessen ziellos zwischen hundertacht Fernsehkanälen hin und her.

Warum passiert mir so etwas, fragt er sich. Was ist das nur für eine Partitur, in der ich hier gelandet bin?

An den Rollstuhl gefesselte Hohlköpfe, die unverständliche Forderungen an mich stellen, und Frauen, die sich vor meinen Augen das Leben nehmen wollen?

Ist das zumutbar?

Und als Antwort ist ihm, als hörte er die Stimme seiner ersten Frau im Kopf.

Das ist absolut zumutbar. Es ist lediglich eine Konsequenz des Menschen, der du bist, Max Schmeling, das habe ich dir schon vor fünfundzwanzig Jahren klarzumachen versucht.

Er erwartet, auch einen fiktiven, aber treffsicheren Kommentar seiner zweiten Frau, aus Liverpool, zu hören – nicht ganz in der gleichen Tonart, aber ähnlich klingend, so ist es meistens. Aber sosehr er auch lauscht, es kommt nichts.

Auch nicht von Brigitte, aber Brigitte war auch wirklich etwas anderes, das möchte er sich immer noch einreden.

Erst nach den Nachrichten um neun rafft er sich wieder von der Couch auf und setzt sich mit einem halben Wasserglas Whisky bewaffnet an den Schreibtisch, um die letzten Seiten des Schittkowski-Dokuments in Angriff zu nehmen.

16

Bericht über mein Leben
Tibor Schittkowski

/Forts./

Ich wusste im Bruchteil einer Sekunde, dass sie es war, und besaß außerdem genügend Geistesgegenwart, mit meinem Fotoapparat eine Reihe von Bildern zu schießen. Es war ein Glück, dass ich etwas so Konkretes anstellen konnte wie fotografieren, weil ich ansonsten kaum in der Lage gewesen wäre, dem Impuls zu widerstehen, auf die Straße zu rennen und ihren Namen zu rufen.

Eine solche Überrumpelung fand ich nicht wünschenswert. Vielleicht, weil ich feige war, vielleicht aber auch, weil so viele Jahre und so viele Gedanken vergangen waren. Jedenfalls schlug Kristiana dieselbe Richtung ein wie ihre Tochter, allerdings zu Fuß und in einem wesentlich gemächlicheren Tempo. Nachdem sie aus meinem Blickfeld verschwunden war, blieb ich noch einige Sekunden sitzen, verließ dann das Café und verfolgte sie.

Es war ein seltsames Gefühl. Ich kann es nicht richtig erklären, nicht einmal nach so langer Zeit. Zehn, fünfzehn Meter vor mir, auf unbekannten Straßen in München, ging die Frau, die so lange mein Fixstern und mein Überleben gewesen war. Meine Geliebte in Barcelona und die Mutter meiner Tochter. Es war unfassbar, dass es tatsächlich passierte. Dass sie wirklich dort ging – und ich auch. Dass sie und keine andere vor dem Schaufenster eines Musikgeschäfts stehen blieb und einige Momente zögerte, ehe sie ihren Spaziergang fortsetzte, und ich sie jederzeit, wenn ich nur wollte, einholen, die Hand auf ihren Arm legen und mich ihr würde vorstellen können.

Es wäre im Nu getan gewesen, trotzdem gab es etwas, was mich zurückhielt. Etwas, das über meine Feigheit und die Jahre hinausging, etwas, was vielleicht mit der Wahrnehmung und dem Bewusstsein zusammenhängt. Damit, was mit der Welt geschieht, wenn sie in einen eintritt.

Das ist jedoch ein Gedanke, der erst viel später auftauchte. Wer weiß schon, was passiert, wenn man ein Loch in einen Traum reißt?

Und so machte ich einige Tage im gleichen Stil weiter, zwei Wochen, um ehrlich zu sein. Ich wohnte weiterhin im Ritzi in der Maria-Theresia-Straße. Begab mich jeden Morgen zu früher Stunde zu dem Café, in dem ich am ersten Tag gesessen hatte. Trank eine Tasse Kaffee, während ich wartete, und behielt den Hauseingang auf der anderen Straßenseite im Auge, um dann entweder

Kristiana oder meiner Tochter Paula zu folgen. Ich beschattete sie, ließ dabei äußerste Vorsicht walten und bekam schon bald einen Einblick in ihr Leben. Natürlich keinen sonderlich großen, aber dennoch einen so klaren, dass ich einiges festhalten konnte.

Erstens, dass Kristiana keinen Mann hatte. Sie schien generell nur wenige Bekannte zu haben und auch nicht arbeiten zu gehen. Sie verließ die Wörthstraße täglich, um Dinge zu erledigen, Lebensmittel einzukaufen, zur Post oder Apotheke zu gehen, ein Kleidungsstück zu erwerben. Meistens flanierte sie am Landtag vorbei, über den Fluss und ins Stadtzentrum, manchmal trank sie einen Kaffee oder aß zu Mittag, und in drei von vier Fällen nahm sie sich mit ihren Einkaufstüten ein Taxi nach Hause. Einmal folgte ich ihr in einem anderen Wagen, aber es kam mir so seltsam vor, den Fahrer zu bitten, einem seiner Kollegen zu folgen, dass ich es nicht wiederholte. Ich wusste ja, dass sie nur nach Hause wollte. Außerdem waren meine finanziellen Mittel begrenzt, Woche für Woche im Hotel zu wohnen, riss große Löcher in meine Reisekasse, und obwohl ich für das Haus meines Vaters eine gewisse Geldsumme bekommen hatte, würde früher oder später der Tag kommen, an dem ich mich nach einer Arbeit umschauen musste.

Das machte mir in dieser Zeit, in diesen ersten Wochen des Wiedersehens, jedoch keine Sorgen, nicht die geringsten.

Was Paula anging, so schien auch sie ein recht geregeltes Leben zu führen, nicht zuletzt, wenn man ihr Alter bedachte. Sie studierte an einer Kunsthochschule, in der sie zwischen sechs und acht Stunden täglich verbrachte. An jedem zweiten Tag ging sie nach Unterrichtsschluss zum Training in ein Sportstudio, an den anderen Tagen fuhr sie mit dem Fahrrad nach Hause in die Wörthstraße. An einem Samstagabend ging sie mit drei Freundinnen aus, erst besuchten sie zwei verschiedene Bars, danach einen Musikclub. Ich weiß nicht, wie lange sie dort blieben, da ich aufhörte, sie zu beschatten, sobald ich gesehen hatte, wie sie sich durch eine rot glühende Türöffnung geschoben hatten, aus der laute, rhythmisch hämmernde Musik ins Freie strömte. Ich verspürte in diesem Moment einen Anflug von Sorge, die augenblicklich in Freude umschlug, als ich begriff, dass mein Gefühl mit unserer Beziehung zusammenhing. Mit der Tatsache, dass ich tatsächlich der Vater dieser jungen Frau war und dieser Club an einem Samstagabend möglicherweise nicht der sicherste Ort der Welt.

Mit jedem weiteren Tag, der verstrich, drängte immer mehr die Frage, wie ich mich zu erkennen geben sollte. Der Augenblick ließ sich nicht ewig aufschieben, sosehr es mir auch gefiel, mich in der Nähe meiner beiden Frauen aufzuhalten, ohne dass sie von meiner Existenz wussten.

Schließlich entschied ich mich für die einfachste aller Lösungen. An einem Montagabend, sechzehn Tage nach meiner Ankunft in München, klingelte ich einfach an ihrer Wohnungstür – nachdem ich mich zunächst vergewissert hatte, dass beide zu Hause waren.

Ich hatte den Gebäudecode in Erfahrung gebracht und die Lage ihrer Wohnung ermittelt, eine ziemlich geräumige Behausung in der dritten Etage; sie besaß sechs Fenster zur Straße hinaus, und ich nahm an, dass sie sich in ähnlicher Weise zum Hinterhof ausbreitete, den ich zuvor ebenfalls zwei Mal inspiziert hatte.

Es war allerdings das erste Mal, dass ich mich die Treppen hinaufwagte, und das erste Mal, dass ich ihre Namen auf der blau marmorierten Tür las: *Kristiana und Paula Polanski.*

Nach drei tiefen Atemzügen klingelte ich.

Es dauerte vermutlich keine zehn Sekunden, bis die Tür geöffnet wurde, aber sie fühlten sich an wie zweiundzwanzig Jahre. Erneut war es, als würde die Zeit zerbersten, und als ich Kristiana dann endlich Auge in Auge gegenüberstand, überkam mich ein hastiger Schwindel.

»Jaa?«, sagte sie fragend und zögernd, aber ich meinte dennoch, in ihrer Stimme den Hauch eines Wiedererkennens heraushören zu können.

»Ich bin es«, sagte ich. »Ich bin zurück.«

Sie starrte mich verständnislos an. Hinter ihrem Rücken tauchte Paula auf.

»Tibor«, sagte ich. »Ich bin es, Tibor Schittkowski. Ich habe meine Strafe abgesessen.«

Kristiana wich einen Schritt zurück und legte eine Hand auf die Schulter ihrer Tochter. Beide standen vollkommen still und betrachteten mich mit dem gleichen verständnislosen und starren Lächeln auf ihren Gesichtern.

»Paula, ich bin dein Vater«, sagte ich.

Paula öffnete den Mund und schloss ihn wieder. Starrte mich einige Sekunden an, hob danach die Hand ihrer Mutter von der Schulter, drehte den Kopf und starrte stattdessen sie an. Es vergingen wenige Sekunden, dann machte sie auf dem Absatz kehrt und verschwand in einem anderen Zimmer. Sie knallte die Tür hinter sich zu, und ich blieb mit Kristiana alleine im Flur zurück. Sie zog ein Handy aus der Tasche ihrer schwarzen Strickjacke; ich möchte daran erinnern, dass sich die Dinge, die ich hier wiedergebe, vor dreizehn Jahren abspielten und damals die wenigsten ein Handy besaßen, insbesondere in der Gefängniswelt, so dass es mir im ersten Moment nicht gelang, den schwarzen Gegenstand in ihrer Hand zu identifizieren.

»Du hast zehn Sekunden Zeit zu verschwinden«, sagte sie. »Danach rufe ich die Polizei.«

Ich habe diese beiden Sätze mehr als zehn Jahre von allen Seiten beleuchtet, und zwar ausgehend von einer ganz bestimmten Frage: Wusste sie, wer ich war, oder wusste sie es nicht?

Ich konnte es damals nicht entscheiden und habe es auch später nicht entscheiden können. Ihr Tonfall balancierte haarscharf auf der Grenze: Sie sprach zu einem Bekannten, und sie sprach zu einem völlig Fremden. Dass sie als Anredeform »du« statt »Sie« benutzte, müsste in unserer Sprache eigentlich so gedeutet werden, als wäre ich ein alter Bekannter, jemand, den sie von früher gut kannte, aber gleichzeitig kann man ja, zumindest in manchen Kreisen, die vertraulichere Form der Anrede auch bei Leuten verwenden, die sozial unter dem Sprecher stehen, also als ein Ausdruck von Geringschätzung oder sogar Verachtung.

Für ihren Blick, der sich ohne Angst oder Unentschlossenheit förmlich in mich hineinbohrte, galt das Gleiche. Ich konnte mich nicht dafür entscheiden, dass sie sich wirklich an mich erinnerte. Ob ihre Augen registrierten, wer anderthalb Meter von ihr und anderthalb Zentimeter von einem psychischen Zusammenbruch entfernt stand. Oder ob sie es nicht taten.

»Also schön«, sagte sie, als die gesetzte Frist abgelaufen war. »Selber schuld.« Und damit begann sie auf diesem schwarzen Gerät auf Tasten zu drücken.

»Entschuldige«, brachte ich heraus. »Liebe Kristiana, entschuldige. Ich hätte nicht auf diese Weise kommen dürfen.«

Daraufhin machte ich auf dem Absatz kehrt und verließ die Wohnung.

In jener Nacht kehrte ich erst nach drei ins Ritzi zurück. Ich lief in einem Regen durch München, der mit jedem Schritt, den ich machte, stärker wurde, mir aber nicht das Geringste ausmachte. Ich hielt mich während dieser dunklen Stunden vor allem im Englischen Garten auf, und die Bewegung an sich schien notwendig zu sein, damit ich nicht zerbrach. Wenn ich nur für eine Sekunde stehen blieb – zum Beispiel, um meinen Schuh zuzubinden, ich hatte wirklich ein Problem damit, an meinem rechten Schuh, nicht dem linken, der schwarze, dünne Schnürsenkel ging immer wieder auf, und in meinem verletzlichen Zustand versuchte ich mich daran, dieses kleine Ärgernis als ein Zeichen der Götter zu deuten, ein verschlüsselter Wegweiser dafür, wie ich mich verhalten sollte – ja, wenn ich stehen blieb, drohte mir augenblicklich die Versteinerung. Genauso empfand ich es, und genau diese Frage pochte nunmehr darauf, entschieden zu werden, das begriff ich durchaus: ob ich wirklich weiterleben sollte oder ob es nicht vielmehr Zeit wurde, dem Ganzen ein Ende zu setzen.

Ich merkte allerdings recht bald, dass mich jegliche Kraft verließ, wodurch es mir unmöglich wurde, zu einer Antwort zu kommen. Vielleicht bewegten sich meine Beine beharrlich weiter, ohne von mir eigens dazu ermahnt zu werden, um so mein Überleben zu sichern. Das Leben ist manchmal stärker als der Mensch, der es in sich trägt, habe ich irgendwo gelesen. Aber was hatte es dann zu bedeuten, dass dauernd dieser Schnürsenkel aufging?

Ich kann hier nicht alle wirren Gedanken wiedergeben, die in dieser regnerischen Nacht in meinem armen Schädel rasselten, weiß aber noch, dass ich die Worte meines Vaters wieder im Ohr hatte.

Du bist und bleibst ein Hohlkopf, Tibor Schittkowski. Da kannst du nichts machen, aber es dürfte das Beste sein, wenn du es weißt.

Was hatte ich mir nur eingebildet?

Was hatte ich mir so lange Zeit vorgestellt?

Andererseits: Wenn ich diese Vorstellung nicht gehabt hätte, wie immer sie auch aussah, wie hätte ich dann all die Jahre im Gefängnis überstehen sollen? Wie?

In meinem Hotelzimmer gab es eine Minibar, und als ich wenige Minuten nach drei durch die Tür taumelte, begann ich auf der Stelle, sie zu leeren. Das war ziemlich schnell erledigt, und danach gelang es mir irgendwie einzuschlafen, und ich erwachte erst wieder am nächsten Tag um zwölf.

Ich möchte niemanden mit der trostlosen Beschreibung der nächsten Zeit ermüden, womit ich den restlichen Monat Februar im Jahr 2000 meine. Ich möchte nur feststellen, dass ich einen Teil meiner Hoffnung verlor, einen wesentlichen Teil. Ich hatte ein Loch in meinen Traum gerissen, sein Inhalt hatte sich mir als Asche offenbart, und mir fehlte die Kraft, meinem Leben ein Ende zu setzen.

Ich verfolgte die beiden Frauen weiter, in erster Linie, weil ich etwas brauchte, um mich zu beschäftigen. Im Gefängnis hatte ich meine Fähigkeit trainiert, untätig zu sein, das lernen die meisten Insassen. Tun sie es nicht, gehen sie unter. Nach zwei Monaten in Freiheit fiel diese Eigenschaft jedoch schon langsam von mir ab, und in schwachen Momenten ertappte ich mich dabei, mich nach dem schlichten Dasein hinter Gittern zurückzusehnen.

Es gab allerdings einen Unterschied, vielleicht war er als eine natürliche Konsequenz meiner Besuche in der Wörthstraße entstanden, ich weiß es nicht. Jedenfalls ging ich dazu über, mich wesentlich stärker auf Paula zu konzentrieren als auf ihre Mutter. Ohne mich bewusst dafür entschieden zu haben, ergab es sich so, dass ich von nun an nicht Kristiana, sondern meine Tochter im Auge behielt, und je mehr Tage vergingen, desto sicherer war ich mir, dass sie der Mensch war, der mir wirklich etwas bedeutete. Eine Zeile aus einem Song von Leonard Cohen tauchte in meinem Kopf auf und weigerte sich, mich in Frieden zu lassen: *I need you to carry my children in.*

War es so? Hatte ich Kristiana nur gebraucht, damit mein Kind geboren werden konnte?

Oder war diese Art von Frage bloß ein Zeichen dafür, dass ich langsam, aber sicher verrückt wurde? Verrückter?

Es waren natürlich keine sonderlich großen Zeiträume, in denen ich Paula vor Augen haben konnte, im Grunde ging das nur, wenn sie sich außerhalb des Hauses bewegte. Zwischen der Wörthstraße und der Kunsthochschule in der Maximilianallee, zwischen der Hochschule und einem kleinen Café zwei Häuserblocks entfernt, in dem sie und einige Kommilitonen regelmäßig zu Mittag aßen oder Kaffee tranken, sowie auf dem Weg zum Fitnessstudio in der Kirchenstraße und zurück. Aber es war nicht wichtig, sie zu sehen, erkannte ich bald, wichtig war vielmehr zu wissen, wo sie sich aufhielt. Trotzdem konnte das natürlich nicht alles sein, ich wusste, dass ich früher oder später gezwungen sein würde, mich ihr zu nähern, ein Gespräch mit ihr herbeizuführen. Ihr alle Umstände zu erklären und ihr schonend beizubringen, wie es zu ihrer Geburt gekommen war. Ich wusste ja nicht, welche Geschichte ihre Mutter sich ausgedacht hatte, aber irgendeine plausible Erklärung musste sie ihrer Tochter gegeben haben. Kinder wollen die Geschichte ihrer Eltern kennen, und ein abwesender Vater gehört zu den Dingen, die eine Acht- oder Neunjährige nicht so ohne Weiteres akzeptiert. Vielleicht hatte Paula erfahren, dass ihr Vater kurz vor ihrer Geburt umgekommen war, das wäre sicher am einfachsten gewesen; ein Verkehrsunfall oder etwas in der Art, aber hätte Kristiana ihr dann nicht auch erzählen müssen, wer er war? Und wenn sie das getan hatte, erschien es ziemlich offensichtlich, dass sie nicht Tibor Schittkowski genannt hatte. Wahrscheinlicher war, dass sie Carlos Fuentes gewählt hatte, immerhin waren die beiden verheiratet gewesen, als sie schwanger wurde, und ein toter Schweinehund richtet keinen Schaden mehr an. Nicht einmal in der Fantasie einer hinterbliebenen Tochter.

Allerdings nur, bis der Tag kommt, an dem der richtige Vater auftaucht. Und an diesem Punkt befanden wir uns also im Februar und März 2000. Im Moment der Wahrheit.

Das Gespräch, das wir führen würden, meine Tochter und ich, stellte ich mir immer wieder gerne vor. Wir würden bei einer Tasse Kaffee oder vielleicht auch einem Glas Wein in einem Café sitzen, und ich würde ihr feinfühlig und ausführlich die wahre Geschichte nahebringen. Es kam darauf an, behutsam vorzugehen, sie nicht zu erschrecken oder zu direkt zu werden. Welche Bilder sie sich auch von ihrem Vater ausgemalt hatte, Carlos oder um wen sonst es sich handeln mochte, es waren Bilder, die sie während ihrer gesamten Kindheit und Jugend begleitet hatten. Es kann einem ziemlich schwerfallen, sich mit der Wahrheit und der Realität anzufreunden, und deshalb musste ich mich hundertprozentig darum bemühen, ihr alles mit größtmöglicher Rücksichtnahme darzulegen. Ein Problem, das keinesfalls außer Acht gelassen werden durfte, bestand natürlich darin, dass sie mich schon einmal gesehen hatte. Während meines kurzen Besuchs in ihrer Wohnung in der Wörthstraße hatte ich verkündet, ich sei ihr Vater; sie hatte sich damals von mir abgewandt, aber es fiel mir schwer, diese Reaktion einzuschätzen. Hatte sie sich damit nicht genauso von Kristiana distanziert? Sie hatte ihre Tochter ein Leben lang belogen und hinters Licht geführt, nicht ich. War es für mich vielleicht gar nicht von Nachteil, dass ich schon einmal auf der Bildfläche erschienen war, wie man so sagt? Hatte sie seit unserer kurzen Begegnung eventuell sogar an mich gedacht? War ein Gespräch mit mir, ohne die Einmischung ihrer Mutter, in Wahrheit vielleicht sogar etwas, worauf sie wartete, sich womöglich freute?

Aber ich wusste es nicht. Fast alles, was ich über Frauen wusste, ja, über die Menschen im Allgemeinen, hatte ich aus Büchern, und ich habe mir immer eingebildet, dass eine ganze Menge von dem, was uns die Schriftsteller auftischen, ein bisschen arg konstruiert ist. Um uns einander verständlicher zu machen, als wir es im Tiefsten unseres Inneren sind, wahrscheinlich verfolgen sie eine Absicht in diesem Stil.

Das Ganze ging so weit, dass ich an den Abenden in meinem Hotelzimmer saß und Regie bei unserer bevorstehenden Begegnung führte. Ich schrieb unsere Dialoge auf, was ich sagte und was sie sagte. Korrigierte, berichtigte und fand Alternativen, und ich möchte unterstreichen, dass ich es mir dabei nicht leicht machte. Ich gab keinen Vereinfachungen nach; versuchte im Gegenteil, alle erdenklichen Schwierigkeiten und Störungen vorherzusehen, die auftreten konnten, und Mitte des Monats, es war der fünfzehnte März, der Tag des Tyrannenmords und desgleichen der Geburtstag meines Vaters, spürte ich, dass ich bereit war, zur Tat zu schreiten. Ich hielt mich seit mehr als sechs Wochen in München auf, und meine Hotelrechnung wurde allmählich völlig inakzeptabel.

Es lief nicht so übel, wie ich es mir in meinen schlimmsten Träumen vorgestellt hatte. Es lief schlechter. Es kam erst gar nicht zu einem Gespräch.

Wie geplant ging ich zu ihr, als sie nach der letzten Unterrichtsstunde in der Kunsthochschule ihr Fahrrad aufschloss. Es war so gegen fünf, an einem Dienstag mit einem vorsichtigen Hauch von Frühling in der Luft. Sie hatte sich gerade von zwei Kommilitonen verabschiedet, und ich blieb in einer Entfernung von zwei Metern vor ihr stehen und räusperte mich diskret, um ihre Aufmerksamkeit auf mich zu lenken.

»Entschuldige bitte, Paula«, sagte ich. »Aber könnten wir beide uns vielleicht kurz unterhalten? Ich glaube, du würdest es zu schätzen wissen.«

Sie richtete sich hastig auf. Betrachtete mich zwei Sekunden, zog dann eine Trillerpfeife aus der Jackentasche und blies ein langes, lautes Signal. Ich begriff nicht, was das sollte, erkannte es aber im nächsten Moment, als wie aus dem Nichts ein riesiger Mann mit einem Baseballschläger in der einen Hand und einer Art Walkie-Talkie in der anderen auftauchte. Er stellte sich zwischen mich und meine Tochter, hob das Schlagholz einen Meter hoch und befahl mir stillzustehen. Anschließend sagte er etwas in das Funkgerät, was ich nicht verstand, und danach blieben wir drei etwa eine Minute lang wortlos stehen. Dann bog ein Streifenwagen der Polizei um die Ecke, und ich wurde ziemlich unsanft zwischen zwei uniformierte Schutzpolizisten auf die Rückbank bugsiert.

Anschließend wurde ich umstandslos zu einer Polizeiwache in einer Straße gebracht, die, glaube ich, Henkerstraße hieß, und auf einem Stuhl in einem Zimmer platziert, fensterlos, aber mit zwei Filmkameras, die unter der Decke hingen. Nachdem ich ungefähr eine halbe Stunde gewartet hatte, trat ein Polizeibeamter in Zivil ein. Er stellte sich mir als Inspektor Jung vor und erklärte, ich stünde unter dem Verdacht, ein Stalker zu sein.

Ich hatte das Wort noch nie gehört, so dass er mir beschreiben musste, worum es ging. Ich hätte zwei Frauen schikaniert, indem ich sie in unerlaubter Weise verfolgt habe, was mit einer Freiheitsstrafe von bis zu drei Jahren geahndet werden könne.

Darüber hinaus fragte er mich, ob ich einen Anwalt hinzuziehen wolle, ein Angebot, das ich freundlich, aber bestimmt ablehnte.

17

Bericht über mein Leben
Tibor Schittkowski

/Forts./

Ich wurde zu einer Haftstrafe von zehn Monaten verurteilt. Mein Verteidiger – der Ritter hieß und mir zugeteilt wurde, ohne dass ich darum gebeten hatte – meinte, dies sei eine logische Konsequenz, die völlig im Einklang mit den Buchstaben des Gesetzes stehe.

Ich beschloss, bei der Gerichtsverhandlung zu schweigen. Es bestand keine Veranlassung zu versuchen, irgendwen davon zu überzeugen, dass Paula Polanski meine Tochter war und ich ihrer Mutter zuliebe einundzwanzig Jahre im Gefängnis gesessen hatte, das hätte alles nur noch schlimmer gemacht. Stattdessen legte ich über Ritter ein Geständnis ab und bat ihn, dem Richter mitzuteilen, ich sei schon eine ganze Weile geistig verwirrt gewesen, eine Aussage, die er dann auch so vorbrachte. Ich weiß nicht, ob eine kürzere Strafe möglich gewesen wäre, wenn ich mich anders verhalten hätte, aber das spielte für mich nicht die geringste Rolle.

Als ich erneut ins Gefängnis überführt wurde, war ich knapp sechs Monate frei gewesen. Es war kein Halbjahr, das ich zurückhaben wollte, und so richtete ich mich mit einem gewissen Gefühl von Heimkehr und Dankbarkeit in einer Zelle der Justizvollzugsanstalt Wollmar nahe Nürnberg ein. Man muss sich seinem Schicksal beugen. Nichts war so gekommen, wie ich es mir erhofft hatte, aber es blieb mir zumindest erspart, mit Wunschvorstellungen und falschen Erwartungen herumzulaufen. Mein naiver Optimismus, mit Sicherheit eng an meine Identität als Hohlkopf geknüpft, war von den Vorgängen arg in Mitleidenschaft gezogen worden, und was ich mehr als alles andere benötigte, war eine Zeit der Erholung und Erneuerung.

Mit »Erneuerung« meine ich so etwas wie eine Neuausrichtung meiner Art, mich selbst und die Welt zu sehen – und ich glaube behaupten zu können, dass dies auch das Ergebnis meiner zweiten Phase hinter Schloss und Riegel sein sollte.

Jedenfalls das vorrangige Ergebnis. Ich wurde Ende Januar 2001 entlassen, und zwei Wochen später konnte ich in eine kleine Mietwohnung in Kaalbringen ziehen und fand gleichzeitig Arbeit in der Konservenfabrik im Hafen. Meine Anstellung war Teil irgendeines Projekts, das früheren Gefängnisinsassen die Resozialisierung erleichtern sollte – ich glaube, der Staat bezahlte in der ersten Zeit die Hälfte oder sogar zwei Drittel meines Lohns, und ich war nicht der einzige Knastbruder in der Fabrik, bei weitem nicht.

Ich lebte in diesen Jahren ein anspruchsloses und

einsames Leben bis zum Herbst 2006, als ich Kenntnis davon erhielt, dass Kristiana Polanski, geborene Henkel, gestorben war. Ich erfuhr es rein zufällig von einem Arbeitskollegen, er hatte die Todesanzeige gesehen, die ihm aufgefallen war, weil die Frau denselben Namen trug wie der berühmte Filmregisseur. Außerdem hatte die Anzeige im Heimliger Blatt gestanden, der Lokalzeitung von Gimsen, wo er seit ein paar Jahren wohnte. Gimsen und Kaalbringen liegen ja nur dreißig Kilometer voneinander entfernt, in der Fabrik gab es mindestens ein halbes Dutzend Angestellter, die pendelten. Ich hatte nie jemandem erzählt, dass ich gebürtig aus Gimsen stammte, und natürlich enthüllte ich meinen Kollegen gegenüber auch nichts über die besondere Beziehung, die mich mit Kristiana verband. Ich spürte allerdings sofort, dass mich die Nachricht von ihrem Tod tief berührte. So tief, dass ich mich am Nachmittag gezwungen sah, eine Krankheit zu simulieren, nach Hause zu gehen und mich hinzulegen.

Ich beschaffte mir die Zeitung, schnitt die Todesanzeige aus und nahm knapp zwei Wochen später am Trauergottesdienst teil, der in der Sankt-Georg-Kirche in Gimsen stattfand.

Ich hatte Paula seit sechs Jahren nicht mehr gesehen und wusste nicht, wie ich reagieren würde. Natürlich hatte ich Zeit gehabt, mich vorzubereiten, schließlich waren dreizehn Tage vergangen, seit ich die Todesanzeige in der Zeitung gelesen hatte, aber dass sie mich in einem solchen Maße berühren würde, wie sie es tat, hätte ich niemals für möglich gehalten.

Oder vielmehr, dass ihr bloßer Anblick diese Wirkung auf mich haben könnte. In meinem Inneren zerbarst etwas, und etwas anderes wallte hoch; Letzteres war so stark und unbestechlich, dass ich einfach nicht daran zweifeln konnte, was es war. Die Stimme des Blutes. Diese junge Frau ganz vorne rechts in der Reihe der Kirchenbänke im weißgetünchten Kirchenraum war aus meinem Samen entstanden. Sie war meine Tochter, es existierte ein Band zwischen uns, das stärker war als jede andere Kraft auf der Welt. Natürlich war es ein wenig seltsam, dass mich dieses mächtige Gefühl ausgerechnet jetzt übermannte und nicht schon damals, als ich sie sechs Jahre zuvor in München zum ersten Mal gesehen hatte. Aber so war es, ich habe keine Erklärung dafür. Ich musste mich in der Kirche wirklich dazu zwingen, mich zurückzuhalten, mich nicht zu erkennen zu geben; alles in meinem Inneren schrie danach, dass ich sie in meine Arme schließen wollte, dass sie und ich in der vordersten Bank sitzen und gemeinsam um ihre tote Mutter, meine Geliebte, trauern sollten.

Trotzdem gelang es mir, alle Impulse in meinem Inneren zurückzudrängen, die eine Vereinigung forderten. Ich war leicht maskiert erschienen, damit Paula mich nicht identifizieren konnte – nichts Besonderes, nur ein Bart, eine Brille und ein rasierter Schädel –, und als sie auf dem Weg aus der Kirche an mir vorbeikam, begegneten sich für einen kurzen Moment unsere Blicke. Es gab keine Spur eines Wiedererkennens in ihren tränengefüllten Augen, und ich erinnere mich, dass ich die Hände so fest zu Fäusten ballte, dass es wehtat, um so den Schmerz zu bekämpfen, der in meinem Inneren rumorte.

Ich sah allerdings auch, dass sie sich verändert hatte. Sie war inzwischen siebenundzwanzig, und die letzten Jahre hatten ihr zugesetzt. Ihre Augen waren dunkel und ihr Gesicht viel schmaler als in meiner Erinnerung, fast schon ausgemergelt. Mein erster Gedanke war, dass sie an Anorexie litt, vielleicht befürchtete ich auch, dass sie irgendwelche Drogen nahm; ich wusste ja noch, dass ihre Mutter während der kurzen Zeit, die wir zusammen waren, als sie im selben Alter war wie Paula jetzt, in ihrem Badezimmerschrank in Barcelona einige verbotene Substanzen verwahrte.

Es kam nicht dazu, dass ich mich meiner Tochter bei der Beerdigung in irgendeiner Form näherte, trotzdem wurde deutlich, dass ich eine Art Wendepunkt erreicht hatte. Ich erkannte, dass ich sie niemals würde aufgeben können, das war einfach nicht möglich, und der Traum, sie eines fernen Tages in der Zukunft in die Arme schließen oder wenigstens ihre Hand halten zu können, ohne dass sie diese fortzog – ja, dieser Gedanke war von jenem Tag an in meine Seele eingemeißelt wie in Stein. Ich sagte mir, dass ich erst bereit sein würde zu sterben, wenn meine Tochter akzeptiert hatte, dass ich ihr Vater war, und von diesem Entschluss bin ich nie, kein Jota abgerückt.

Meine Sorge, dass es nicht gut um sie stand, erwies sich schon bald als berechtigt. Diesmal musste ich keinen Privatdetektiv beauftragen, um sie zu finden, da ich begonnen hatte, einiges über die Segnungen des Internets zu lernen. Zum Zeitpunkt von Kristianas Tod wohnte Paula zusammen mit einem Mann namens Klaus Mahler in Maardam. Sie arbeitete in einem kleinen Geschäft, das Lederkleidung in Zwille verkaufte, war aber auch Sängerin einer kleinen Jazzband, die regelmäßig in zwei oder drei verschiedenen Clubs in der Stadt auftrat. Klaus Mahler war Künstler, und gemeinsam hatten sie darüber hinaus unter dem Pseudonym Bessie & Brahms zwei Gedichtsammlungen veröffentlicht. Ich fand die beiden Bände in einem Antiquariat in Maardam und las sie aufmerksam, ohne sonderlich viel zu verstehen. Andererseits ist es vielleicht auch gar nicht beabsichtigt, dass Dichtung verständlich ist, und es ging aus den Büchern auch nicht hervor, wer von den beiden Autoren was geschrieben hatte.

Im ersten halben Jahr nach der Beerdigung hörte ich Paula zwei Mal singen – ohne mich ihr zu erkennen zu geben natürlich –, und mein Eindruck, dass es ihr nicht gut ging, verstärkte sich. Ich bin mir sicher, dass sie beim zweiten Konzert unter Drogen stand, vor allem nach der Pause. Aber sie hatte eine sehr schöne Stimme, ein bisschen heiser und sinnlich, und es herrschte kein Zweifel, dass das Publikum von ihr und der dreiköpfigen Band, die sie begleitete, begeistert war. Ich bekam zudem Gelegenheit, Klaus Mahler ein wenig zu studieren, da er bei meinem zweiten Besuch in dem Club, der übrigens Styx hieß und im Untergeschoss eines Hauses in einer Gasse im Deijkstraa-Viertel lag, anwesend war. Er machte keinen guten Eindruck auf mich, ein alles in allem ziemlich polternder und überheblicher junger Mann. Im Laufe des Abends trank er mindestens zehn Gläser Bier und rauchte wahrscheinlich auch so einiges, und mir kam der Gedanke, dass ich ihn bedenkenlos erschlagen könnte. Er trug ganz eindeutig die Schuld am schlechten Zustand meiner Tochter, und es war nicht weiter schwierig, sich vorzustellen, wie es in ein paar Jahren aussehen würde, wenn ihre Beziehung hielt.

Das tat sie jedoch nicht. Im Juni 2008 ließ Paula alles hinter sich: Klaus Mahler, das Geschäft, die Jazzband und Maardam. Sie zog mit einer Freundin, einer gewissen Ulrike Kammer, in ein kleines Haus in der Gegend von Sorbinowo, woraufhin ich beschloss, einen ersten vorsichtigen Kontakt zu ihr aufzunehmen. Mein gründliches Scheitern in München war mir natürlich noch in bester Erinnerung, so dass ich diesen Entschluss nicht ohne Zweifel und Befürchtungen fasste, obwohl seither acht Jahre vergangen waren und Paula in Kürze ihren dreißigsten Geburtstag feiern würde.

Es lief auch diesmal nicht gut, aber es kam zumindest zu einem Gespräch. Ich saß mit Paula und Ulrike im kleinen Haus der beiden zusammen und brachte zwei Stunden lang mein Anliegen vor. Paula hatte darauf bestanden, dass ihre Freundin dabei sein müsse, sonst werde sie sich nicht darauf einlassen, auch nur eine Minute in meiner Gesellschaft zu verbringen, erklärte sie.

Doch dann saßen wir zusammen, und die beiden hörten sich an, was ich zu sagen hatte. Es war ein schöner Sommernachmittag, ihr Haus lag ziemlich abgelegen in der Nähe der Ortschaft Sorbinowo, die ich nie zuvor besucht hatte. Ich weiß nicht genau, in welcher Beziehung meine Tochter zu Ulrike Kammer stand, vielleicht waren sie ein lesbisches Paar, und ich dachte, wenn das der Fall sein sollte, wäre es ein Schritt in die richtige Richtung, weg von diesem Dreckskerl Klaus. Aber Paulas sexuelle Vorlieben waren – und sind – für mich ohne jede Bedeutung. Da sie nach wie vor mit derselben Frau zusammenlebt, gehe ich allerdings davon aus, dass mein Eindruck bei dieser ersten Begegnung korrekt war.

Ich erzählte ihnen die Wahrheit, aber nicht die ganze Wahrheit. Ich sagte, ich sei zu ihnen gekommen, weil ich Paulas Vater sei, und dass es mein innigster Wunsch sei, sie möge meinen Worten Glauben schenken und mich als der akzeptieren, der ich war. Ich hätte in dem Jahr vor Paulas Geburt in Barcelona ein Verhältnis mit ihrer Mutter gehabt, und sie sei die Frucht dieser Verbindung. Ich hätte ihre Mutter von ganzem Herzen geliebt, und so liebte ich auch Paula. Es erfülle mich mit großer Trauer, dass ich während Paulas Kindheit und Jugend nicht mit den beiden habe zusammenleben dürfen. Woran das lag, ließ ich jedoch offen und bedauerte stattdessen, dass ich auf die Gründe dafür nicht eingehen könne, da ich dies einst ihrer Mutter versprochen hätte.

Paula unterbrach mich von Zeit zu Zeit, indem sie ihre Arme vor der Brust verschränkte und erklärte, ihr Vater heiße Carlos Fuentes und sei kurz vor ihrer Geburt gestorben. Ich entgegnete, dass ihre Mutter sich aus irgendeinem Grund dazu entschlossen habe, ihr diese Geschichte aufzutischen, die jedoch nichts mit der Wahrheit zu tun habe. Nichts damit, wie die Dinge wirklich lagen.

Warum, wollte Paula wissen. Warum sollte eine Mutter ihre Tochter so belügen?

Ich sagte, diese Frage könne ich ihr nicht mit Gewissheit beantworten, aber dass möglicherweise finanzielle Gründe eine Rolle gespielt hätten. Vielleicht wäre das Erbe, das Carlos Fuentes hinterließ, in Gefahr gewesen, wenn die Wahrheit ans Licht gekommen wäre.

Es fiel ihr schwer, diese Theorie zu schlucken. Ich wiederum bereute, sie überhaupt erwähnt zu haben, da sie Kristiana vage in ein schlechtes Licht rückte, was gar nicht meine Absicht gewesen war. Ich hatte keine klare Vorstellung mehr von ihr, weder eine positive noch eine negative, aber mir hätte vielleicht klar sein müssen, dass es für mich nicht von Vorteil sein würde, schlecht über sie zu reden.

Geld stinkt nämlich immer, ist es nicht so?

Trotzdem hörten sie mich an, Paula und Ulrike, und dafür war ich ihnen dankbar. Als wir uns danach verabschiedeten, erklärten sie jedoch beide, sie würden mir meine Geschichte nicht glauben und wollten mich nicht mehr wiedersehen. Außerdem gab keine der beiden mir die Hand, und so verließ ich Sorbinowo schweren Herzens.

Mein schweres Herz befand sich im Zug zurück nach Kaalbringen allerdings in einer etwas speziellen – wenngleich prosaischen Gesellschaft: Paulas DNA.

Zumindest hoffte ich das, denn der Teelöffel, den ich gestohlen hatte, war in ihrem Mund gewesen, und wenn ich diese Dinge richtig verstanden hatte, würde das schon ausreichen. Wie ich ein medizinisches Labor dazu bringen sollte, den Fall zu untersuchen, will sagen, ihren Speichel mit meinem abzugleichen, war natürlich eine ganz andere Frage, aber dieses Problem konnte, wenn ich es denn löste, die Dinge in die richtige Richtung lenken. Und das war eine Aufgabe, auf die ich meine Energie sinnvoll verschwenden konnte.

Um ein weiteres Mal eine lange Geschichte kurz zu machen, ich schaffte es. Über einen Verwandten eines Arbeitskollegen in der Konservenfabrik sowie mit Hilfe von etwas Geld hatte ich es ungefähr drei Monate später schwarz auf weiß: Wir hatten die gleiche DNA, Paula Polanski und ich.

Wir waren direkt miteinander verwandt.

Ich war ihr Vater. Es existiere, behauptete das Labor, eine Chance von eins zu dreihundertsechzig Millionen, dass ein anderer ihr Vater sein könne.

Das war im April 2009.

Einen Monat vorher hatte ich erfahren, dass ich an ALS litt.

Zu einem etwas späteren Zeitpunkt desselben Jahres nahm ich ein zweites Mal Kontakt zu ihr auf. Diesmal reiste ich nicht nach Sorbinowo, sondern beschränkte mich darauf, sie anzurufen. Es war zwar nicht Paula, die an den Apparat ging, aber ich telefonierte eine ganze Weile mit Ulrike, die wirklich nicht sofort den

Stab über einen brach, dieses Lob möchte ich ihr zollen. Vielleicht war sie lästige Menschen gewöhnt, da sie als Chiropraktikerin im Zentrum von Sorbinowo arbeitete, wie ich seit meinem letzten Besuch wusste. Welcher Aufgabe sich meine Tochter widmete, war mir damals nicht ganz klar geworden, ich erfuhr aber nun von Ulrike, dass sie als freie Journalistin für eine Reihe von Zeitschriften arbeitete, in Wahrheit jedoch Schriftstellerin war. Nur wenige Monate zuvor hatte sie ihren ersten Roman veröffentlicht, der allseits gute Kritiken bekommen hatte. Sie hatte ihn nicht unter ihrem richtigen Namen veröffentlicht, sondern unter einem Pseudonym verfasst.

All diese Details erzählte mir Ulrike Kammer, ohne dass ich sie im Mindesten unter Druck gesetzt hatte, aber als ich meinte, ich müsse Paula noch einmal treffen und dass mir unwiderlegbare Beweise dafür vorlägen, dass ich war, wofür ich mich ausgab – ihr Vater –, wurde die Lage wesentlich heikler. Ulrike teilte mir mit, dass sie das Thema nach meinem letzten Besuch des Öfteren diskutiert hatten, Paula aber keinen Kontakt zu mir haben wolle. Sie sei der festen Überzeugung, dass ich ein Betrüger sei, auch wenn es ihr schwerfalle, in Worte zu fassen, welche verborgenen Ziele ich verfolgte. Vielleicht sei ich einfach nur ein Spinner, solche Männer gebe es ja in Hülle und Fülle, da sprachen sowohl Paula als auch Ulrike aus reichhaltiger Erfahrung.

Ich kam im Übrigen nie dazu, ihr darzulegen, worin mein angeblicher Beweis bestand; plötzlich sagte Ulrike, sie habe keine Zeit mehr, weiter mit mir zu reden, und das Gespräch wurde dadurch beendet, dass sie auflegte. Zu diesem abrupten Finale kam es möglicherweise, weil meine Tochter zur Tür hereinkam, jedenfalls war das meine Schlussfolgerung.

Ich verlor allmählich den Mut, was zumindest teilweise sicher auch an meiner Krankheit lag – ich war inzwischen arbeitsunfähig –, aber der wichtigste Grund war natürlich Paulas Gleichgültigkeit mir gegenüber. Selbst wenn es mir tatsächlich gelänge, sie davon zu überzeugen, dass ich ihr biologischer Vater war, was sprach dann eigentlich dafür, dass sie mir daraufhin positiver gegenüberstand?

Wenn ich recht sah, nicht viel. Wie sollte ich ihr beispielsweise meine lange Abwesenheit während ihres Lebens erklären? Ich konnte ihr ja schlecht den wahren Grund enthüllen, dass ich aufgrund einer Vereinbarung mit ihrer Mutter jenen Mann erschlagen hatte, den Paula zeit ihres Lebens für ihren Vater gehalten hatte, und dass ich für diese Tat mehr als zwanzig Jahre im Gefängnis gesessen hatte. Oder? Selbst wenn ich sie dazu brächte, die ganze Wahrheit zu akzeptieren, würde dies die Lage nicht verbessern. Ich würde sterben, ohne mich mit meiner Tochter, meinem einzigen Kind, versöhnt zu haben; dies war die Summe all meiner Bemühungen. Sie würde nicht einmal zu meiner Beerdigung kommen.

Ja, so sah die Gemütslage aus, in die ich nach meinem Besuch in Sorbinowo und meinem Telefonat mit Ulrike Kammer verfiel. Im Laufe des folgenden Jahres zog ich nach Gimsen zurück, was mir der einzige vernünftige Schritt zu sein schien, den ich in Erwartung meiner Verwesung noch tun konnte. Einen Kreis zu schließen. Den Hohlkopf an dem Ort sterben zu lassen, an dem er dereinst geboren worden war. Mir ging es schleichend immer schlechter, und schon bald wurde mir eine Pflegekraft nach der anderen zugeteilt. Am Ende war ich endgültig an den Rollstuhl gefesselt, und mein Dasein bestand im Grunde nur noch aus einer langen Reihe sinnloser, immer wiederkehrender Programmpunkte – Krankenhausaufenthalte, Blutuntersuchungen, Medikamente, Gespräche mit Ärzten und Psychologen –, mit einem einzigen, alles andere in den Schatten stellenden Ziel: mich so lang wie irgend möglich am Leben zu halten.

Dennoch hielt ich sporadisch Kontakt zu Ulrike Kammer. Ich schrieb ihr regelmäßig Briefe und erhielt von Zeit zu Zeit eine kurz gefasste Antwort. Wenn ich hundert Wörter zu Papier brachte, waren es bei ihr zehn, trotzdem war ich dankbar dafür, dass die Verbindung nicht völlig abgebrochen war. Das Ganze ging allerdings nie so weit, dass Paula mir Grüße ausrichten ließ, aber das erwartete ich auch nicht.

Eines Tages vor wenigen Monaten passierte dann jedoch etwas, was einen Lichtstrahl der Hoffnung in meine Finsternis warf. In einer Illustrierten las ich rein zufällig ein Interview mit Paula; sie stand kurz vor der Veröffentlichung eines neuen Romans, das war der Anlass für den Artikel. Es waren zwei Bilder von ihr abgedruckt, die beide in dem Haus vor den Toren Sorbinowos entstanden waren, das sah ich sofort, und dem Text ließ sich außerdem entnehmen, dass die Journalistin sie dort besucht hatte.

Es war ein schönes Interview, man merkte, dass die Reporterin, die Anna Szymska hieß, Paulas Art zu schreiben schätzte. Es war jedoch ein Detail, eine kurze Antwort auf eine Frage gegen Ende ihres Gesprächs, die bei mir alle Alarmglocken schrillen ließ, wie man früher sagte. Anna Szymska wollte wissen, ob Paula irgendwelche Lieblingsschriftsteller habe, und Paula erklärte daraufhin, sie habe eigentlich nur einen: Max Schmeling. Sie habe jedes Wort gelesen, das er geschrieben habe, wirklich jedes, behauptete sie, und zwar immer wieder, er sei in ihren Augen einer der wichtigsten Gegenwartsautoren Europas. Um nicht zu sagen der wichtigste.

Und ich konnte mich noch gut an dich erinnern, Max, obwohl wir in unserer Jugend nie in denselben Kreisen verkehrten. Aber ich bin dir zwei Mal zur Hilfe geeilt, und wenn ich das nicht getan hätte, dann hätte Europas wichtigster Schriftsteller niemals auch nur eine einzige Zeile verfasst.

Ich dachte einige Tage nach, dann schrieb ich dir über deinen Verlag. Der Gott aller Hohlköpfe möge mir verzeihen, aber ich würde mich wirklich wahnsinnig über einen Besuch meiner Tochter vor meinem Tod freuen. Wenn sie nur eine Stunde in meinem Zimmer säße, würde mir das schon reichen.

Ich glaube, dass es einen einzigen Menschen auf der Welt gibt, der sie dazu überreden könnte. Mehr brauche ich nicht zu sagen. Gleich östlich der Kirche von Sorbinowo geht links eine Straße ab. Sie heißt Willammerweg und verläuft in östlicher Richtung durch die wogenden Felder und führt dahinter in den Wald. Wenn du ihr ungefähr einen Kilometer weit folgst, kommst du linker Hand an einer eingestürzten alten Mühle vorbei. Kurz dahinter gibt es rechts eine Abzweigung; die Straße hat meines Wissens keinen Namen, aber wenn du ihr zweihundert Meter gefolgt bist, taucht auf einer kleinen Lichtung im Wald ein nicht besonders großes, gelbes Holzhaus auf. Dort hält sie sich auf.

Dort findest du Paula Polanski, meine Tochter.

Gimsen im August 2013.

Tibor Schittkowski

18

Bevor er sich auf den Weg macht, ruft Max Schmeling das Krankenhaus in Westwerdingen an. Über die Telefonzentrale wird er mit der Oberschwester der Station verbunden, die ihm mitteilt, dass sie solche Informationen eigentlich nicht weitergeben dürfe, da der Patient jedoch ausdrücklich darum gebeten habe, einen Herrn Schmeling durchzustellen, und da er keinen einzigen nahen Verwandten habe, sei man bereit, in diesem Fall eine Ausnahme von den Bestimmungen zu machen. Das sei bereits beschlossen worden.

Dafür bedankt sich Max und erfährt daraufhin, dass das Ende naht. Herr Schittkowski liege seit Mitte letzter Woche im Krankenhaus und leide an ALS im Endstadium.

»Es ist nur noch eine Frage von Tagen«, fügt die Oberschwester verdeutlichend hinzu. »Aber er ist bei klarem Verstand.«

»Hat er gesagt, dass er auf jemanden wartet?«, erkundigt sich Max.

»Er hat möglicherweise so etwas angedeutet«, antwortet sie.

»Angedeutet?«
»Ja.«

Die Fahrt kommt ihm lang vor. Es ist ein grau verhangener Tag, und zeitweilig hat er das Gefühl, denselben Straßenabschnitt, dieselben bleichen Kilometer, immer und immer wieder zu fahren. Als wäre er einer unverständlichen Wiederholung von etwas ausgesetzt, was er schon ein oder mehrere Male in seinem Leben getan hat, aber das stimmt ja überhaupt nicht. Er hat sich noch nie unangemeldet auf den Weg gemacht, um eine Tochter aufzusuchen, die sich weigert, an das Sterbebett ihres Vaters zu eilen. Ganz bestimmt nicht, und vor allem ist er noch nie einem Menschen begegnet, der ihn für einen der größten lebenden Schriftsteller Europas hält.

Letzteres versucht er aus seinen Gedanken zu verbannen, was jedoch leichter gesagt ist als getan. Immer wieder versucht er, der Eitelkeit, zu der dies Anlass gibt, den Kopf abzureißen, aber sie taucht immer wieder von Neuem auf; vielleicht beschleicht ihn ja wegen dieser hartnäckigen Hydra das Gefühl, dass sich alles wiederholt.

Aber Kristiana Henkel ist tot, dieser Tatsache kann er nicht den Kopf abreißen. Tatsächlich ist sie schon seit mehr als fünf Jahren tot, und das findet er schockierend. Lange bevor ihn Tibor Schittkowskis Brief und sein trauriger Bericht ereilten, wurde sie in die Erde gebettet, aus der sie gekommen war, und darüber kommt Max Schmeling nicht hinweg.

Nein, beim besten Willen nicht. Ihr, ihrer Gestalt ist es doch überhaupt nur zu verdanken, dass er sich durch das traurige Lebensschicksal des Scheißhaufens geackert hat; wenn er von Anfang an gewusst hätte, dass sie tot ist, hätte er die Lektüre vielleicht schon zu einem frühen Zeitpunkt abgebrochen. Aller Wahrscheinlichkeit nach wäre es so gewesen, und er stellt sich die Frage, ob Tibor das bewusst war. Hat er sich das in seinem mehr oder weniger umnachteten Zustand so vorgestellt?

Es fällt Max schwer, das zu glauben, seine Erzählung ist von Anfang bis Ende ohne Ausblicke in die Zukunft vorangeschritten. Es steckt kein Kalkül dahinter, nur ihm selbst fällt es so wahnsinnig schwer zu akzeptieren, dass sie nicht mehr ist. Dass Tibor seine hoffnungslose Fokussierung von seiner Geliebten auf die Tochter verschoben hat, mag verständlich sein – falls überhaupt etwas verständlich sein sollte, wenn es um diesen vom Tode gezeichneten Menschen und seinen Bericht geht –, aber Max steht ein solcher Ausweg nicht offen. Er erkennt, dass er Kristianas Grab besuchen möchte, dass er eine Art Ritual vollziehen muss, damit sie ihren rechtmäßigen Platz in seiner Gedächtniskathedrale einnimmt und dort anschließend in Frieden ruhen kann.

Und dem sollte wohl auch nichts entgegenstehen. Wenn die Beerdigung in Gimsen stattgefunden hat, liegt sie dort natürlich auch begraben.

Aber warum musstest du sie wieder zum Leben erwecken, du verdammter Scheißhaufen?, denkt er. Wenn sie schon so lange tot gewesen ist und ich seit ewigen Zeiten nicht mehr an sie gedacht habe.

Je mehr er sich Sorbinowo nähert, dieser schönen Wald- und Seenregion am östlichen Rand des Landes, desto zwiespältiger steht er seinem eigentlichen Auftrag gegenüber. Beim Frühstück hat er sich die letzten zehn, zwölf Seiten von Schittkowskis Bericht noch einmal durchgelesen, und die Überlegungen, zu denen ihn seine Lektüre angeregt hat, kommen ihm nun im Auto wieder in den Sinn: Es fehlt so viel.

Ist es nicht so? Ist es nicht so, als wäre Tibor Schittkowski während langer Phasen seines Lebens tot gewesen? Als hätte es ihn gar nicht gegeben. Was hat er getrieben? Wie hat er sich die Tage vertrieben? Abgesehen von seiner blinden Fixierung auf diese beiden Frauen, muss er sich doch auch noch für irgendetwas anderes interessiert haben.

Oder etwa nicht? Ist es wirklich möglich, so zu leben? Vielleicht ist das ja eine Fähigkeit, um die man ihn beneiden muss, und vielleicht muss man die Erklärung dafür in seinem langjährigen Gefängnisaufenthalt suchen, er schreibt ja selbst etwas in der Art. Dass es unumgänglich sei zu lernen, untätig zu sein, sich selber abzustellen.

Und wenn man in der Lage ist, sich für einen Tag abzustellen, kann man am nächsten natürlich das Gleiche tun. Und am nächsten. Max hat selbst über solche Dinge geschrieben, daran erinnert er sich, oder zumindest über ähnliche. So hat er in einem seiner Bücher einen Helden erfunden, der im Laufe eines Tages lernt, in jeder Beziehung sinnvoll zu leben – einschließlich des Schlafs. In vierundzwanzig Stunden. Danach kann er auf der Basis dieses Grundtags für den Rest seines

Lebens alles wiederholen oder variieren. Das ist wahrlich keine schlechte Plattform.

Als er im Auto auf dem Weg nach Osten an diesen Tag denkt, findet er jedoch, dass dies kindisch klingt. Ein Konstrukt, das eines europäischen Spitzenschriftstellers nicht würdig ist. Fort damit! Trotz der Wiederholungen und der allgemeinen Trägheit in seinem Kopf erkennt er außerdem, dass er sein Ziel inzwischen fast erreicht hat und es folglich höchste Zeit wird, sich gedanklich damit zu befassen, wie er auftreten soll, wenn er den beiden Frauen gegenübersteht.

Paula Polanski und Ulrike Kammer. Bestimmt sind die beiden ein lesbisches Paar, davon geht er aus, was in diesem Zusammenhang aber natürlich völlig belanglos ist.

Abgesehen davon vielleicht, dass sie Männern ein wenig kühl begegnen könnten.

Aber das wird schon klappen, denkt Max Schmeling.

Es muss klappen.

Nicht zu rührselig werden, das sollte er vor allem beherzigen. Er wird sein Anliegen so neutral vorbringen, wie es nur geht, vielleicht ein bisschen übertreiben, wie nahe ihm Schittkowski steht, vielleicht seine Einsamkeit angesichts des nahenden Todes betonen. Möglicherweise auch erzählen, dass er die Wahrheit kennt, nicht zuletzt, was die Blutsbande und den eindeutigen Beweis für sie betrifft. Paula Polanski ist die biologische Tochter Tibor Schittkowskis, das kann er von Schriftsteller zu Schriftstellerin beschwören.

Andererseits muss er jedoch auch betonen, dass er nur ein Bote ist und einem moralischen Imperativ folgend handelt. Es ist ihre Entscheidung. Die sie leider praktisch sofort treffen muss.

So ungefähr. Außerdem sollte er darauf gefasst sein, improvisieren zu müssen; feinfühlig zu sein, nicht einem fertigen Drehbuch zu folgen.

Und wenn es so kommen sollte, denkt er, wenn es so kommen sollte, dass sie tatsächlich nachgibt, hindert sie im Grunde natürlich nichts daran, ihn auf dem Rückweg im Auto zu begleiten. Das ist allerdings kein Gedanke, den er tatsächlich in Worte fasst, es ist lediglich eine Art Bereitschaft, damit er nicht überrumpelt wird.

Als er auf dem alten Marktplatz in Sorbinowo parkt, ist es vier Uhr. Er geht in ein Café und trinkt ein Bier und isst ein Sandwich, ehe er die letzten Kilometer der Wegstrecke antritt. Er weiß ja nicht einmal, ob in dem kleinen Haus im Wald überhaupt jemand anzutreffen sein wird. Vielleicht sollte er vorher anrufen, aber das widerstrebt ihm. Es würde die Wirkung deutlich abschwächen. Wenn ein Fremder an deiner Tür klopft, soll es ein Fremder sein und niemand, der vorher angerufen und seine Ankunft angekündigt hat.

Man merkt, dass der Sommer vorbei ist, denkt er, als er auf dem Weg zu seinem Auto den Platz überquert. Die Gegend um Sorbinowo erfreut sich in der wärmsten Jahreszeit großer Beliebtheit, vor allem bei Leuten, die Gefallen an sportlicher Betätigung im Freien finden. Mittlerweile ist der September jedoch bereits weit fortgeschritten, und zahlreiche Ladenbesitzer in der Stadt haben ihre Geschäfte nach Saisonende geschlossen. Dennoch ist es ein schöner Herbsttag; die grauen Wolken haben sich aufgelöst, und er denkt, dies könnte ein Ort zum Schreiben sein. In einer noch geöffneten Pension, während man bei seinen allmorgendlichen Spaziergängen den langsamen Farbwechsel der Bäume von Grün zu Gelb zu Rot zu Schwarz beobachtet. Warum eigentlich nicht?

Anschließend denkt er, dass Paula Polanski ihre Zeit natürlich so verbringt, und ertappt sich dabei, sie rein beruflich ein wenig zu beneiden. Oder ist es nur ihr Alter, wonach er sich sehnt. Am Anfang der Karriere zu stehen statt an ihrem Ende. Anfang dreißig zu sein und nicht Anfang sechzig. Welche Worte und wie viel Energie muss es im Vergleich zu seinem eigenen Kopf in ihrem geben? Und dennoch behauptet sie, ausgerechnet er sei …

Nein, weg damit, denkt er. Die Eitelkeit ist die gefährlichste aller Fallen.

Er findet die Kirche und die Straße über die Felder. Fährt langsam zwischen frisch gepflügten Äckern hindurch und gelangt in den Wald. Begegnet einem Traktor mit Anhänger und muss fast in den Straßengraben fahren, damit sie einander passieren können. Der Bauer zeigt sich mit keiner Miene dankbar; er merkt, dass dies einen Anflug von Unbehagen in ihm auslöst, es gibt eine Zerbrechlichkeit in diesem ganzen Unterfangen, die er bisher geflissentlich auf die leichte

Schulter genommen hat. Eine plötzliche Feindseligkeit in der Landschaft.

Was meint er damit? *Zerbrechlichkeit? Feindseligkeit in der Landschaft?* Er hält auf einer kleinen Ausweiche – die Straße ist ansonsten so schmal, dass auf ihr nur Platz für jeweils ein Fahrzeug ist – und denkt nach. Kurbelt die Seitenscheibe herunter und lauscht dem sanften Rauschen des Waldes, findet aber keine Antwort. Kommt lediglich zu dem Schluss, dass es keine Alternative gibt. Keinen Plan B, *a man's gotta do what a man's gotta do*, so lautet seine Standardantwort für Journalisten, die ihn fragen, ob er ein Motto habe. Erst antwortet er immer blitzschnell, nein, Menschen, die bei klarem Verstand sind, brauchen keine Mottos – wenn sie ihn dann jedoch weiter bedrängen, sagt er, wenn er eins hätte, dann wäre es das. Dass er sich angesichts des kategorischen Imperativs nicht taub stellen will.

Er fährt weiter, biegt hinter der Mühle den Anweisungen folgend ab und hat das Haus auf einmal erreicht. Es steht mit dem Wald im Rücken hinter einer kleinen Wiese mit hohem, gelb verbranntem Gras und der einen oder anderen verspäteten Mohnblume. Fünfzig Meter von der Straße entfernt, zwei Reifenspuren führen fast bis zur Tür, vor der ein kleines grünes Auto steht, ein 2 CV.

Er beschließt, an der Straße zu parken, und überquert die Wiese zu Fuß. In einer Mappe unter dem Arm trägt er Tibor Schittkowskis Bericht, nicht so sehr, weil er glaubt, dass er Verwendung finden wird, sondern eher für den Fall der Fälle. Es kann zudem nie schaden, nicht ganz mit leeren Händen zu kommen.

Es gibt keine Klingel, deshalb klopft er mehrmals an die Tür. Hört Schritte dahinter und merkt nicht, dass jemand um die Hausecke biegt und sich ihm aus der anderen Richtung kommend nähert. Ahnt nicht eine Sekunde, dass etwas nicht stimmen könnte.

II.

19

Ich war ein extrem einsames Kind.

Ich hatte Angst.

Ich traute keinem.

Ich glaubte, niemand wäre mir wohlgesonnen und dass die Götter einen Fehler begangen hätten, als sie mich zur Welt kommen ließen.

Nein, Moment, das stimmt schon nicht. Ich glaubte nie an irgendwelche Götter, wie hätte das auch möglich sein sollen?

In meiner ersten Erinnerung liege ich in meinem Bett, es ist dunkel im Zimmer, und ich habe eingenässt. Durch die verschlossene Tür kann ich die Stimme meiner Mutter und die Stimme eines Mannes hören. Sie sind wütend aufeinander. Ich weiß nicht, wer der Mann ist, aber ich weiß, dass ich mich nicht bemerkbar machen darf. Das hat sie mir befohlen, meine Mutter. Ich soll stillliegen und die ganze Nacht schlafen, und wenn ich aufwache, darf ich nicht aufstehen.

Ich weiß nicht, warum ich wach geworden bin. Wahrscheinlich hatte ich einen schlimmen Traum, deshalb habe ich ins Bett gemacht. Ich höre die Stimmen des

Mannes und meiner Mutter ziemlich deutlich, verstehe jedoch kein Wort von dem, was sie sagen. Sie sprechen eine Sprache, die ich nicht kenne.

Ich bin ungefähr drei Jahre alt. Wir wohnen erst seit ein paar Tagen in dem neuen Land. Vielleicht auch schon seit ein paar Wochen. Ich habe einen blauen Stoffelefanten neben mir im Bett, aber er hat Pipi abbekommen und ist wütend auf mich, selbst er.

Ich habe Angst, meine Mutter und der Mann könnten zur Tür hereinkommen und entdecken, dass ich ins Bett gepinkelt habe. Wenn sie das tun, werden sie mich bestimmt wegwerfen.

Ich frage mich, wo ich dann landen werde. Ich denke, dass ich durch die Luft fliege, hoch, hoch oben zwischen den Wolken, um anschließend in ein anderes Bett in einem anderen Zimmer in einem anderen Land zu plumpsen.

Ja, genau, das ist meine erste Erinnerung.

Wir zogen ständig um. Bevor ich zehn wurde, war ich schon in vier verschiedene Schulen gegangen, in denen unterschiedliche Sprachen gesprochen wurden, und ich verstand fast nie, was man mir sagte. Wenn ich auf einen neuen Schulhof in einer neuen Stadt in einem neuen Land kam, suchte ich mir immer einen Winkel, in dem ich mich verstecken konnte. Oder in dem ich wenigstens herumstehen und versuchen konnte, mich unsichtbar zu machen. In den Schulstunden wurden mir niemals Fragen gestellt, weil die Lehrer rasch erkannten, dass ich nichts begriff. Häufig durfte ich den Unterricht verlassen und mit einer kleinen Gruppe zusammensitzen oder alleine mit irgendeiner müden, alten Dame, die nach einer Mischung aus Achselschweiß und Veilchenpastillen roch und versuchen sollte, mich zur Raison zu bringen. Oder mir eine neue Sprache beizubringen oder was auch immer.

Übrigens war es vielleicht nur eine Dame, die so roch, es gab durchaus auch jüngere Damen, in anderen Schulen. Wenn ich es recht bedenke.

Aber ich will nicht mehr darüber nachdenken. Ich schreibe das alles, wie es mir in den Sinn kommt, und weiß noch nicht, für wen, aber möglicherweise gibt es da einen Leser. Zumindest einen blauen Stoffelefanten, der nach Pipi riecht.

Oh doch, natürlich weiß ich, dass es einen Leser geben wird. Was nützt es, etwas anderes vorzugaukeln?

Jedenfalls machte es mir nichts aus, ganz allein mit diesen Damen zusammenzusitzen. Die Klassenzimmer und die Pausen waren gefährlich. Vor allem die Pausen, wenn ich nirgendwohin konnte. Wenn mein Winkel zufällig gerade besetzt war, außerdem musste ich ja auch erst einmal dorthin kommen.

In meinen ersten zwölf Lebensjahren hatte ich keine Spielkameraden. Keinen einzigen. Weil meine Mutter es nicht wollte, durfte ich auch kein Haustier haben, stellte mir aber vor, ich hätte mehrere. Sie waren immer bei mir in meinem Bett, und nachts redete ich mit ihnen.

Ich log. Es war das Einzige, was ich wirklich gut beherrschte. Später habe ich gedacht, dass meine Mutter wusste, wenn ich log, es war ihr nur egal.

Sie hatte genug mit sich selbst zu tun, meine Mutter.

Ich glaube, mein erster Vater wohnte ungefähr zwei Jahre bei uns. Ich war damals zwischen neun und elf Jahre alt, und wir zogen in dieser Zeit nur ein Mal um. In eine Stadt in einem Land, in dem wir nie zuvor gewohnt hatten.

Er fand mich lästig. Ich verstand kein Wort von dem, was er sagte, und hatte panische Angst davor, mit ihm allein zu sein. Er war groß und stark behaart, hatte sogar auf dem Rücken Haare; er lief häufig mit nacktem Oberkörper herum. Wenn ich heimkam und ihn ohne meine Mutter zu Hause antraf, beeilte ich mich stets zu sagen, dass ich zu einem Klassenkameraden wolle, um anschließend für ein paar Stunden durch die Straßen zu laufen. Ich wusste nie, ob er begriffen hatte, was ich zu ihm sagte, und ob er es meiner Mutter ausgerichtet hatte, und wenn ich später wieder heimkam, war meine Mutter jedes Mal wütend auf mich. Da hatte ich immer einen Riesenhunger, aber sie hatten in der Regel schon gegessen, und ich musste mit einem einzigen Butterbrot und einem Glas Milch ins Bett gehen.

Als sie sich scheiden lassen wollten, gab es viel Streit, und danach war meine Mutter depressiv. Wir zogen in eine ziemlich kleine Wohnung in einer neuen Stadt, und wenn ich von der Schule kam, war sie nicht zu Hause. Ich wusste, dass sie in einer anderen Wohnung in einer der oberen Etagen im selben Haus saß und mit einer Frau sprach, die ihre Freundin war und Vera hieß, aber ich wollte nicht dorthin gehen. Zwei Mal, vielleicht auch drei Mal hatte ich es getan, woraufhin ich stets mehrere Stunden mit Veras Sohn in seinem Zimmer hatte verbringen müssen. Er war ein paar Jahre älter als ich, und wir waren die ganze Zeit mit Doktorspielen beschäftigt. Er war der Doktor, und ich war die Patientin. Ich musste nackt sein, damit er mich gründlich untersuchen konnte.

Als Mutter und Vera zusammensaßen und sich unterhielten, kam Allan, so hieß er, stattdessen zu mir herunter. Er blieb ein paar Stunden, und diesmal spielten wir, ich wäre eine französische Hure. Wir waren in meinem Zimmer. Er meinte, ich sei verdammt gut darin, eine Hure zu sein, und dass ich mir problemlos einen solchen Job besorgen könne. Wenn ich mich recht erinnere, feierte ich nur ein paar Tage später meinen dreizehnten Geburtstag. Hinterher hatte ich wochenlang Schmerzen und konnte kaum pinkeln.

Ich erzählte niemandem etwas davon. Nur meinen Tieren. Ich hatte immer noch Fantasietiere, vor allem einen bengalischen Tiger namens Ben Hur, der mein persönlicher Leibwächter war. Ich befahl ihm, Allan zu töten, aber daraus wurde nichts, weil wir kurz darauf umzogen.

Mein zweiter Vater war alt. Als er auftauchte, war ich schon etwas älter, ungefähr fünfzehn, und meine Mutter hatte begonnen, mir dies und das zu erzählen. Weil es Dinge gebe, über die ich Bescheid wissen müsse, jetzt, da ich allmählich erwachsen werde.

Über Männer.

Über Gefahren, und dass man schwanger werden konnte.

Über Strategien, um zu überleben.

Wenn sie mir das alles erklärte, schwieg ich die meiste Zeit. Wir tranken häufig etwas Rotwein und rauchten. Ich durfte in der Schule nicht erzählen, dass ich zu Hause Wein und Zigaretten bekam. Einmal fragte ich nach meinem Vater, meinem richtigen Vater, und sie erzählte mir, er sei gestorben, als sie mit mir schwanger gewesen sei, und wenn das nicht passiert wäre, hätte unser Leben ganz anders ausgesehen. Wie es eigentlich sein sollte, und nicht so erbärmlich. Dennoch wollte sie mir nichts von ihm erzählen, nicht einmal, wie er hieß oder wer er war. Er war ein guter Mensch, sagte sie nur, es reicht, wenn du dir das merkst. Ein wirklich guter Mensch.

Aber sie wollte nicht darüber sprechen, nie mehr.

Ich erkannte schnell, dass mein neuer Vater harmlos war. Er war schwach und ein wenig kränklich und starb dann zwei Jahre später auch, und in dieser Zeit wurden Mutter und ich wirklich die besten Freundinnen. Sie drückte es so aus; da ich jetzt fast erwachsen sei, brauche sie keine anderen zum Reden, ich reiche ihr völlig.

Paula, sagte sie oft, manchmal bekomme ich fast Angst, wenn ich daran denke, wie nahe wir uns stehen.

Ich hatte auch Angst. Aber ich sagte es nicht.

Stattdessen log ich. Ich erzählte ihr, ich hätte mehrere

Freundinnen in der Schule, dagegen würden die Jungen mich im Grunde nicht interessieren. Sie seien zu picklig und langweilig und redeten zu laut. Mit meinen Freundinnen sei ich jedoch gerne zusammen, wir erzählten uns alles. Meine Mutter fragte nie nach ihren Namen. Und auch nicht, was wir uns erzählten.

Meide die Männer, solange du kannst, sagte sie stattdessen.

Sie hätte ebenso gut sagen können, meide die Menschen, denn das tat ich ohnehin.

Ich ging zu einer Reihe von Psychologen. Ich log auch sie an.

Ich erklärte, ich hätte mich nie mit Selbstmordgedanken getragen, ich hätte mehrfach Drogen ausprobiert, aber sie hätten mir nichts gegeben, und dass ich nicht wisse, woher meine Angst rühre.

Hatte ich Freunde?

Nicht sehr viele, aber ich war gern allein.

Interessierte ich mich für Jungen?

Ja, aber ich hatte es nicht eilig.

Wie ist dein Verhältnis zu deinen Eltern?

Gut.

Schläfst du nachts gut?

Ja.

Isst du regelmäßig?

Ja.

Warum bist du eigentlich hergekommen?

Mein Lehrer hat mich geschickt.

Daraufhin ließen sie mich meistens wieder gehen.

Ich hatte gelernt, meine Angst unter Verschluss zu halten. Dass ich keinem Menschen auf der Welt vertraute, konnte ich natürlich nicht sagen, weil es sie ja einschloss.

Außerdem war ich mittlerweile eine gute Schülerin geworden. Worüber sollte man sich also beschweren? Ich würde bald Abitur machen.

Möchtest du danach zu Hause ausziehen?

Sicher, irgendwann schon, aber auch das hat keine Eile, nicht?

Mein zweiter Vater starb wie gesagt, und wir zogen um. Meine Mutter hatte in ihrem ganzen Leben noch nie gearbeitet und wusste nun, dass sie es auch in Zukunft nicht würde tun müssen. Es war genügend Geld da. Wenn ich nicht auszog, würde es auch noch reichen, um mein Studium zu finanzieren.

Ich möchte mich weiter mit dir unterhalten, sagte sie. Und ab und zu ein Glas Rotwein mit dir trinken. Du bist meine beste Freundin, wir sind ein Fleisch und Blut.

Geht klar, antwortete ich. Ich muss ja auch wirklich noch nicht ausziehen.

Danke, sagte meine Mutter. Ich liebe dich. Es hat niemals jemanden gegeben, der mir so viel bedeutet hat wie du. Ich habe dich bekommen, weil ich etwas lernen sollte, und das habe ich getan. Das hast *du* getan.

Ich verstehe, sagte ich. Ich liebe dich auch, Mama.

Ich hätte nie gedacht, dass ich mich verlieben könnte, aber ich tat es. Es war natürlich ein Kommilitone von mir, ein ruhiger, begabter Junge mit dichten, dunklen Haaren und sanften Augen.

Ich wünschte, diese Beschreibung wäre erschöpfend: die Ruhe, die Begabung, die Haare, die Augen. Dass ich es dabei belassen könnte und keine anderen Worte erforderlich wären, um von ihm zu erzählen.

Aber es sollte sich zeigen, dass andere Worte erforderlich wären. Ich weiß nicht recht, welche, was jedoch daran liegt, dass ich keine Lust habe, nach ihnen zu suchen. Sollte ich es eines Tages notwendig finden, werde ich die Sache dann wohl in Angriff nehmen müssen.

Ich kann dir zuhören, sagte er. Wir lagen in seiner Studentenbude im Bett. Wenn du erzählen möchtest, höre ich dir gerne zu. Natürlich nur, wenn du willst.

Und irgendwann tat ich es. Ich schmiegte mich in seine Arme und kotzte meine ganze Kindheit aus. Ich klatschte ihm meine Angst und meine Einsamkeit ins Gesicht. Meine Verletzlichkeit, meine Selbstmordgedanken und meine Verzweiflung. Allan, mit dem ich Doktor und Hure gespielt hatte. Ich weinte und zitterte am ganzen Leib, hundert Nächte lang goss ich hundert Liter Tränen über meinem Geliebten aus.

Dann hatte er genug.

Okay, sagte er. Du tust mir leid, aber ich glaube nicht, dass du und ich füreinander bestimmt sind.

Also trank ich meinen Rotwein stattdessen mit meiner Mutter.

20

Sie sollten nicht traurig sein, Sie sollten wütend sein.

Meinte einer meiner Therapeuten zu mir. Ich hatte versucht, mir das Leben zu nehmen, und lag im Krankenhaus. Meine Mutter dachte, es wäre ein Verkehrsunfall gewesen, aber das stimmte nicht. Ich war direkt vor dieses große Auto gelaufen, es passierte ganz bewusst. Nur eins war nicht nach Plan verlaufen, ich war nicht gestorben.

Aha?, sagte ich. Und wie soll das gehen?

Er schob seine Brille in die Stirn – sie hatte blaue Bügel, und auch die Gläser waren leicht blau getönt – und setzte zu einer Erklärung an, die darauf hinauslief, dass es sich im Grunde um das gleiche Gefühl handele. Wenn man gekränkt oder verletzt oder auch nur allgemein schikaniert werde, reagiere man entweder mit dem einen oder mit dem anderen Gefühl, behauptete er. Man werde traurig, oder man werde wütend. Es sei für einen jedoch fast immer besser, wenn man wütend werden könne, denn das Traurige in einem kehre sich nach innen und mache alles nur noch schlimmer.

Ich erwiderte, dass ich ganz seiner Meinung sei, dies jedoch nicht meine Frage gewesen sei. Ich wolle wissen, wie das gehen solle. Wie um Himmels willen stellt man es an, wütend zu werden und nicht niedergeschlagen und trübsinnig?

Das kann man trainieren, antwortete der Therapeut. Wenn es passiert, kann man sich selbst sagen, das ist diesmal wirklich nicht mein Fehler gewesen. Schuld ist dieser andere Mensch, der mich kränkt, und jetzt wird es verdammt noch mal höchste Zeit, ein bisschen wütend zu werden.

Denken Sie nur daran, wie die Hunde es machen, fuhr er fort und setzte seine blaue Brille wieder auf die Nase. Wenn sie bellen, tun sie das häufig, weil sie Angst haben. Wir glauben dagegen, dass sie wütend und gefährlich sind, das ist der Punkt.

Wollen Sie mir etwa sagen, ich soll mich verhalten wie ein Hund?, erkundigte ich mich.

Ich mag Hunde, antwortete er. Sie nicht?

Ich bin mir übrigens nicht sicher, dass er Therapeut war. Vielleicht war er auch Arzt, in diesen Tagen war ich von ziemlich vielen Leuten umgeben. Und alle schienen zu wissen, dass ich schnurstracks auf die Straße gelaufen war, nur meine Mutter dachte, ich wäre ausgerutscht.

Aber ich habe darüber nachgedacht. Zorn statt Verzweiflung. Aktivität statt Passivität; denn darum geht es hier doch. Ist man wütend, ist man auch bereit zu handeln, wenn man traurig ist, will man sich nur noch verkriechen. Sich die Decke über den Kopf ziehen und verschwinden.

Und ich glaube tatsächlich, dass er recht hatte, dieser Therapeut oder Psychiater oder was er nun war. Man kann es lernen. Man kann sich antrainieren, wütend statt traurig zu werden. Es funktioniert vielleicht nicht jedes Mal, aber das kann man wohl auch nicht verlangen. Es gibt so gut wie nichts, was jedes Mal funktioniert.

Ich zog dann irgendwann von zu Hause aus, ungefähr zu der Zeit, als der Beinbruch, den ich mir bei meinem Zusammenprall mit dem großen Auto zugezogen hatte, endgültig verheilt war. Ich war dreiundzwanzig, es wurde also höchste Zeit.

Meine erste eigene Behausung bestand aus einem Zimmer mit Küche. Sie lag in der obersten Etage eines Mietshauses mit Aussicht auf einen Park. Sie war so praktisch, dass es kaum besser werden konnte. Es gab nur ein Problem, ich konnte nachts nicht schlafen. Aus irgendeinem Grund hatte ich panische Angst, wenn ich in der Dunkelheit lag – oder mit eingeschalteter Nachttischlampe – und all den kleinen Geräuschen lauschte, die man in einem alten Haus und in einer alten Stadt hört. Mäuse, Straßenbahnen, Leute, die ihre Messer schleifen und was sonst noch alles.

Wenn ich tagsüber zu Hause war, saß ich häufig an meinem Küchentisch und blickte in den Park hinaus, zu den Kindern, die auf dem Spielplatz tollten, und den Leuten, die an der Haltestelle an seinem hinteren Ende in Straßenbahnen ein- und ausstiegen. Es war eine echte Idylle.

In den Nächten lag ich dennoch unter meinem Mühlrad aus Einsamkeit.

Zu jener Zeit hatte ich mein Studium wieder aufgenommen und geplant, die Hälfte der Pflichtscheine zu machen, kam aber über ein Viertel nicht hinaus. Als das Sommersemester endete, hatte ich ein Gespräch mit einer Studienberaterin in einer genoppten Strickjacke mit kleinen bunten Ziegenböcken darauf, und wir einigten uns darauf, dass ich das Studium für ein Jahr unterbrechen würde. Ich sollte stattdessen versuchen, Arbeit zu finden, und später an die Universität zurückkehren, wenn ich das wollte.

Ich fand keine Arbeit. Ich fand nichts.

Doch, am Ende fand ich tatsächlich einen neuen Freund. Wie ich es schaffte, all meinen Mut zusammenzunehmen und in diesen Club zu gehen, weiß ich bis heute nicht, aber drei Gläser Wein waren natürlich ausgesprochen hilfreich. Alkohol und Verzweiflung stärken den Mut, das hatte ich nur wenige Tage zuvor in einer Gedichtsammlung gelesen, und es trifft tatsächlich zu.

Es passierte Mitte Juli, an einem schönen Sommerabend, noch dazu ein Samstag. Als ich den Raum betrat, tat ich so, als suchte ich nach jemandem, so hatte ich es vorher geplant; ich blickte auf die Uhr, schaute mich um, blickte wieder auf die Uhr. So macht man das ja. Anschließend ging ich zur Bar, versuchte ein wenig gereizt zu klingen, und bestellte ein Glas Wein. Gleichzeitig wurde in einer Ecke zufällig ein Tisch frei, so dass ich mich dort niederließ. Ich zündete mir eine Zigarette an, holte mein Handy heraus und gab vor zu telefonieren. Damals war längst noch nicht jeder im Besitz eines

Mobiltelefons, so dass ich wahrscheinlich selbstsicher und weltgewandt wirkte.

Wenn in den folgenden fünf Minuten jedoch nichts passierte – oder in der Zeit, die man benötigte, um ein Glas Weißwein zu leeren –, würde ich natürlich aufstehen und gehen müssen, das wusste ich. Mehr würde mein Nervenkostüm nicht aushalten. Möglicherweise würde ich meine Charade in einem anderen Lokal wiederholen können, aber ich war mir nicht sicher, ob ich wirklich in der Lage sein würde, dafür genügend Tatkraft aufzubringen. Und das, obwohl ich bald vier Gläser Wein intus haben würde. Der Alkohol fließt jedoch nicht immer in diese Richtung; genauso gut kann es einem passieren, dass einen alle Kraft verlässt, so ist es zumindest bei mir. Ich weiß, dass ich das von meiner Mutter geerbt habe.

Nun musste ich allerdings nie entscheiden, wie es weitergehen sollte, denn ein Typ kam zu mir, setzte sich neben mich und begann zu reden. Er lachte viel, ich schätzte, dass er mindestens fünf Jahre älter war als ich, und ein paar Stunden später befand ich mich in seinem Bett in einer Wohnung, die bloß zweihundert Meter von meiner eigenen entfernt lag.

Er hieß Klaus und war Musiker. Ich fand, dass er irgendwie etwas hatte.

Scheiße, du hast ja eine echt gute Stimme.

Wir saßen ungefähr einen Monat später auf seinem Balkon. Er spielte Gitarre und sang ein Lied von Dylan, dessen Text ich kannte, zumindest Teile davon. Ich glaube es war *Mr Tambourine Man*, ja, das muss es gewesen sein. Ich stimmte in den Gesang ein, und nach einer Weile verstummte Klaus und ließ mich alleine weitersingen. Und als der Song vorbei war, sagte er es.

Dass ich eine tolle Stimme hätte. Das war nun wirklich eine Neuigkeit. Das hatte mir noch keiner gesagt, was allerdings auch daran liegen mochte, dass mich noch nie jemand hatte singen hören. Wenn man vor allen Dingen panische Angst hat, ist man niemand, der sich hinstellt und singt, wenn einen andere hören können. Man macht das Maul ohnehin so selten auf, wie es nur geht, das ist die Strategie, mit der man zu allen Zeiten überlebt hat.

In allen Sprachen. In allen Ländern. Man schweigt.

Ich hatte gelegentlich vor mich hin geträllert, das tun sicher die meisten Menschen. In der Badewanne und so. Aber ich glaube wirklich, Klaus war der Erste, der mich hörte.

Auf diesem Balkon. Zu seiner Gitarrenbegleitung. An jenem Spätsommerabend.

Und dann behauptete er, ich könne singen.

Red keinen Unsinn, sagte ich. Wahrscheinlich. Oder etwas anderes in der Art.

Du hörst doch, was ich sage, erwiderte er. Bin ich nun ein Musiker, oder bin ich keiner? Mit etwas Übung könntest du eine fantastische Stimme haben.

Aha?, sagte ich. Mag sein. Na und?

Wir probieren noch ein Lied, meinte er.

Vergiss es, sagte ich.

Doch, entgegnete er.

Und dann machten wir uns an ein Beatles-Lied, das ich einigermaßen konnte. *While my guitar gently weeps.* Ich erinnere mich noch, dass es dieser Song war, weil ich ihn auch als allererste Nummer sang, als ich zum ersten Mal auf einer Bühne stand.

Bei diesem Auftritt waren Klaus und ich auch allein – auf der Bühne, meine ich, das Publikum bestand aus etwa zwanzig Leuten –, und wenn mir jemand ein halbes Jahr zuvor gesagt hätte, dass ich bald auf einer Clubbühne stehen und singen würde, begleitet von einer Band, hätte ich das für einen schlechten Scherz oder die Worte eines Schwachsinnigen gehalten.

Aber ich habe gelernt, dass man tatsächlich auf einer Bühne stehen kann, obwohl man menschenscheu ist. Denn es ist etwas anderes. Man ist auch im Scheinwerferlicht allein – zwar nicht so, wie man normalerweise allein ist, aber es ist vergleichbar. Man ist nur man selbst, die anderen sind die anderen, genau wie im richtigen Leben.

Obwohl sie einen natürlich anglotzen. Sie sitzen da und nicken mit ihren Köpfen und wippen mit ihren Füßen. Oder sie stehen und wiegen sich. Eventuell tanzen sie auch, aber in den Clubs, in denen die Band und ich auftraten, gab es meistens nicht genügend Platz für so viel Bewegung.

Ihre Gesichter glätten sich. Sie applaudieren. Man stellt etwas mit ihnen an. Man geht ihnen irgendwie unter die Haut. Das ist eigenartig und ziemlich großartig.

Und man ist geschützt. Selbst wenn sie die Texte mitsingen, ist man geschützt. Ich wusste natürlich nicht, dass es sich so anfühlen würde; Klaus hatte vor meinem ersten Auftritt versucht, es zu beschreiben, aber ich hatte es nicht richtig verstanden. Um es tatsächlich zu begreifen, muss man wahrscheinlich da oben stehen. Als wir beschlossen hatten, dass ich einen Versuch wagen sollte, als Ort und Zeit feststanden, sagte ich ihm, dass ich hoffte zu sterben, bevor es so weit war. Er nahm mich daraufhin aber nur in den Arm, lachte und sagte, dass er mich liebe. Eine Sängerin, die vor dem Auftritt nicht ein bisschen nervös ist, kannst du vergessen, stellte er fest. Das wird schon klappen. Und wenn du ohnmächtig wirst, werde ich wohl sagen müssen, dass du schwanger bist, und anschließend selbst singen.

Ich wurde nicht ohnmächtig, und ich war nicht schwanger. Aber hinterher fand ich nächtelang keinen Schlaf.

Als ich das letzte Lied gesungen hatte, waren ein Typ und ein Mädel zu mir gekommen und hatten mich gefragt, wo man CDs von mir kaufen könne.

Warum schreibe ich darüber? Wer soll das lesen?

Das sind gute Fragen. Ich muss sie mir von Zeit zu Zeit stellen, nur um mich daran zu erinnern.

Er.

Er wird das lesen und vielleicht kein anderer. Das kommt ganz darauf an.

Ich weiß selbstverständlich, warum es so ist, aber dieses Detail lasse ich bis auf Weiteres aus. Er wird es noch früh genug begreifen, und wenn er es nicht tut, kann ich es auch nicht ändern. Oder ihm helfen. Jedenfalls hängt es damit zusammen, dass man handelt. Mit der *Aktivität.* Etwas zu tun, statt nichts zu tun. Wütend statt traurig zu werden, das war es doch, was Doktor Blauauge mir damals beizubringen versuchte. Ja, wenn ich es recht bedenke, war er wohl doch ein Arzt.

Und ich bin ein schreibender Mensch, so hat es sich ergeben. Meine Stimme scheint verstummt zu sein, was aber nicht heißt, dass mir die Worte ausgehen.

Dort, wo ich heute wohne, gibt es ganz in der Nähe einen See. Man braucht nur ein paar hundert Meter durch den Wald zu gehen, und schon ist man da. Er ist nicht groß, eigentlich ist es eher ein großer Teich als ein See, wo auch immer die Grenze zwischen beidem verlaufen mag, und sein Wasser ist vollkommen schwarz. In einer halben Stunde hat man ihn umrundet, es würde sogar schneller gehen, wenn es einen Pfad gäbe, aber den gibt es nicht. Man muss über Findlinge klettern, Baumstümpfen, sumpfigen Stellen und umgestürzten Bäumen ausweichen; und sich vor entwurzelten Bäumen hüten, ich glaube, vor nicht allzu langer Zeit hat es einen Sturm gegeben, und man hat die Schäden noch nicht beseitigt. Für die Pflege dieses Teils des Waldes fühlt sich offenbar niemand zuständig, so sieht es dort jedenfalls aus. Wenn ich in dem Wald spazieren gehe, bilde ich mir manchmal ein, dass es hier genauso aussieht wie vor tausend Jahren. Oder fünftausend. Es ist ein gutes Gefühl.

Ich bin nie in diesem See geschwommen, und es halten sich auch nie andere Menschen an ihm auf.

Vielleicht werde ich ihn dort ertränken.

Aber ich habe mich noch nicht entschieden. Ich schreibe meine Geschichte weiter, dann sehen wir schon.

21

Irgendetwas ging schief.

Ich habe herauszufinden versucht, was es war, aber es ist mir nicht geglückt.

Ich wurde immer zerbrechlicher, war es so?

Sicher, aber das ist ja keine Erklärung. *Warum* wurde ich zerbrechlicher, das würde ich gerne wissen.

Es gab inzwischen drei Größen, zu denen ich in Beziehung stand. Größen, die etwas bedeuteten und zu denen ich die Balance halten musste: den Gesang, Klaus, meine Mutter.

Wenn man alleine lebt, muss man nur zu sich selbst in Beziehung treten, und das war die simple Gleichung, an die ich gewöhnt war. Nun hatte ich meine Tentakel jedoch in die Welt ausgestreckt, und es spielt keine Rolle, ob ich damit eine Absicht verfolgte oder nicht. Obwohl meine Mutter natürlich schon immer da war.

Als Erstes der Gesang. Ich liebte es immer mehr, auf der Bühne zu stehen. Vielleicht liebte ich es zu sehr. Ich glaube, es lag daran, dass ich mich so ungeheuer lebendig fühlte, wenn ich mich dort befand. In meinem Inneren brannte ein Feuer. Klaus konnte manchmal ziemlich vulgär sein; am Anfang sagte er mir einmal Folgendes: Du singst, wie eine richtige Sängerin es tun soll. Du singst mit dem Herzen, den Nerven und deiner Fotze. So muss es sein, es reicht nicht, nur eine gute Stimme zu haben.

Das Herz, die Nerven und die Fotze. So bescheuert sich das anhörte, wenn ich auf der Bühne stand, ging mir seine Phrase häufig durch den Kopf, und wenn es an manchen Abenden nicht so gut lief wie sonst, wusste ich, es lag daran, dass eine dieser Komponenten gefehlt hatte. Manchmal die erste, manchmal die zweite oder dritte.

Du singst, als ginge es um Leben und Tod, sagte der Boss eines der Clubs, in denen wir regelmäßig auftraten, und später habe ich gedacht, dass er vollkommen recht hatte. Und dass darin der Fehler lag, durch den dann alles total aus dem Ruder lief. Meine Kerze brannte an beiden Enden, oder vielleicht auch an allen drei Enden, und irgendwann war kein Docht mehr da.

Obwohl ich um mein Leben sang, hatte ich auf der Bühne niemals Angst. Vorher sorgte ich mich; anfangs nur für ein paar Stunden, später jedoch ganze Tage. Schon lange im Voraus begann ich an das nächste Mal zu denken, dass ich singen würde, und weil wir mindestens ein Mal, oft auch zwei Mal in der Woche auftraten, lief ich die meiste Zeit herum wie auf heißen Kohlen. Es fiel mir schwer zu essen. Ich rauchte Marihuana, um mich zu beruhigen, aber nur ein bisschen, und es brachte auch nicht viel. Ich war eine Feder, die unablässig viel zu hart gespannt wurde, und die kleine Entspannung, die sich einstellte, wenn wir einen Gig hinter uns hatten, war zu unbedeutend, um mir die Chance zu geben, wieder herunterzukommen.

Hypomanisch, sagte Klaus. Paula, du bist hypomanisch, du musst aufpassen, sonst wirst du noch manisch.

Ich kannte diese Begriffe damals nicht, und Klaus letzten Endes sicherlich auch nicht wirklich. Aber unsere Beziehung veränderte sich langsam, ich konnte auch zu ihm keine Balance mehr finden.

Dann wurde meine Mutter krank. Klaus war überzeugt, dass sie nur simulierte, um so meine Aufmerksamkeit zu erregen, und es sprach einiges dafür, dass er recht hatte. Nach meinem Auszug war sie unglaublich einsam geworden, und nun sah sie einen Weg, mich zurückzugewinnen. Ich verbrachte die eine oder andere Nacht in meinem alten Zuhause, Klaus und ich waren gerade zusammengezogen, es war ein Paradebeispiel für schlechtes Timing, und als mit der Zeit deutlich wurde, dass meine Mutter nicht simulierte, sondern tatsächlich an einer schweren Krankheit litt, war es zu spät.

Sie starb. Ich befand mich auf dem Höhepunkt eines manischen Schubs. Klaus wagte es nicht, mich auftreten zu lassen. Zur Beerdigung ging ich vollgepumpt mit Drogen.

Danach versank ich in einer Depression wie ein Stein in einem Brunnen. Wurde in die Klinik eingewiesen und blieb dort drei Monate.

Klaus verließ mich; ich war nicht einmal dazu gekommen, in unserer gemeinsamen Wohnung meine Sachen auszupacken.

Meine Mutter war tot.

Ich würde nie mehr singen.

Mit meiner neuen Einsamkeit verließ ich die Anstalt und zog in eine neue Stadt. Ich hatte von meiner Mutter Geld geerbt und musste nicht arbeiten.

Dann begann ich zu schreiben. Etwas Einsameres gibt es nicht.

In der ersten Zeit kam ich praktisch nie aus dem Bett. Es war ja nicht nötig, es sei denn, ich wollte ins Badezimmer oder zum Kühlschrank. Stift und Block lagen neben mir im Bett, wenn ich aufwachte – am Vormittag, am Nachmittag oder mitten in der Nacht. Ich brauchte bloß dort weiterzumachen, wo ich aufgehört hatte, meistens mitten in einem Gedankengang oder Satz. Einmal in der Woche ging ich zum Einkaufen in einen Laden um die Ecke, allerdings immer seltener.

Nach etwa zwei Monaten stand ich auf und schrieb an meinem Computer alles ins Reine.

Es waren siebenhundert Seiten. Ich druckte sie aus, schickte sie an einen Verlag und bekam das Ganze drei Wochen später mit folgendem Kommentar zurück: *Interessant, aber der Text muss dichter werden. Sprachlich sind Sie sehr versiert. Wenn Sie das Manuskript auf dreihundert Seiten kürzen können, prüfen wir es gerne noch einmal.*

Ich hatte einen offenen Kamin in meiner Wohnung. Ich benötigte eine knappe halbe Stunde, um den ganzen Mist zu verbrennen. Das Ganze von meiner Festplatte zu löschen, dauerte eine Sekunde.

In diesem Moment regt sich in mir der Impuls, mit diesem Text das Gleiche zu machen, aber ich widerstehe der Versuchung. Zu gegebener Zeit wird alles ausradiert sein. Der Himmel, das Gras, ich.

Ich ging dazu über, in Cafés zu schreiben.

Ehrlich gesagt hatte es eine gewisse Ähnlichkeit damit, auf einer Bühne zu stehen und zu singen. Ich stand in einem Zusammenhang, gehörte aber dennoch nicht dazu. Wie ein Vogel in seinem Käfig in einem Raum voller Menschen, so ungefähr formulierte ich es auf einer der allerersten Seiten, die ich schrieb:

Ich hocke auf einer Sitzstange in einem gelben Käfig aus Holz. Der Raum ist voller Menschen, alle sehen mich an, keiner sieht mich. Ich beobachte, ich beobachte, so und nicht anders will ich es haben.

Das einzige Problem bestand darin, dass die Zahl der Cafés begrenzt war. Ich wollte nicht in dasselbe Lokal gehen, nicht einmal ein zweites Mal, jeder Tag musste ein neuer Tag sein.

Also zog ich in eine größere Stadt, in der es meinen Recherchen zufolge dreihundertachtzehn Cafés geben sollte. Wenn ich in jedem einzelnen von ihnen mindestens zwei Seiten schrieb, würde dies sechshundertsechsunddreißig Seiten ergeben. Für eine Debütantin zweifellos genug. Vielleicht konnten zwei Bücher daraus werden, den Kommentar des Verlags hatte ich noch im Ohr.

Acht Monate später wurde ich wieder in einer Klinik aufgenommen. Ich hatte ziemlich lange nicht geschlafen und im Grunde auch nicht gegessen. Ein Cafébesitzer kümmerte sich um mich, als ich von meinem Stuhl fiel und mit der Schläfe gegen einen Heizkörper schlug. Es floss reichlich Blut, und weil ich am Kopf genäht werden musste, brachte man mich in die Notaufnahme. Irgendein Doktor oder eine Schwester dort erkannte jedoch, dass auch in meinem Inneren nicht alles zum Besten stand.

Ich landete in einer Klinik, die mitten im Wald lag. Musste lernen, ordentlich zu essen, zu schlafen und einiges mehr. Nach ein paar Wochen erhielt ich die Erlaubnis, im Wald spazieren zu gehen, anfangs in Begleitung eines Pflegers, mit der Zeit allein. Ich musste immer zu einer exakt festgelegten Uhrzeit zurück sein und hielt mich an die Abmachung.

Schon nach ein paar Wochen fühlte ich mich allmählich besser, aber es war entschieden worden, dass ich vier Monate bleiben sollte. Offenbar hatte ich bei meiner Ankunft ein entsprechendes Dokument unterzeichnet; es besagte im Großen und Ganzen, dass ich mich freiwillig in Behandlung begeben hatte, mich jedoch den Regeln und Bestimmungen der Klinik unterwerfen musste.

Dagegen hatte ich nichts einzuwenden, und während dieses Klinikaufenthalts stellte ich meinen ersten Roman zusammen. Ich schickte das Manuskript an zwei verschiedene Verlage; vom ersten bekam ich nach ungefähr drei Wochen eine freundliche, aber ablehnende Antwort; die zweite kam ein paar Tage später, sie behaupteten, dass sie begeistert seien und das Buch bereits im nächsten Jahr veröffentlichen wollten.

Ich dachte, dass man mich zum ersten Mal in meinem Leben für gut befunden hatte.

Hier in Sorbinowo fand ich darüber hinaus die ersten Freunde meines Lebens. Es waren die Brüder Gondovian, Bruno und Kuno. Zusammen waren sie mit Sicherheit vier Meter hoch, und was sie wogen, wage ich nicht zu schätzen. Sie waren Zwillinge, und ich weiß eigentlich nicht, warum sie in der Klinik waren. Sie spielten beide gerne mit Puppen und hatten sich Schneewittchen auf die Brust tätowieren lassen, aber davon abgesehen waren sie ziemlich normal. Nicht besonders helle vielleicht, aber lieb und unzertrennlich – im Grunde in zweifacher Art, es war unmöglich auszumachen, wer von ihnen wer war, und man sah keinen von ihnen jemals ohne den anderen.

Sie erzählten mir, dass sie in der Nähe der Klinik wohnten und meistens zwei Mal im Jahr aufgenommen wurden, damit die Dosierung ihrer Medikamente richtig eingestellt wurde. Da ich so klein bin wie eine Puppe, hatten sie das Gefühl, sich um mich kümmern zu müssen; das behaupteten sie jedenfalls und versprachen mir, falls es irgendwann einmal jemanden geben sollte, der gemein zu mir sei, bräuchte ich mich bloß bei ihnen zu melden.

Wir sind deine Freunde, vergiss das nicht, sagten sie. Wir helfen dir, wenn es hart auf hart kommt.

Es ist nicht weiter verwunderlich, dass ich mit der Zeit oft an sie denken musste.

Aber warum sollte ich ihn ertränken? Es ist ein bizarrer Gedanke, der sich jedoch hartnäckig hält. Mein Ziel ist es ja zu strafen, aber muss man nicht darauf achten, dass sich die Strafe dem Verbrechen anpasst?

Und wozu soll es gut sein, wenn er in einem schwarzen Teich ertrinkt?

Wie passt das zu dem, was er getan hat?

Paula, sagte mein Lektor, als wir uns zum zweiten oder dritten Mal trafen, ich muss dir gestehen, dass ich mich ein wenig vor dir fürchte.

Ich erinnere mich, dass er einen gelben Cordanzug trug, natürlich nicht kanarienvogelgelb, sondern in so einem satten italienischen Farbton. Ich denke nicht, dass ich jemals einem Menschen in einem gelben Anzug begegnet bin, weder vorher noch nachher. Zumindest war ich nie mit jemandem in einem Restaurant zum Essen verabredet.

Aha?, erwiderte ich. Und warum? Ich kann mir kein harmloseres Individuum vorstellen als ausgerechnet mich.

Darüber lachte er. Das ist genau der Punkt, bemerkte er. Du begreifst gar nicht, wie gefährlich du bist.

Ich glaube, wir waren ein wenig betrunken. Sonst hätten wir es sicher nicht gewagt, über solche Dinge zu sprechen. Wir taten es in einem scherzhaften Ton, und das ist vermutlich das Tolle daran, betrunken zu sein. Man kann ganz ernste und düstere Themen ansprechen, ohne sich um ihren Ernst und ihre Düsternis zu scheren. Oder so.

Aber gerade das haucht deinem Text natürlich Leben ein, ergänzte er nach einer Weile. Er vibriert, er geht einem unter die Haut, fährt einem nicht nur in den Kopf. Mein Gott, ich habe so viele Bücher gelesen, die nur im Kopf liegen und Platz wegnehmen. Ach übrigens, hättest du etwas dagegen, auf einer Bühne zu stehen?

Auf einer Bühne zu stehen? Wenn der wüsste, dachte ich. Oder wusste er es womöglich sogar?

Ich weiß nicht mehr genau, was ich antwortete. Ich hatte mein Schreiben nie mit Bühnenauftritten in Verbindung gebracht, aber ich erklärte bestimmt trotzdem, dass es sicher kein Problem sei, mich vor ein Publikum zu stellen. Ich wisse nur nicht ganz, wozu das gut sein solle. Die ganzen Wörter stünden doch im Buch, sei es nicht das, was zähle?

Sicher, antwortete mein Lektor. Aber das eine braucht das andere ja nicht auszuschließen?

Ich hätte nie gedacht, dass ich jemals wieder mit einem Mann zusammen sein würde, aber was wir denken und uns vorstellen, schlittert so leicht in den Graben, wenn das Leben angerast kommt.

Wenn du mich nimmst, geschieht es auf Leben und Tod, sagte ich ihm in einer der ersten Nächte. Ich hoffe, das ist dir klar.

Eine Frau, die schreibt wie du, kann man auf keine andere Art nehmen, erwiderte er. Unterschätz mich nicht.

Ich habe diese Jüngelchen satt, sagte ich auch. Ich verstehe sie nicht.

Es ist eine Ewigkeit her, dass ich ein Jüngelchen war, sagte er. Mach dir keine Sorgen, mir ist bewusst, worauf wir uns einlassen.

Auf tödlichen Ernst?, fragte ich.

Auf tödlichen Ernst, antwortete er.

Es ist so leicht, solche Worte in den Mund zu nehmen, wenn man spürt, dass um einen herum das Schicksal grollt. Allerdings ist es leider genauso leicht zu glauben, dass sie nicht zählen.

Doch das tun sie. Denn in Momenten, in denen wir unseren Worten und Handlungen nicht ihr wahres Gewicht und ihre wahre Bedeutung zumessen, zerstören wir unser Leben.

Ja, genau.

III.

22

Max Schmeling sitzt auf einem Stuhl in einem Zimmer.

Das ist alles.

Er begreift nicht, warum er dort sitzt. Das Zimmer hat keine Fenster, und es handelt sich wohl auch eher um ein kleines Häuschen.

Es gibt hier einen Schreibtisch. Eine Matratze auf dem Fußboden, Kissen und Decken. In einer Ecke eine Toilettenkabine.

Eine nackte Glühbirne, die an einem Kabel von der Decke hängt, und eine Schreibtischlampe.

Eine Tür, die abgeschlossen ist. Er hat die Schulter gegen sie gepresst und gedrückt. Sie hat sich keinen Millimeter bewegt. Er versteht, dass er nicht hinauskann. Die dicken Holzwände sind weder glattgehobelt noch gestrichen und sehen aus, als könnten sie einer Kanonenkugel standhalten. Decke und Boden ebenso. Die Bodendielen sind allerdings lackiert.

Er hat seine Armbanduhr und sein Handy verloren. Er hat keine Ahnung, welche Tageszeit es ist. Als die Tür das letzte Mal offen stand, nur für einen kurzen Moment, hat er gesehen, dass es draußen hell war, aber danach hat er geschlafen, und er weiß nicht, wie lange.

Außerdem hat er das Gedächtnis verloren. Nicht völlig, nur einen Teil des Kurzzeitgedächtnisses, aber diesmal hat es nichts mit Demenz zu tun. Er weiß vor allem nicht, wie er hier gelandet ist. Er erinnert sich an die Fahrt nach Sorbinowo, die kurze Pause am Marktplatz, die letzte Wegstrecke in den Wald hinein. Er erinnert sich, dass er über die Wiese zu Paula Polanskis und Ulrike Kammers Haus geht. Er hält seine Mappe unter dem Arm, die mit Tibor Schittkowskis Bericht über sein Leben. Er wirft einen Blick auf den grünen 2 CV, der vor dem Haus steht, und stellt fest, dass er über ein Schiebedach verfügt und gut in einen Film von Jacques Tati passen würde.

Dann passiert etwas, er weiß nur, dass es von hinten kommt und dass er einschläft. Dagegen erinnert er sich weder an einen Schlag noch an Brutalität in irgendeiner anderen Form, und als er später auf der Matratze in diesem Zimmer aufwacht, weist sein Körper auch keinerlei Spuren von Gewalt auf. Er ist lediglich unglaublich müde und hat diffuse Kopfschmerzen.

Seither sind sicher vierundzwanzig Stunden vergangen. Möglicherweise mehr, aber vermutlich nicht weniger. Drei Mal hat er etwas zu essen bekommen, das erste Mal, kurz nachdem er aufgewacht ist, ein zweites Mal, als es in der Türöffnung dunkel war, und zuletzt vorhin, als es hell war.

Da erst kürzlich Herbstsonnenwende gewesen ist, überlegt er, dass der Tag grob gerechnet aus zwölf hellen und zwölf dunklen Stunden besteht.

Das ist im Großen und Ganzen alles, was er sich überlegt hat. Er ist einigermaßen teilnahmslos. Wie er sich so fühlen kann, obwohl er ganz offensichtlich eingesperrt ist, versteht er nicht, denkt aber, dass es vielleicht vorübergehen wird. Es ist durchaus möglich, dass er unter irgendwelchen Drogen steht, seine Gedanken sind so zäh wie Kleister.

Hier ruhen meine Hände vor mir auf dem Tisch, denkt er beispielsweise. Jetzt falte ich sie. Jetzt sind sie gefaltet. Sieh nur.

Den allergrößten Teil der Zeit liegt er jedoch auf der Matratze und treibt zwischen Schlafen und Wachen.

Das Essen bringen ihm zwei. Einer bleibt an der Tür stehen und hält mit einem Baseballschläger in der Hand Wache. Der andere stellt ein Tablett auf den Tisch. Wenn er etwas zu sagen versucht, schütteln die beiden nur ihre schweren Köpfe und heben ihre Zeigefinger an die Lippen.

Sie sehen fast identisch aus, diese Besucher. Sie sind riesig, und ihre Hände sind so groß, dass sie seinen Kopf abschrauben könnten, wie man eine Glühbirne herausschraubt. Max Schmeling hat nicht die Absicht, sie herauszufordern. Sie bleiben jedes Mal höchstens eine Minute. Holen das alte Tablett ab und kontrollieren, dass genügend Toilettenpapier da ist.

Schließen von außen umständlich ab. Zwei Schlösser und darüber hinaus ein Vorhängeschloss, glaubt er. Nein, aus eigener Kraft wird er hier nicht herauskommen.

Aber das bekümmert ihn nicht weiter. Es wird sicher schlimmer werden, wenn ich nicht mehr so gleichgültig bin, denkt er. Aber kommt Zeit, kommt Rat.

Er wird davon wach, dass die beiden Riesen wieder zu Besuch sind. Der eine steht an der Tür, der andere tauscht die Tabletts auf dem Tisch aus. Außerdem scheint er noch etwas anderes dorthin zu legen. Max wartet, bis sie verschwunden sind, ehe er aufsteht und nachsehen geht.

Es handelt sich um einen Stapel leerer, linierter Blätter und zwei Stifte. Er betrachtet diesen Neuzugang zum üblichen Ablauf eine Weile, ehe er sich hinsetzt und isst. Ein Fleischtopf mit Reis und etwas Salat. Zwei Brotscheiben mit Butter und Käse. Zwei Literflaschen Wasser. Von den letzten hat er nur etwas mehr als eine getrunken, aber sie tauschen die Flaschen trotzdem jedes Mal aus. Er hat keinen Hunger, isst dennoch mechanisch alles auf. Trinkt ein paar Schlucke Wasser und legt sich wieder hin. Denkt, dass es sicher Abend ist. Als sie ihn verlassen haben, ist durch die Türöffnung Dämmerungslicht hereingefallen.

Er merkt, dass er sich nach Kaffee sehnt, und nach einer Weile fällt ihm ein, dass er Papier und Stift benutzen kann. Er setzt sich an den Tisch und schreibt in großen Druckbuchstaben: KÖNNTE ICH VIELLEICHT EINEN KAFFEE BEKOMMEN?

Er ist sich nicht sicher, ob die Riesen lesen können, aber sie haben ihm nun einmal klargemacht, dass sie von mündlicher Verständigung nichts halten.

Anschließend geht er auf die Toilette. Seine Verdauung arbeitet träge, vermutlich, weil er sich kaum bewegt. Sollte er das mehr tun? Vertreiben sich die Insassen in den Gefängnissen nicht so die Zeit und sorgen gleichzeitig für eine regelmäßige Verdauung? Sit-ups und Klimmzüge? Joggen auf der Stelle, mit hochschnellenden Knien?

Hat der Scheißhaufen solche Dinge in Spanien getrieben? Max kann sich jedenfalls nicht erinnern, dass davon etwas in seinem Bericht gestanden hätte, aber er hat ja auch schon festgestellt, dass darin ziemlich viel ausgelassen worden sein muss.

Als seine Gedanken zu Tibor Schittkowski abschweifen, wird in seinem Kopf etwas in Gang gesetzt. Vielleicht ist er ausgeschlafen. Jedenfalls döst er nicht gleich nach dem Essen ein, wie er es seines Wissens nach den drei zurückliegenden Mahlzeiten getan hat. Denn das war doch jetzt seine vierte? Haben sie vielleicht beschlossen, ihn nicht weiter unter Drogen zu setzen?

Sie?

Wer sind sie?

Warum liegt er hier? Oder sitzt?

Eingesperrt.

Er hatte doch einen Auftrag. Tibor Schittkowski liegt in Westwerdingen im Krankenhaus im Sterben und wartet darauf, dass seine Tochter zu ihm eilt. Darum drehte sich doch alles.

Paula Polanski.

Wo ist sie hin?

Und ihre Freundin.

Ulrike Kammer, wenigstens erinnert er sich noch an ihren Namen. Und er erinnert sich, mehr oder weniger bis ins kleinste Detail, an Schittkowskis Bericht. Um seinen frisch erwachten Kopf zu beschäftigen, beginnt er, ihn in Gedanken noch einmal durchzugehen. Von Anfang bis Ende, er liegt auf dem Rücken, hat die Hände auf die Brust gelegt und spult die ganze Geschichte in seinem Gedächtniskino ab, aber irgendwo in der Nähe dieser Parkgarage in Barcelona reißt der Film. Max hält abrupt inne, als die zwei Männer hinter dem Auto auftauchen. Wie hatte Tibor sie noch beschrieben?

Zusammen vier Meter hoch, war es nicht so?

Nun gibt es natürlich eine ganze Menge großgewachsener Menschen auf der Welt, aber erinnert das nicht ein bisschen sehr deutlich an seine eigenen Riesen?

Er würde sich wünschen, Schittkowskis Text zur Hand zu haben, aber das hat er nicht. Sie müssen ihm die Mappe abgenommen haben, als sie ihn betäubten und hierherschafften. Alles, was er hat, sind ein Stapel Blätter und zwei Stifte.

Und warum? Welchen Sinn soll das haben?

Soll er irgendetwas begreifen?

Dann gebt mir gefälligst einen Kaffee, denkt Max Schmeling halsstarrig – aber nicht mehr teilnahmslos –, wenn ich keinen Kaffee bekomme, kann auch niemand von mir erwarten, dass ich etwas begreife.

Nach dieser mentalen Kraftprobe dreht er sich auf die Seite und sinkt in einen unruhigen Schlaf.

23

Erst kürzlich bin ich auf dieser griechischen Insel gewesen.

Im Sommer, zwei Monate ist es gerade einmal her, und wäre ich an jenem Abend nicht auf meinen kleinen Balkon hinausgegangen, um eine Zigarette zu rauchen, hätte ich das Ganze niemals in die Wege geleitet. Dazu hätte sich mir wohl auch keine Chance geboten, aber da er sich als der herausstellte, der er nun einmal war, bekam ich das Gefühl, dass ... tja, dass es ein paar Putten oder kleinere Gottheiten gab, die zu Tode gelangweilt auf ihren Wolkenkissen lagen und an Strippen zogen.

Als hätte es einen verborgenen Sinn gegeben. Ich bin es nicht gewöhnt, dass im Leben überhaupt etwas einen Sinn hat, und wenn man dann ganz ohne eigenes Zutun die Möglichkeit erhält, eine Kette von Ereignissen in Gang zu setzen, ist es vielleicht nicht weiter verwunderlich, dass man anbeißt. Warum soll man eine Geschichte schreiben, wenn man sie im wahren Leben gestalten kann?

Nicht, dass ich um Verzeihung bitten müsste. Er ist

jeden Tropfen kalten Schweißes wert, den man aus seinem bleichen Körper herauspressen kann.

Guten Abend, junge Dame, sagte also dieser Mann auf dem Nachbarbalkon. Er saß in einem Liegestuhl im Dunkeln, und ich hatte ihn nicht bemerkt, dabei trennten uns nur ein niedriges Geländer und zwei Meter; ich hätte mich vielleicht ein wenig erschrecken sollen, aber da war etwas an seiner Stimme, was Ruhe und Frieden ausstrahlte.

Oder was immer es sonst gewesen sein mag. Außerdem klang sie nicht mehr ganz jung, und als er seine Lampe einschaltete, erhielt ich die Bestätigung dafür, dass es sich bei ihm um einen Mann von mindestens sechzig Jahren handelte.

Sie haben doch hoffentlich keine Angst bekommen?

Ich erklärte, ich hätte keine Angst bekommen.

Ich habe es mir gespart, die Lampe einzuschalten, sagte er. Der Mond ist jeden Moment um die Landspitze da draußen gewandert, und dann ist es auch ohne Licht hell genug.

Er machte eine Geste zum Meer hinaus.

Na, aber jetzt haben Sie die Lampe ja doch angemacht.

Er lachte und schaltete sie wieder aus. Sind Sie heute angekommen?

Ich antwortete, ich sei gestern am späten Abend eingetroffen. Und er?

Ich bin schon die dritte Woche hier. Bleibe einen ganzen Monat. Ich habe mich in diesen Ort verliebt.

Sie sind früher schon einmal hier gewesen?

Fünf Mal.

Aha? Ich bin durch Zufall hier gelandet. Ein Lastminute-Angebot. Jemand hatte seine Buchung storniert.

Da kann ich Ihnen nur gratulieren. Darf ich Sie eventuell zu einem Glas Retsina einladen?

Ich zögerte kurz, ehe ich über das Geländer kletterte und mich auf dem zweiten Stuhl auf seinem Balkon niederließ. Er klang nicht, als hätte er etwas anderes im Sinn, als ein wenig zu plaudern, und das hatte er auch nicht. Obwohl ich, wie gesagt, ältere Männer jüngeren durchaus vorziehe.

Und dann lag da dieses Buch auf seinem Tisch. Ich dachte, das kann jetzt doch verdammt noch mal nicht wahr sein, und wollte schon auf meinen Balkon zurückklettern.

Aber ich beherrschte mich.

Was lesen Sie da, fragte ich stattdessen.

Er runzelte die Stirn und griff nach dem Buch. Wog es geradezu in seiner Hand.

Ich weiß nicht recht, sagte er. Ich habe am Flughafen ein halbes Dutzend Taschenbücher gekauft. Das hier habe ich gerade erst angefangen. Schmeling. Ehrlich gesagt habe ich noch nie etwas von ihm gelesen, obwohl ich das sicher hätte tun sollen. Haben Sie schon einmal von ihm gehört?

Ich glaube, ich zuckte mit den Schultern. Wie ist es?

Er zuckte ebenfalls mit den Schultern.

Nicht besonders, antwortete er. Aber ich werde ihm wohl noch eine Chance geben. Wenn ich bis Seite fünfzig gekommen bin und es bis dahin immer noch nicht mein Interesse geweckt hat, lege ich es wieder weg. So mache ich es immer.

Ich spürte, dass sich in meinem Inneren etwas Warmes und Rachehungriges regte.

Warum haben Sie gesagt, dass Sie ihn schon früher hätten lesen sollen?

Er lachte auf.

Weil ich ihn früher gekannt habe. Aber jetzt wollen wir erst einmal anstoßen. Prost, junge Dame. Dieser Retsina kommt aus dem Nachbardorf, ich habe herausgefunden, dass deren Wein ein bisschen besser schmeckt. Obwohl man das hier natürlich nicht laut sagen darf.

Prost, sagte ich und leerte mein Glas in einem Zug.

Er betrachtete mich und hob erstaunt eine Augenbraue.

Ich glaube, Sie haben Durst.

Hoppla, erwiderte ich. Ja, scheint so.

Anschließend gelang es mir, das Gespräch auf das Dorf und die Insel zu bringen. Das war natürlich nicht besonders schwer, und ich spürte, dass ich etwas Zeit benötigte, um mich zu entscheiden. Nicht dass ich gewusst hätte, was ich entscheiden sollte, aber wenn man umhüllt von samtener Dunkelheit auf einer der Kykladen sitzt, bildet man sich schnell ein, dass es die Stunde einer besonderen Konjunktion ist.

Vielleicht sollte ich hinzufügen, dass ich in diesem konkreten Fall nicht weiß, wovon ich rede. Nie zuvor hatte ich in meinem Leben in der samtenen Dunkelheit einer griechischen Insel gesessen, und Erfahrung mit der Stunde einer besonderen Konjunktion hatte ich auch nicht. Was immer das bedeutet.

Aber irgendwann, nach mehreren Gläsern Retsina, sagte ich: Dieser Max Schmeling, woher kennen Sie den eigentlich?

Er zögerte eine Sekunde. Warum wollen Sie das wissen?

Weil ... gefolgt von einem etwas längeren Zögern meinerseits ... weil ich ihn auch ein wenig kenne.

Ach, wirklich? Tja, bei mir ist das Hunderte von Jahren her. Wir sind in derselben Stadt aufgewachsen. Und Sie?

Ich beschloss zu lügen. Immerhin ist das etwas, was ich perfekt beherrsche.

Eine Freundin von mir hatte eine Affäre mit ihm.

Eine Freundin?

Ja.

Aber ist er nicht ein bisschen zu alt für Ihre Generation? Ja, also, entschuldigen Sie, wenn ich das sage, aber schöne junge Frauen sollten ja wohl kaum mit alten Knackern wie uns zusammen sein? Ich meine ...

Und dann lachte er wieder. Über seine eigene Plumpheit, nahm ich an.

Ich muss schon sagen, da habe ich mir ja wohl ein bisschen die Zunge verbrannt! Wir werden dem Wein und dem Mond die Schuld geben müssen.

Keine Sorge. Wir brauchen niemandem die Schuld zu geben.

Nicht? Nun ja, jedenfalls auf Ihr Wohl, aber ich glaube, für mich wird es langsam Zeit, ins Bett zu gehen. Morgen früh möchte ich zur Kapelle hinaufwandern, und man muss vor Sonnenaufgang aufbrechen, sonst wird man gegrillt. Um Viertel nach sechs, habe ich mir überlegt ...

Möchten Sie Gesellschaft haben?

Wie bitte?

Hätten Sie etwas dagegen, wenn ich Sie begleite?

Nein, warum sollte ich etwas dagegen haben? Aber es dauert eine Dreiviertelstunde, bis man oben ist, und man braucht pro Person zwei Liter Wasser. Wie heißen Sie eigentlich?

Sie können mich Paula nennen.

Er streckte mir über den Tisch seine Hand entgegen.

Nett, Sie kennenzulernen, Paula. Ich selbst heiße Tibor. Tibor Schittkowski, um genau zu sein. Das ist natürlich ein bescheuerter Nachname, aber wenn man vierundsechzig ist, hat man genügend Zeit gehabt, sich an ihn zu gewöhnen.

24

Erst träumt er von seinen Frauen. Als er aufwacht, bleibt er liegen und denkt an sie. Und an den Traum.

Marion. Jane. Brigitte.

Manche Sequenzen verweilen noch in ihm, fließen jedoch auf ziemlich unangenehme Weise ineinander. Die Frauen und die Sequenzen; sowohl im Traum als auch hinterher. So sitzen sie zum Beispiel alle vier am selben Tisch und frühstücken gemeinsam. Sogar Brigitte; es erstaunt ihn, dass sie sich zu den beiden anderen gesellt hat, das passt irgendwie nicht. Außerdem scheinen sie Gesichter und Äußerungen untereinander ausgetauscht zu haben, und je wacher er wird, desto deutlicher merkt er, dass das Ganze eine einzige lange Anklage ist. Hinterher kommt es ihm vor, als hätte er sich winden müssen wie ein Wurm, was selten angenehm ist. Max hat sich im Laufe seines Lebens regelmäßig gewunden, er weiß also, wovon er spricht. Hat er vielleicht sogar auf einer Bank in einem Gerichtssaal gesessen und ist ausgefragt worden? Und warum? Dazu gibt es doch gar keine Veranlassung, denkt er gereizt. Auf solche Träume kann er gerne verzichten.

Aber es hat, im Leben wie im Traum, noch eine vierte Frau gegeben. Kristiana Henkel natürlich. Es ist, als wäre sie erst jetzt in Erscheinung getreten, am Tag der Abrechnung, heißt das nicht, dass sie eine gewisse Bedeutung gehabt haben muss? Sie hat Spuren in ihm hinterlassen, die nie wirklich verheilt sind, aber so geht es wahrscheinlich allen. Die Erste ist trotz allem die Erste, und natürlich wäre es interessant gewesen, ihrer Tochter begegnen zu dürfen ... was meint er eigentlich mit *Tag der Abrechnung*?

Aber vielleicht ist es ja ganz natürlich, einfach einen solchen Begriff aufzugreifen, wenn er schon auf diese unverständliche Art in diesem unverständlichen Raum liegt? Wird es Zeit, Bilanz zu ziehen? Weiß der Teufel.

Jedenfalls ist etwas schiefgegangen – höllisch schiefgegangen –, und er begreift einfach nicht, was. Er merkt, dass er an diesem Morgen klarer denken kann – oder in dieser Nacht oder am Nachmittag oder welche Tageszeit es momentan zufällig ist –, klarer als je zuvor, seit er hergekommen ist. Er ist nicht mehr teilnahmslos. Er will wissen, was um Himmels willen passiert ist, aber es muss sich bei all dem letztlich natürlich um ein Missverständnis handeln. Man hat ihn für einen anderen gehalten. Sein Anliegen ist aufs Gröbste falsch interpretiert worden. Aber wer hat das getan? *Wer* steckt hinter diesen grotesken Dummheiten?

Er steht auf und geht zur Toilette. Setzt sich danach an den Tisch und legt den Kopf in die Hände. Das letzte geleerte Essenstablett steht noch da, er ist ein wenig hungrig und fragt sich, wie lange es noch bis zur nächsten Mahlzeit dauern wird.

Eine Weile starrt er den Stapel Papier und die Stifte an. Welchen Sinn haben sie?

Dann bricht er auf einmal in Tränen aus. Es geschieht ohne Vorwarnung, und er überlegt, wann er das letzte Mal geweint hat. Er kann sich nicht erinnern. Er hat nicht geweint, als Brigitte ihn verließ, und auch nicht, als er an einer klinischen Depression litt und sich das Leben nehmen wollte. Hätte er es vielleicht tun sollen?

Als die Riesen kommen, hat er einen Bärenhunger. Diesmal haben sie jedoch kein Tablett dabei. Stattdessen geben sie ihm zu verstehen, dass er aufstehen und sie begleiten soll. Bevor sie durch die Türöffnung treten, fesselt einer der beiden allerdings seine Hände mit Hilfe eines groben Seils auf dem Rücken. Ein anderes Seil wird um seine Taille und die eines der Riesen geschlungen. Wenn er weglaufen will, muss er also bereit sein, hundertfünfzig Kilo Widerstand mitzuschleifen. Er schlägt sich den Gedanken aus dem Kopf, und die Männer schieben ihn auf den Hof hinaus.

Es ist helllichter Tag. In kürzerer Distanz sieht er die Wiese und das gelbe Haus. Er sieht den grünen 2 CV, sein eigenes Auto auf der Straße dagegen nicht. Das Haus, in dem er gefangen gehalten wird, liegt ein paar Meter im Wald und sieht von außen genauso massiv aus wie von innen, wahrscheinlich wurde es früher als Lagerraum benutzt. Oder als Viehstall?

Die Riesen schieben ihn weiter auf einen Pfad, der

direkt in den Wald hineinführt. Keiner der beiden sagt etwas, und so beschließt auch Max zu schweigen. Einer von ihnen geht vor, der andere, an den er gefesselt ist, bleibt zwei Schritte hinter ihm. Die Luft ist ein wenig kühl, und er schätzt, dass es später Nachmittag sein dürfte. Der Himmel ist grauweiß, man sieht an den Baumwipfeln, dass es windig ist, aber der Wind reicht nicht bis in den Wald hinab.

Der Fußmarsch dauert knapp zehn Minuten, und sie folgen die ganze Zeit einem Pfad, der sanft abwärts führt. Dann erreichen sie einen kleinen See. Oder ist es nicht eher ein großer Teich? Das Gewässer erinnert ihn ein wenig an den Moerkerzee, ist aber wesentlich kleiner. Nicht mehr als hundert Meter bis zum gegenüberliegenden Ufer, höchstens hundertfünfzig. Dichter Wald umschließt ihn, das Wasser ist, abgesehen von einzelnen Seerosenblättern, schwarzbraun.

»Stopp jetzt«, sagt Max Schmeling. »Ich habe nicht die geringste Ahnung, was ihr vorhabt. Ich möchte wiederholen, was ich früher schon gesagt habe. In einem Krankenhaus liegt ein Mann im Sterben und wartet darauf, seine Tochter treffen zu dürfen. Paula Polanski. Deshalb bin ich hergekommen. Ihr habt da irgendetwas falsch verstanden, ich bin nicht der, für den ihr mich haltet. Ich bin ...«

Aber sie hören ihm nicht zu. Sehen ihn nicht einmal an. Stattdessen packen sie ihn von beiden Seiten, halten seine Oberarme fest umklammert und beginnen, ihn in den See zu drängen. Als sie so weit hineingekommen sind, dass allen dreien das Wasser bis zur Hüfte steht, umfasst einer von ihnen seinen Nacken und presst seinen Kopf unter die Oberfläche. Er steckt wie in einem eisernen Griff fest und ist unfähig, sich zu befreien. Er verliert den Halt unter den Füßen, woraufhin sie sofort seinen ganzen Körper in das herbstlich kalte und trübe Wasser hinabdrücken, er nimmt es so wahr, dass einer von ihnen ein Knie in sein Kreuz drückt.

Sie ertränken mich, denkt er. Sie sind dabei, mich zu ertränken. Was damals im Moerkerzee abgebrochen wurde, wird nun vollendet. Und daraufhin muckt ein letztes Mal der Schriftstellerteufel in ihm auf und sagt, dass ein solches Schicksal ja trotz allem eine gewisse Größe hat. Oder ist es vielleicht nur die Formulierung? *Was einst abgebrochen wurde, geht nun seiner Vollendung entgegen.* Etwas in diesem Stil sollte auf seinem Grabstein stehen, aber wie soll das gehen?

Und warum? Warum zum Teufel geschieht das alles?

Er findet nicht einmal ansatzweise eine Antwort. Stattdessen gibt er auf und atmet Wasser in die Lunge ein. Das tut höllisch weh, und der einzige Gedanke, der ihm noch durch den Kopf geht, beschwört die Hoffnung, dass es schnell vorbei sein möge. Wenn nur der Schmerz verschwindet, ist er bereit, hier und jetzt zu sterben.

Aber dann reißen sie ihn plötzlich hoch. An Hemdkragen und Hosenboden tragen sie ihn an Land zurück und werfen ihn auf festem Grund von sich, als wäre er ein großer, aber abstoßender Fisch, den sie gerade geangelt haben, und er würgt wie ein Schakal. Fünfundvierzig Jahre nach dem Moerkerzee würgt er erneut seinen eigenen Tod heraus, und ein weiteres Mal ist Tibor Schittkowski nicht ganz unbeteiligt.

Diesmal liegt der Scheißhaufen allerdings in einem Krankenhaus im Sterben, und seine Rolle ist gelinde gesagt unklar.

Gehen Max Schmeling wirklich diese Gedanken durch den Kopf? Nein, sicher nicht. Noch nicht. Möglicherweise wallen sie in ihm auf, nachdem er sich die Seele aus dem Leib gekotzt hat und die Riesen ihn zu seinem Gefängnis zurückschleifen. Er kann kaum gehen; ab und zu heben sie ihn regelrecht hoch, sie haben links und rechts eine Hand in seine Achselhöhlen geschoben, er kommt sich vor wie ein kleines Kind. Ein Kind, das ungehorsam gewesen und weiter in den See hinausgegangen ist, als es durfte, und deshalb fast ertrunken wäre.

Dann heben sie ihn wieder in das Häuschen und verriegeln die Tür.

Er rappelt sich mühsam auf und sieht, dass ein neues Essenstablett auf dem Tisch steht. Die üblichen Bestandteile. Brot, Wasser, eine Art Eintopf mit Reis. Als er sich schwer auf den Stuhl fallen lässt, sieht er darüber hinaus jedoch, dass auf dem obersten Blatt des Stapels etwas geschrieben steht.

Ein paar Zeilen, mehr nicht. Mit schwarzer Tinte handgeschrieben. Für einen kurzen Moment glaubt er, die Schrift wiederzuerkennen, aber das bildet er sich sicher nur ein.

Schweinehund, jetzt weißt du, wie die zweite Alternative aussieht. Bald wird dir die erste Alternative beschrieben werden. Welche du wählst, ist mir vollkommen egal.

Keine Unterschrift.

Schweinehund?, denkt Max Schmeling. Wie viele Menschen gibt es, die mich für einen Schweinehund halten würden?

Einige, trotz allem, erkennt er und beginnt zu essen. Einige.

25

Als wir uns oben an der Kapelle aufhielten, erzählten wir uns gegenseitig unsere Geschichten.

Es war eigenartig, auf einem Hügel dreihundert Meter über dem Meer mit dem Rücken an eine weißgekalkte, griechische Kapelle gelehnt zu sitzen. Im Schatten natürlich. Wasser, Brot, Oliven. Melone und Feta. Schittkowski hatte mehr in seinen Rucksack gepackt, als er hatte zugeben wollen.

Das Meer unten blau wie ein Traum. Zikaden, die schon zirpten, zu so früher Stunde am Tag recht melodisch. Der Duft von Thymian und einem anderen Kraut, das ich nicht identifizieren konnte. Man hätte glauben können, dass man träumte, aber da ich meistens von unangenehmen Dingen träume, drängte sich mir der Eindruck auf, dass alles wirklich war.

Sie sind eine schöne, junge Frau, die alleine auf eine solche Insel kommt, stellte Tibor fest, als wir ein paar Minuten dort gesessen und verschnauft hatten. Es muss etwas passiert sein.

Es war nicht einmal eine Frage. Vielleicht erzählte ich es deshalb.

Das dauerte natürlich eine Weile. Eine Viertelstunde, vielleicht auch zwanzig Minuten. Bis ich ausgeredet hatte, meldete er sich nicht einmal zu Wort.

Was für eine Sauerei, sagte er hinterher. Ausgerechnet er?

Ausgerechnet er, bestätigte ich.

Und wie der Teufel es will, liegt dieses Buch auf meinem Balkontisch?

Ausgerechnet dieses Buch.

Das ist ja gelinde gesagt merkwürdig.

Gelinde gesagt.

Wir schwiegen eine Weile. Dann erzählte er.

Von seiner Kindheit und seinem Leben. Von einer gescheiterten Ehe und seiner Einsamkeit.

Von zwei eigentümlichen Lebensrettungen.

Zwei Mal?, musste ich ihn daraufhin einfach fragen. Sie sagen, dass Sie ihm zwei Mal das Leben gerettet haben?

Allerdings, antwortete er. Und zumindest beim zweiten Mal ging es wirklich um Leben und Tod. Wenn wir nicht aufgetaucht wären, mein Cousin und ich, wäre er gestorben. Obwohl, wenn ich Ihre Geschichte höre, frage ich mich, ob es nicht besser gewesen wäre, wir hätten ihn auf den Grund sinken lassen. Was wollen Sie jetzt tun?

Tun?, fragte ich zurück. Was soll ich Ihrer Ansicht nach denn tun können?

Er dachte eine Weile nach.

Wissen Sie, meine liebe, junge Dame, sagte er dann. Es gibt zwei Dinge, die ich verdammt satthabe. Zum einen Schweinehunde, die mit allem Möglichen ungeschoren davonkommen und anschließend hoch erhobenen Hauptes durchs Leben gehen, obwohl sie im Staub kriechen und sich schämen sollten. Zum anderen mich selbst, weil ich nie etwas anpacke.

Ich verstehe, sagte ich.

Gut, erwiderte Tibor Schittkowski. Wenn ich etwas in meinem Leben bereue, dann die Tatsache, dass ich immer und immer wieder die Zähne zusammengebissen und meinen Ärger hinuntergeschluckt habe, statt zu handeln. Etwas zu tun. Diesen Drecksäcken auf den Leib zu rücken, die mich oder jemand anderen fertiggemacht haben und nie bekommen, was sie verdienen ...

Mein neu gewonnener Freund konnte sich gar nicht mehr beruhigen und wollte gar nicht mehr aufhören mit seinen Klagen, und während er damit beschäftigt war, begann in meinem Kopf ein Gedanke zu keimen. Ein kleines Samenkorn nur, aber es setzte sich fest, und als er fertig war – vielleicht machte er auch nur eine Pause, um einen Schluck Wasser zu trinken –, sagte ich:

Sie haben vollkommen recht. Und vielleicht bekommen wir nie eine bessere Gelegenheit als diese.

Wie bitte?, sagte er. Wie meinen Sie das?

Aber ich sah natürlich, dass in seinem Kopf das gleiche kleine Samenkorn aufgetaucht war. Und daraufhin erzählte er mir noch etwas, was er erlebt hatte.

Wissen Sie, sagte er. Ich habe in meinem Leben nur wenige Freunde gehabt, aber ich kannte einmal jemanden, der heiraten wollte. Und dann ergab es sich, dass ich zu der Gruppe gehörte, die seinen Junggesellenabschied organisieren sollte. Ich hatte für diesen angehenden Bräutigam im Grunde nicht viel übrig, und vielleicht ging es den anderen ja genauso. Jedenfalls beschlossen wir, ihm einen richtig fiesen Streich zu spielen. Wir planten so sorgfältig, wie es nur ging, und dann zogen wir die Sache durch. Oh ja, verdammt!

Aha?, sagte ich.

Allerdings, meine Liebe. Das Ganze lief eine Woche, und er wurde so dermaßen auf die Schippe genommen, dass ich bezweifle, dass er jemals darüber hinweggekommen ist. Er musste nach London und Paris fliegen und mit zwielichtigen Typen verhandeln, Arabern und Russen, es ging um einen Milliardenvertrag für seine Firma, und das alles war nichts als ein großer Bluff. Wenn ich es recht bedenke, hat das womöglich mehr Spaß gemacht als alles andere in meinem Leben.

Ich dachte ebenfalls ein wenig nach.

Ich verstehe, sagte ich. Aber es gibt einen Unterschied.

Und der wäre?

Mir ist es todernst. Es geht hier nicht nur um einen Junggesellenabschied.

Umso besser, erwiderte Tibor Schittkowski und setzte eine Miene verbissener Entschlossenheit auf. Umso besser. Ich mag diese Junggesellenabschiede im Grunde nicht. Nur den, von dem ich gerade erzählt habe.

Sie bleiben noch zwei Wochen, sagte ich. Genauso lange wie ich.

Es sind noch zwölf Tage, erwiderte er. Wir haben also reichlich Zeit.

Und dann beendeten wir beide unsere Mahlzeit mit einer Pflaume und traten den Rückweg zum Dorf an.

Ach ja, vorher zündeten wir in der Kapelle noch eine Kerze an, das taten wir natürlich. Und dankten einem ganzen Haufen griechischer Götter für ihre Mitwirkung und fürs Strippenziehen.

Am Abend tauchte dann Kristiana Henkel auf.

Nun ja, sie tauchte natürlich nicht in der Taverne auf, in der wir gemeinsam aßen, sondern in unserem Gespräch. Mittlerweile waren wir per du.

Ich hatte gerade einen Geistesblitz, meinte Tibor. Hör dir das mal an.

Und dann erzählte er von ihr. Dass sie die ungekrönte Schönheitskönigin des Gymnasiums in Gimsen gewesen sei, wo Max und er in den sechziger Jahren von Jungen zu jungen Männern herangewachsen waren. Davon, wie umschwärmt sie gewesen sei, sowohl von den Jungen als auch von den Lehrern. Und davon, dass sie eine kurze und missglückte – jedoch allen bekannte – Affäre mit Max gehabt habe.

Nun ja, allen bekannt war sie vielleicht nicht gewesen, aber Tibor hatte zwei Jahre später davon gehört, als er selbst für ein paar Monate mit Kristiana Henkel zusammen gewesen war. Damals hatte er erfahren, dass Max Schmeling ihr Erster gewesen war, es beim besten Willen aber nicht so gewesen war, wie sie sich das vorgestellt hatte. Ihr gemeinsamer Liebesakt war eine Blamage gewesen; sie hatte auf der Stelle Schluss mit ihm gemacht, woraufhin Max jedoch mehr oder weniger zusammengebrochen war. Sie hatte befürchtet, er könne sich sogar das Leben nehmen, und gedacht, wenn alle Männer so waren wie er, konnte sie sich gut vorstellen, für den Rest ihrer Tage alleine zu leben.

Er hatte sich aber nicht das Leben genommen. Außerdem hatte sich herausgestellt, dass es Männer von einem ganz anderen Kaliber gab. Gott sei Dank, derselben Quelle zufolge.

An dieser Stelle sah ich mich gezwungen, Tibor zu unterbrechen. Willst du mir etwa sagen, dass du glaubst, wir könnten sie möglicherweise einsetzen?, fragte ich. Diese Dame namens Henkel.

Ich glaube es nicht nur, erwiderte er. Ich bin mir sogar sicher, dass wir sie werden einsetzen können. Einen besseren Lockvogel werden wir niemals finden. Er war besessen von ihr, und wenn ein Mann einmal von einer Frau besessen war, bleibt das so für alle Ewigkeit.

Tatsächlich?, sagte ich.

Jedenfalls lässt sich das Gefühl wieder zum Leben erwecken, erklärte Tibor. Ich bin mein ganzes Leben Mann gewesen, du wirst meinen Worten also wohl oder übel Glauben schenken müssen.

Und das tat ich.

Zwei Wochen lang verbrachten wir die Tage zusammen, ich und dieser eigensinnige Tibor Schittkowski. Sowie die Abende und halben Nächte, und ich weiß, dass ich die Sache nie geschafft hätte, wenn ich alleine gewesen wäre. Wir inspirierten uns gegenseitig, wir hatten gemeinsam eine Aufgabe zu lösen, die im Grunde bloß zwei Dinge erforderte: Einfallsreichtum und Besessenheit. Wir wollten uns natürlich nicht eingestehen, dass wir besessen waren, und erst heute, im Nachhinein, nehme ich das Wort in den Mund, aber wenn man nicht hundertprozentig an das glaubt, was man durchzuführen hat, tja, dann lauert das Scheitern hinter der nächsten Ecke. Man schaue sich nur Sportler und Bergsteiger an. Und alle möglichen anderen Verrückten, die es im Laufe der Geschichte geschafft haben, das eine oder andere zustande zu bringen. Mit allen Vor- und Nachteilen.

Und einfallsreich waren wir. Vor allem abends, nach ein paar Gläsern Retsina in einer der drei Tavernen im Dorf.

Du bist Schriftstellerin, sagte Tibor. Wenn ich mir einen Lebenslauf für Kristiana und mich aus den Fingern sauge, bringst du ihn zu Papier. Ein Kinderspiel.

Es wird besser sein, wenn du selbst schreibst, ich überarbeite es dann lieber hinterher, schlug ich vor, aber am Ende schrieben wir gemeinsam. Das funktionierte ganz hervorragend, was natürlich eine Ironie des Schicksals war oder die Sache zumindest eine Spur pikanter machte. Immerhin ist dieses havarierte Schreiben als Paar letztlich der Grund dafür gewesen, dass schließlich alles so gekommen ist.

Dass er diese Geschichte einfach so geklaut hat, dieser aufgeblasene Wicht!, stieß Tibor immer wieder aus. Was für ein verdammter Verrat an dir! Und dann bekommt er dafür auch noch einen Preis! Ich hätte ihn nie und nimmer aus diesem Scheißsee herausziehen sollen!

Der Lebensabschnitt in Barcelona war seine Idee. Die Liebesgeschichte genauso wie die Schwangerschaft. Die Gefängniszeit war mein Einfall, und alles, was passierte, nachdem er aus der Haft entlassen wurde, reimten wir uns gemeinsam zusammen. Der Tod seines Vaters ereignete sich ungefähr so, wie wir ihn beschrieben, aber den Rest dachten wir uns aus. Mehr oder weniger so, wie man auch einen Roman schreibt: der Abschnitt in München (Tibor hatte dort einige Jahre gelebt und kannte sich in den Vierteln rund um die Wörthstraße gut aus), das Stalking, die missglückten Versuche, Kontakt aufzunehmen, und alles andere. Kristiana Henkel selbst war natürlich ein Problem, aber Tibor saß einen halben Tag mit einem Computer und seinem Handy im Postamt unserer Insel, und es gelang ihm herauszufinden, dass sie (allem Anschein nach) vor mehr als dreißig Jahren in die USA gegangen war und kein Mensch zu wissen schien, was seither aus ihr geworden war.

Die Krankheit – ein Geniestreich, da waren wir uns augenblicklich einig – war meine Erfindung, auch wenn es Tibor war, der auf die Diagnose ALS verfiel. Er hatte einen Verwandten, der ein paar Jahre zuvor an diesem traurigen Leiden gestorben war, so dass die Krankheit nahelag. Er war ganz begeistert, einen an den Rollstuhl gefesselten Menschen spielen zu dürfen, und als wir uns hinterher darüber unterhielten, gestand er mir, dass er in seiner Jugend insgeheim davon geträumt hatte, Schauspieler zu werden.

Tibor kümmerte sich darüber hinaus um den Kontakt zum Krankenhaus in Westwerdingen. Er kannte dort eine Frau in der Telefonzentrale, und es gelang ihm, sie und ihre Kollegen zu überreden, das eventuell eingehende Telefonat an eine andere Bekannte weiterzuleiten, die überhaupt nicht im Krankenhaus arbeitete.

Von absolut entscheidender Bedeutung waren natürlich dennoch meine Freunde aus der Klinik in Sorbinowo. Ohne die Brüder Gondovian wären wir gezwungen gewesen, ein ganz anderes Finale zu planen, aber als ich aus Griechenland heimkehrte, erwiesen sie sich als genauso loyal und fürsorglich, wie sie immer beteuert hatten. Ich war, genau wie ich gehofft hatte, einfach ihr Schneewittchen. Sie würden es niemals zulassen, dass mir irgendjemand auch nur ein Haar krümmte – waren andererseits jedoch bereit, wirklich jeden zu erschlagen, der es versuchte.

An unserem letzten Abend auf der griechischen Insel betranken Tibor und ich uns ein wenig. Als wir auf unseren jeweiligen Balkonen standen und uns schon eine gute Nacht gewünscht hatten, sagte er:

Du heißt nicht Paula, oder?

Es ist mein zweiter Vorname, antwortete ich. Ich habe ihn zu meinem Rufnamen gemacht, als ich zum zweiten Mal in der Klinik in Sorbinowo lag. Bis dahin hieß ich Brigitte.

Aha?, sagte Tibor. Und dein Autorenname?

Ist ganz anders, sagte ich. Es existiert eben doch ein gewisser Unterschied zwischen einem Schriftsteller und einem Menschen aus Fleisch und Blut.

Genau wie zwischen einem Buch und einem Leben?, fragte Tibor.

So ungefähr, antwortete ich.

Mit Abstand am wichtigsten, das muss an dieser Stelle unterstrichen werden, ist die genuine Befriedigung gewesen, die ich empfand, als Tibor und ich an unserem Plan arbeiteten. Doktor Blauauges Behauptung, dass man wütend und aktiv werden solle, statt traurig und in sich gekehrt zu sein, hat sich hundertprozentig bewahrheitet, ich möchte, dass du das weißt, Schweinehund, du, der du vielleicht der Einzige bist, der diese Zeilen jemals lesen darf.

Es wird allerdings dir überlassen bleiben, dazu Stellung zu beziehen. Dein Verrat ließ mich untergehen, jetzt schwimme ich wieder, weil ich gehandelt habe. Ich habe dir vertraut und geglaubt, endlich einen Mann gefunden zu haben, mit dem es möglich sein würde, Hand in Hand ein ehrliches Leben zu führen, aber damit habe ich mich offensichtlich geirrt.

Die Wiese dieses schönen Bergs hast du verlassen, vielleicht nicht, um dich im Sumpf zu mästen, möglicherweise aber, um dir dein eigenes Grab zu schaufeln. Wir werden sehen, wie sich die Dinge entwickeln.

Ich habe dich einmal gefragt, ob du mich auf Leben und Tod nehmen würdest, und du hast gemeint, das würdest du. Du erinnerst dich hoffentlich?

Wenn du dies gelesen hast, beabsichtige ich einen oder auch zwei Tage zu warten, danach erfährst du, wie die erste Alternative aussieht.

26

Er denkt, dass er gerne seine Armbanduhr zurückbekommen würde. Seit er wieder klarer denken kann, scheint auch die Zeit ihre Bedeutung wiedererlangt zu haben.

Welchen Sinn soll es haben, ihm ausgerechnet das nicht zu gönnen? Zu wissen, wie viel Uhr es ist.

Andererseits: Welchen Sinn hat hier irgendetwas?

Eine gute Frage. Die ständig wiederkehrt. Das Ganze folgt keiner Logik. Keinem roten Faden. Er ist doch von Anfang an als ein guter Samariter aufgetreten. Oder etwa nicht? Er hat sich einer Sache angenommen, die ihn im Grunde nichts anging, ohne auch nur ansatzweise moralisch dazu verpflichtet gewesen zu sein. Alles, was er getan hat, zielte darauf ab, einem sterbenden Menschen zu helfen, Kontakt zu seinem einzigen Kind zu bekommen, ehe es zu spät sein würde.

So ist es. Oder etwa nicht?

Und nun sitzt er hier eingesperrt und ist gerade fast ertränkt worden.

Er hat einen Fingerzeig erhalten, dass dies eine von zwei denkbaren Entwicklungen ist. Er hat keine Ahnung, wie die andere aussehen könnte.

Trotzdem hält sich in ihm ein dumpfes Gefühl von Schuld, was mag dafür verantwortlich sein? Dass er seinen Auftrag nicht erfüllt hat? Dass er den Scheißhaufen letztlich doch im Stich gelassen hat?

Lebt er noch oder liegt er bereits im Kühlraum des Krankenhauses in Westwerdingen? Oder wo immer man landen mag, wenn man jene letzte Grenze überschritten hat.

Und was hat Max nur Paula Polanski angetan? Ist er ... und diese Frage ist fast die beunruhigendste von allen ... ist er auch wirklich zum richtigen Haus gefahren?

Er hat keine jungen Frauen gesehen. Keine Paula und keine Ulrike. Nur diese zwei grotesken, stummen Riesen. Aber ist es nicht bestimmt so, dass sie im Auftrag eines anderen handeln? Sie selbst können ja wohl kaum ein Interesse daran haben, ihn gefangen zu halten?

Wer sollte daran überhaupt ein Interesse haben?

Verdammt, denkt Max Schmeling und wechselt vom Stuhl zur Matratze. Das Ganze ist ein Alptraum, den ich nicht verdient habe.

Ein paar Stunden später – vielleicht drei, vielleicht fünf – kommt das Essen. Er versucht erst gar nicht, sich zu verständigen, begegnet keinem der Riesen auch nur mit Blicken. Hofft bloß, dass sie nicht vorhaben, ihn wieder zu ertränken, oder eine andere Teufelei im Schilde führen. Während der eine die Tabletts austauscht und der andere wie üblich an der Tür steht und seinen Baseballschläger tätschelt, bleibt er auf der Matratze liegen und starrt die Wand an.

Als er sich hinterher an den Tisch setzt, entdeckt er jedoch, dass sie außer dem Essen einen ziemlich dicken Umschlag mitgebracht haben. Er liegt rechts von dem Tablett. Ein gewöhnliches braunes Geschäftskuvert, er wiegt es in der Hand, ehe er es öffnet.

Eine neue Geschichte? Ja, es sieht ganz danach aus. Zwanzig, fünfundzwanzig Seiten Text, schätzt er. Genau wie in Schittkowskis Bericht sind die Seiten nicht nummeriert; außerdem der gleiche Zeilenabstand und die gleichen Seitenränder, wenn ihn nicht alles täuscht. Vielleicht sogar das gleiche Schriftbild.

Aber es ist etwas anderes. Keine Überschrift. Er liest die ersten drei Zeilen.

Ich war ein extrem einsames Kind.
Ich hatte Angst.
Ich traute keinem.

Er schiebt die Blätter von sich. Beschließt, zunächst einmal zu essen. Heute gibt es nur eine kalte Platte. Wurst, Schinken und Käse. Zwei Mohrrüben. Brot und Wasser wie gehabt. Man scheint seine Ration verkleinert zu haben, und er fragt sich, ob das etwas zu bedeuten hat. Andererseits hat er Kaffee bekommen, seiner Bitte ist also entsprochen worden. Wer immer hinter dem Ganzen steckt, will jedenfalls nicht, dass er verhungert oder an Koffeinmangel stirbt.

Das ist ja schon was, denkt der Schriftsteller Max Schmeling stoisch. Das ist ja schon was.

Und erst als er sich gewissenhaft alles außer einer

Flasche Wasser und einer halben Tasse Kaffee einverleibt hat, beginnt er mit der Lektüre.

Er hat ein paar Seiten gelesen, als der erste Verdacht in ihm keimt. Das Bild, das er sich durch Schittkowskis Bericht von Paula Polanski gemacht hat, beginnt plötzlich zu bröckeln.

Und dann stürzt langsam, aber sicher alles ein. Während er sich durch diesen weiteren Text pflügt, wird er von etwas übermannt, was einem Nahtoderlebnis ähnelt. Es ist eine dieser seltsamen Wahrnehmungen, von denen er gelesen hat; er scheint seinen Körper zu verlassen, schwebt davon und landet in einem Winkel unter der Decke, von wo aus er auf diese jämmerliche Person hinabblicken kann, die zusammengekauert an dem schlichten Holztisch sitzt und liest – der Mann, der einmal Max Schmeling war, Lokomotivführer, Aushilfslehrer, gefeierter Schriftsteller, und das Eigenartigste von allem ist, dass er es schön findet, dort oben zu sitzen und endlich von diesem Menschen wegzukommen, in dessen Haut er sich eigentlich niemals wohlgefühlt hat und der nun endlich alleine zurechtkommen muss, so gut ihm das verdammt noch mal gelingen mag.

Und gleichzeitig liest er Wort für Wort den Text, ohne dass ihm auch nur eine einzige Silbe entgeht. Vielleicht kann man sich ja wirklich an zwei Orten gleichzeitig aufhalten, denkt Max Schmeling. Vielleicht ist es, im Gegensatz zu allem, was die Wissenschaft immer gelehrt hat, tatsächlich möglich. Es hat jedenfalls ganz den Anschein.

Und als er seine Lektüre schließlich beendet, segelt sein Geist widerwillig von der Decke herab und leistet ihm erneut Gesellschaft. Nicht einmal eine Seele ist offenbar in der Lage, sich aus verschlossenen Räumen zu befreien, jedenfalls nicht, wenn es so gekommen ist wie jetzt. Er legt sich auf die Matratze und beginnt mangels Alternative, die letzten drei Wochen seines Lebens Revue passieren zu lassen.

Ich sollte gegen die Wand rennen und versuchen, bewusstlos zu werden, denkt er, als er fertig ist.

Aber es gelingt ihm nicht einmal, diesen simplen Vorsatz in die Tat umzusetzen.

Nach einem Zeitraum, den er als irgendetwas zwischen einem und zwei Tagen wahrnimmt, erhält er zusammen mit seinem Essenstablett einen neuen Brief.

Außerdem bekommt er eine Schreibmaschine. Einen alten, schweren Kasten der klassischen Marke Olivetti.

27

Sorbinowo, spät im September

Schweinehund,
ich möchte, dass du diese Anleitung mit höchster Aufmerksamkeit liest. Das ist das Einzige, was ich von dir verlange. Du hast eine Wahl. Deine Entscheidung kannst du mir schriftlich über einen meiner Freunde zukommen lassen, die du ja inzwischen schon gut kennst. Ich werde dir gleich die erste Alternative beschreiben. Die andere ist dir ja bereits bekannt.
Aber zuerst diese Geschichte. Ich möchte dich an sie erinnern. Von dem Mann, der seinen Vater in einer psychiatrischen Klinik besucht und dort ein langes und verheerendes Gespräch in dem Glauben mit ihm führt, mit einem Doktor zu sprechen. Sein Irrtum wird erst in der allerletzten Zeile enthüllt.
Das war meine Idee, und es war eine verdammt gute Geschichte, das weißt du genauso gut wie ich. Aber wir waren uns einig, sie gemeinsam zu entwickeln. Eine Novelle oder vielleicht auch ein Theaterstück daraus zu machen. Ich schrieb einen ersten Entwurf,

du solltest ihn ausarbeiten. Anschließend würden wir weitermachen. Wir wollten dieses Werk gemeinsam in enger Zusammenarbeit erschaffen. Du und ich.
Du und ich.
Drei Monate später erfahre ich, dass du mit unserer Geschichte den Belletristik-Wettbewerb des Rundfunks gewonnen hast. Unter deinem Namen. Kein Sterbenswörtchen hast du mir gegenüber darüber fallen lassen.
Als ich den Boden unter den Füßen verliere, bittest du mich um Entschuldigung, findest aber, dass es bloß eine Lappalie ist. Das ist ja wohl kein Grund, sich zu streiten? Das Geld teilen wir uns natürlich, sagst du. Waren das du und ich, die eine Beziehung auf Leben und Tod eingegangen sind, oder waren das nicht du und ich? Hatten wir nun eine Abmachung, oder hatten wir keine Abmachung? Hatten wir eine Ehre, oder hatten wir keine Ehre?
Nie wieder werde ich irgendeinem Menschen trauen. Mit Ausnahme der Brüder Gondovian, sie sind fast Analphabeten, vielleicht gerade deshalb.
Du hast Tibors Bericht gelesen. Du hast meinen gelesen. Fehlt nur noch deiner. Wie die zweite Alternative aussieht, ist dir bekannt. Du wirst im Zorkzee ertränkt werden, so heißt sie, diese eklige Pfütze, und die Brüder werden es mit Freude tun, weil sie wissen, was du mir angetan hast. In ihren Augen bist du eine Laus, im Grunde begreifen sie nicht, warum ich darauf bestehe, dich am Leben zu lassen. Aber wie gesagt, du bekommst eine Chance. Eine

Möglichkeit, falls du der Meinung sein solltest, dass du es in irgendeiner Weise verdient hast weiterzuleben. Dann könnte man sich immerhin vorstellen, dass du dich für den Rest deiner Tage der Aufgabe widmest, Dinge wiedergutzumachen. Der Aufgabe, deine Worte und Handlungen auf einer besseren Waage zu wiegen. Deine Ehre wieder auf die Füße zu stellen – falls du jemals so etwas gehabt haben solltest. Ansonsten wird es vielleicht höchste Zeit, sich Ehre zu erarbeiten.

Du sollst die Geschichte hierüber schreiben, das ist alles.

Die Geschichte, die damit beginnt, dass du einen Brief von einem gewissen Tibor Schittkowski bekommst. Du sollst Tibors Bericht und meinen Text in deinen Text einflechten, was du nach deinen eigenen Vorstellungen tun wirst. Das Ganze soll lesenswert sein.

Du schreibst in der dritten Person und im Präsens, und sein Name soll … Max Schmeling sein. Wenn ich recht sehe, bist du früher Boxer gewesen, und ich habe einen ganz besonderen Grund, ausgerechnet ihn auszuwählen. Was aber kein Grund ist, den du kennen musst. Außerdem möchte ich, dass du den Namen PIRMASEN/RANDERS *irgendwie einbaust; es handelt sich natürlich um ein Anagramm, vielleicht kannst du es entschlüsseln, vielleicht auch nicht.*

Und nicht mehr als hundertfünfzig Seiten. Die Texte von Tibor und mir sind zusammen ungefähr hundert Seiten lang, du kannst dich also nicht über mangelnden Platz beklagen. Das Ganze sollte natürlich mit dem Dokument enden, das du in

diesem Moment liest – eventuell gefolgt von einigen Zeilen darüber, dass Max Schmeling sich tatsächlich entschließt, seinen Teil der Geschichte zu schreiben. Falls du dich für diesen Weg entscheiden solltest, wovon ich ehrlich gesagt ausgehe.
Ich wiederhole: dritte Person und Präsens. Und Ehrlichkeit, vergiss das nicht. Dieses eine Mal.
Wenn du fertig bist, was nicht mehr als drei Wochen in Anspruch nehmen sollte, du hast ja nichts anderes zu tun, legst du dein handgeschriebenes Manuskript auf den Tisch. Ich werde es durchgehen, um zu sehen, ob du lesbar und glaubwürdig bist, und, falls erforderlich, korrigierend eingreifen. Danach wirst du ein Notebook bekommen, um die endgültige Fassung zu schreiben, was wohl kaum mehr als eine weitere Woche in Anspruch nehmen dürfte.
Danach schicke ich das Ganze an drei Verlage. Unter einem Pseudonym natürlich – warum nicht Paula Polanski? –, wir werden uns nicht auf große Namen verlassen, und kein Mensch kennt einen Schriftsteller namens Max Schmeling. Dein richtiger Name darf auf gar keinen Fall versteckt in deinem Text auftauchen. Ebenso wenig wie meiner, weder mein richtiger noch mein Pseudonym.
Drei Verlage also, und sollten wir innerhalb eines Monats von keinem der drei eine positive Antwort erhalten haben, tja, dann tritt die zweite Alternative in Kraft. Dann wirst du ertränkt.
Man kann also mit Fug und Recht behaupten, dass du um dein Leben schreibst. Endlich ist es tödlicher

Ernst – Zusammenarbeit und tödlicher Ernst, so wie es einmal gedacht war. Wenn kein Mensch diese Zeilen zu lesen bekommt, nun ja, dann heißt das schlicht und ergreifend, dass kein Verlag sie für lesenswert befunden hat.
Du hast es also selbst in der Hand.
So lauten die geltenden Regeln. Wenn du lieber auf der Stelle ertränkt werden möchtest, steht dir das natürlich frei.
Bitte sehr, du hast die Wahl.
B.

Die alte Olivetti funktioniert einwandfrei. Zwei Tage später hat er bereits vierzig Seiten geschrieben.

Bei doppeltem Zeilenabstand zwar, aber es läuft richtig gut. Er erkennt, dass er nie zuvor so ideale Voraussetzungen für sein Schreiben hatte. Er kennt die gesamte Geschichte. Keine Ablenkungen. Essen zu festen Tageszeiten. Er hat seine Armbanduhr zurückbekommen. Kein Fernsehen. Kein Radio. Kein Telefon und keine Verpflichtungen. Nur Wörter, Wörter, Wörter.

Er denkt, dass er nicht sterben will. Dass er nicht das Zeitliche segnen will, weil seine Lungen mit dem trüben Wasser aus dem Zorkzee gefüllt sind.

Und es ist, wie sie gesagt hat: Er hat es selbst in der Hand.

Er gibt wirklich sein Bestes.

Er hofft, dass es spürbar sein wird.

Håkan Nesser

Elf Tage in Berlin

Roman

384 Seiten, Hardcover, btb 75493
Aus dem Schwedischen von Paul Berf

Von einem, der auszog, sein Glück in Berlin zu finden.

Einen Nobelpreis wird er wohl nicht bekommen. Arne Murberg ist von schlichterem Gemüt. Nach einem Badeunfall in der Kindheit hat er Schwierigkeiten, sich zu konzentrieren und komplexere Zusammenhänge zu erfassen. Aber Arne ist ein warmherziger, liebenswerter Mensch, der sich eine kindlich naive, offene Art bewahrt hat und voll Vertrauen auf das Leben blickt. Als sein Vater ihm auf dem Totenbett offenbart, dass seine Mutter nicht tot ist, wie Arne geglaubt hat, sondern in Berlin lebt, und ihm gleichzeitig den Auftrag gibt, sie dort aufzusuchen und ihr ein verschlossenes Kästchen zu übergeben, beginnt für ihn ein wundersames Abenteuer …

»Ein Roman, der federleicht geschrieben ist. Der einen fröhlich zurücklässt.«

Christine Westermann, frau-TV

HÅKAN NESSER

Die Kommissar-Van-Veeteren-Serie

Das grobmaschige Netz. Roman
Das vierte Opfer. Roman
Das falsche Urteil. Roman
Die Frau mit dem Muttermal. Roman
Der Kommissar und das Schweigen. Roman
Münsters Fall. Roman
Der unglückliche Mörder. Roman
Der Tote vom Strand. Roman
Die Schwalbe, die Katze, die Rose und der Tod. Roman
Sein letzter Fall. Roman

Weitere Kriminalromane

Barins Dreieck. Roman
Kim Novak badete nie im See Genezareth. Roman
Und Piccadilly Circus liegt nicht in Kumla. Roman
Die Schatten und der Regen. Roman
In Liebe, Agnes. Roman
Die Fliege und die Ewigkeit. Roman
Aus Doktor Klimkes Perspektive. Erzählungen
Die Perspektive des Gärtners. Roman
Die Wahrheit über Kim Novak. Roman
Himmel über London. Roman
Die Lebenden und Toten von Winsford. Roman

Die Inspektor-Barbarotti-Serie

Mensch ohne Hund. Roman
Eine ganz andere Geschichte. Roman
Das zweite Leben des Herrn Roos. Roman
Die Einsamen. Roman
Am Abend des Mordes. Roman

btb